UNA NOCHE DE UNA SUERTE

DE GUILLERMO RUBIO

BENEMÉRITA UNIVERSIDAD AUTÓNOMA DE PUEBLA

José Alfonso Esparza Ortiz

Rector

René Valdiviezo Sandoval

Secretario General

Flavio Guzmán Sánchez

ED Vicerrectoría de Extensión y Difusión de la Cultura

Ana María Dolores Huerta Jaramillo

Directora de Fomento Editorial

Primera edición: 2016

ISBN:978-607-525-039-7

Dirección de fomento editorial

2 Norte 1404

Teléfono: (222)2468559, Fax:2 468596

Puebla México

Impreso y hecho en México

Esta novelita está dedicada a quienes se animan a crear Letras, sin pudor y con ganas de agradar y sacar una sonrisa.

UNA NOCHE DE SUERTE.

Tenía media hora buscando monedas entre mi ropa y cajones. La pesquisa terminó cuando completé ciento cincuenta pesos, el reloj marcaba las nueve cuarenta y cinco en la noche del viernes trece, para mí, el número trece es de buena suerte y como había estado jugando solitario de la computadora, la suerte me había favorecido varias ocasiones y esto motivó para arriesgarme a gastar unos pesos en el Yak. ¿Qué es el Yak? Es un puto juego de quince números a los cuales les tienes que atinar antes que todos los jugadores, son noventa números y se gana lo que se haya recolectado que varia entre quinientos o seiscientos pesos y mientras más cerca de las doce de la noche los premios se van incrementando. Bueno pues la idea es llegar unos cinco minutos antes de las once, debido que hay una partida de 5000 pesos. Esta rutina es casi todos los viernes, debido a que la situación financiera no estaba bien. Era férreo con mi presupuesto y era por eso era un juego recoger las monedas que iba dejando a lo largo de la semana. Eso me impulsaba arriesgar unos pesos. Pues manos a la obra le hablé a Malik y pregunté qué si quería ir a la calle este respondió con la cola y lanzó un aullido de que si, de alguna manera habla mi pinche perro.

En el jardín frente a mi edificio, Malik se encargaba de lo suyo con bastante alegría yo me trasportaba a mis números favoritos, de los noventa que se juegan en el Yak, tengo mis consentidos y como buen ludópata los invocaba para que salieran para ganarme el premio especial que era de 50,000 pesotes.

Vi la hora teníamos tiempo de dar una vuelta por la Alameda y con un chiflido alerté al perro y este llegó en espera de órdenes, acaricié y pregunté si quería alargar el paseo contestó con ladrido y corrió hacia la calle de Juárez. La disciplina para conducirse de Malik es admirable o más bien común para un perro acostumbrado vivir en el centro histórico, eso sí, se aloca se lo lleva la chingada, es por eso que ni me preocupo que se cruce la calle. El recorrido es variable normalmente le damos una vuelta a todo el cuadro y si es de noche vamos a ver a los putones que gracias están haciendo y si, del lado poniente estaban algunos de los que son locas, son travestis y el espectáculo es chido Malik es amigo de estos cabrones y por consiguiente los tengo que saludar, todo estaba normal salvo que en una parte dejan mañosamente oscura. La Terry un homosexual conocido le estaba dándole unos chivitos a un policía que ni se molestó en mirarme, por lo visto le faltaba poco para soltar la leche. La noche estaba cómoda, tirando a calurosa, vi el reloj y eran las diez y media, chiflé al perro y en cuestión de segundos apareció viéndome a los ojos preguntándome si ya nos regresábamos. Nos encontramos a una perra que Malik enloquece y la Canela también se desbarata por el, es Bull le avienta la carrocería y el perro rueda de maroma entera eso no es motivo para que afloje su cortejo y es divertido ver como corren y retozan. Lo dejé más de cinco minutos hasta que la perra se aburrió y se fue a buscar a su dueño.

Llegamos le serví agua y croquetas. Después de lavarme los dientes y ponerme gotas en los ojos me enfilé con la ilusión de ganarme unos pesos. Mi recorrido normalmente es por la calle de Juárez, mi destino es: Juárez y Balderas, en esta ocasión debido al tiempo me encaminé sobre Independencia, había el inconveniente del Panzón un pinche perro que tiene bronca con Malik y cuando paso por su territorio también a mí me la hace de tos.

Para evitar cualquier confrontación me voy por la acera contraria. Afortunadamente no me vio el pinche perro, recordé que traía mi tarjeta de nómina, me regresé como diablo en pena y la dejé aventada en la barra de la cocina, si quería llegar tendría que casi correr ya que faltaban trece minutos para las once. Esta señal me animó más ya que salió el número trece a relucir. Casi sudoroso llegué al momento que estaban vendiendo los boletos para la partida de cinco mil pesos, compré dos boletos que en realidad eran cuatro ya que son al dos por uno, escogí una mesa solitaria, esperé un par de minutos y dio comienzo el juego y la adrenalina empezó a fluir los cinco primeros números eran los míos ya cuando ajusté cuatro números en línea para cantar el primer premio de la jugada que era de 185 pesos me ganaron y se lo llevó a una mesa contigua, una señora gorda que me cae en gracia ya que ella es la que juega y su marido bastante mayor, está siempre a su lado con cara de mártir, por mientras hice un recuento de los números que llevaba, eran siete y me faltaban ocho: 4—7—9—13—43—49—66 y 90. Estábamos en la bola número veinte. Matemáticamente estaba dentro de las posibilidades de sacarme el acumulado que es antes de la bola cuarenta que era de 28,500 pesos y en la cuarenta y tres había otro premio adicional de 50,000. Se reanudó la partida y de inmediato salieron el 90 43 y 66. Mientras nos acercábamos a la 40 mi nerviosismo aumentaba faltaban tres números para ganar eran: el 4,13 y 49. Cuando llegamos a la cuarenta me faltaba el pinche trece nada más, yo en el completo alucine ante la posibilidad real de ganarme 50,000 pesos me tenía con los tres pelos que tengo de punta y rápidamente pasamos la bola cuarenta y tres. La emoción continuaba igual ya que llevarme el premio estaba casi, casi en la mano y si, en la bola cuarenta y ocho cantaban el Yak con el número trece, pintaba para que fuera mi noche de suerte.

Cuando llegó la empleada con el dinero, ya lo tenía gastado, había repartido tres mil para la tarjeta de crédito, mil para mi mamá, pagar dos mensualidades de mantenimiento del departamento cena, desayuno y comida el domingo en calle. Con el dinero en la bolsa, alteré mi manera de jugar en lugar de pedir un boleto decidí que podría pedir dos en cada partida, en la siguiente quedé a dos números de ganar. Anunciaron una de a dos mil pesos y pedí dos cartones y de nuevo la suerte empezó a rondar y en la bola cincuenta y cuatro canté el Yak, con uno de los números consentidos, era el 49, año en que nací. Los conocidos habituales del mismo vicio me saludaron con inclinaciones de cabeza. Dos yaks en cuatro partidas no está mal. Cuando iban a mi bolsillo los dos mil pesos tenían acomodo: Mil para mi hija Jimena y vacunas para el Malik y me disponía a cenar. Sentía que sería mi noche de suerte, los números estaban pegajosos conmigo, curiosamente estaban saliendo conforme me daban los cartones y me estaba quedando a uno o dos números cada partida. Se llegó la estelar de 10,000 pesos, acababa de chingarme una hamburguesa con queso y tocino y una Coca cola, pedí media serie que son seis cartones con nerviosismo esperé que diera comienzo. De nuevo empecé a pensar en que iba a gastar los diez mil pesos. Lo primero unos tenis, el puto del Malik se había casi tragado uno en una noche de coraje cuando llegué bien pedo a las cinco de la mañana, me gustaría comprarme un DVD de alta resolución, llantas para mi nave y calcetines de 150 que tenía no hacían par ninguno y me daba pena que mis amigos me criticaran, cada quincena decía los mismo y no me compraba ni madres.

La pinche voz de carretonero del que cantaba los nombres nos puso alerta de que ya comenzaría la jugada. Me deseé suerte y les explico que la media serie que pedí consta de los noventa números existentes en la tómbola o como se llame esa chingadera.

Número que cantaban lo tenía a huevo el caso era que se acomodaran los quince en un solo cartón. En la bola 12 cantaron la línea, esto me sirvió para hacer un recuento de cómo estaba el pedo y no pintaba nada donde tenía más eran tres eso si en línea. Se reanudó el juego y otra vez la magia, el último cartón empezó a pintar gacho, descubrí que estaba el trece, cuarenta y tres que ya había salido, para no hacerla de emoción en la bola cuarenta y dos me faltaban el trece, cuarenta y nueve y el cincuenta y cinco, en la bola cuarenta y ocho nada más me faltaba el trece. Como hacemos los jugadores de esta chingadera, tiré al suelo los cartones e invoqué al puto trece. Esta partida se caracteriza porque hay la mayor totalidad de cartones en este caso había 2813 cartones yo solo contra todos ellos, contra uno y también estaba temiendo que cantarán ya que normalmente este juego no llega a viejo, es común que desde la bola cincuenta se cante el Yak. Y en la cincuenta y tres se aparece el trece, grité con pulmón digno de vendedor de gas. Cuando alguien gana este premio sentado en las mesas acostumbran aplaudir y yo estaba escarlata de la cara de la emoción, después me percaté que no me la había sacado yo solo era compartido el premio, pensé que cinco mil pesos estaban a toda madre, no cabía duda que era una noche memorable. Me sentía trasportado al limbo de los jugadores, tres Yaks en una noche, sentí el bulto que hacían los billetes, le pregunté al gerente del lugar si me podrían dar un cheque y me contestó que de veinte mil pesos en adelante emitían los cheques.

Yo sabía que en varias ocasiones habían atracado a los ganadores de diferentes Yaks de la ciudad, inclusive me llegó el recuerdo que a una señora en el establecimiento de Cuauhtémoc murió de la impresión del asalto. Pues ante la expectativa de que me chingaran a la salida, idee un plan que era cambiar billetes de a 200 pesos por dé a veinte.

Después de un rápido arreglo con Melquiades, uno de los boleteros que es amigo, cambió dos mil pesos de a veinte que hacían buen bulto y cinco billetes de a mil pesos y otros cinco mil de a quinientos. Ya con mi nómina me dirigí al baño y de paso vi a los presentes para ver si no detectaba algún pinche ratero, las caras casi eran las mismas de siempre, cuando empezó la partida el baño estaba más solo que un confesionario, mientras escuchaba los números, metí los de a mil en un calcetín, los de a quinientos en el calzón y los de a veinte en la bolsa. Cuando iba en las escaleras eléctricas me entró la indecisión de cómo chingados me iba para mi casita, era la una y cuarto. Mis rutas son: Por Juárez o por Independencia, sin pensarlo dos veces decidí que Juárez el recorrido y ahí daba vuelta en Dolores y después marroquí. Ya enfilado miré a dos sobrecargos extranjeras fumando como chacuacos, guapas y del nivel de edad que me gustan, ensayé la mirada de qué onda y estas me vieron como chango salido de la jaula y rieron entre ellas y más cuando choqué con una protección de arbustos. Apenado apresuré el paso y algo me dijo que andaba mal vi a un tipo sentado en una banca antes de llegar a lo que fuera el cine Colonial, un tipo joven, con chamarra de las de tipo militar estaba hablando por su celular y me pareció que dijo “Hay te va” Los pocos pelos se me erizaron apresuré el paso bajé las escaleras donde están unas estatuas y dicho y hecho me sale un puto no muy decidido, me quiere interceptar con un cuchillote, traía los billetes de veinte pesos en la mano y se los aventé y patas para que las quiero a correr, cuando llegué Luis Moya decidí cortar camino y agarrar después Independencia, como está la Secretaría de Relaciones Exteriores hay vigilancia, a media cuadra me aventuré a voltear y ni madres nadie se veía. Para esto ya estaba bañado en sudor y respiraba a punto de descarburarme, mi interior me estaba felicitando por lo que había salido mi plan y pensaba que me había tocado unos rateros pendejos, sin problemas llegué a Independencia y fui por la acera donde está el estacionamiento de la Secretaría y el alma regresó al cuerpo, para variar el Panzón la hizo de pedo y nunca se esperó que le tirara un pinche patadón por el cuello. Salió aullando me hubiera gustado que el Malik lo hubiera visto.

A escasos veinte metros de mi casa veo que dan vuelta dos camionetas nuevas oscuras a toda velocidad, se frenan justo a donde yo iba, se bajan varios culeros y voy para arriba a base de presión, me tiran al piso del vehículo y de volada la báscula. En cuestión de segundos me encontraron el dinero de los calcetines y los otros escondites escuché que se reían, después de unos segundos escuché una voz que dijo:

—Trae tarjeta de crédito. — Risas.

—A ver abuelito, dame tu Nip.

Estas palabras fueron acompañadas por unos leves golpes en las costillas, por mi cabeza pasaron mil escenas de secuestrados exprés. Las putas estadísticas me estaban alcanzando, nunca me acordé de la pinche tarjeta de crédito. Más de una historia había escuchado de amigos que habían estado secuestrados hasta agotar el crédito. Por experiencia sabía que no dar el pinche número era madriza segura.

—89—59, les pido por favor que no me golpeen, soy diabético y estoy malo del corazón...

La verdad no soy diabético ni enfermo del corazón, creo que es necesario que sepan quién soy yo. Me llamo Guillermo Rubio y de Vizcarrondo. Suena medio aristócrata pero no, mi padre fue mexicano y mi madre es española y ella se impuso a la hora del registro civil y eso fue bastante para sufrir bromas en la primaria y secundaria. Mi infancia la pasé en Sonora y la adolescencia entre Guadalajara y Sinaloa, desde los quince años anduve de vago trabajando en construcciones y manejando maquinaria pesada, fue el motivo para no estudiar nada. Yo creo que pintaba para cabrón ya que mi padre cansado de mis excesos de alcohol y seda los 20 años me ingresó por medio de intimidación y la amenaza a Policía y Tránsito del DDF. Como agente de Tránsito. Ahí empezó mi carrera delictiva al amparo de una credencial durante más de veinte años, no tienen idea de cuantas veces hice lo que estoy pasando estos momento, salí bueno para pinche ratero, tanto que nada más tres veces fui a dar a la cárcel, bueno varias, por delincuente nada más esas tres y fueron de entrada por salida. Se preguntarán porqué el relato está más o menos hilado, pues resulta que soy casi escritor desde hace diez años y tengo en mi haber un par de novelas escritas, inclusive escribí una aventura que pasé el año pasado con unos capos de la droga. Esto les dará la pauta de que este texto llegará a buen fin, lo estoy escribiendo no es de suspenso ni de intriga, es solamente una aventura de las decenas que he tenido en mi vida. Volvamos a los acontecimientos con un enfrenón de la camioneta y un portazo que empezó a marcar mi destino para las próximas horas.

— ¿A qué te dedicas abuelo?

—Soy desempleado desde hace diez años.

— ¿Cómo te mantienes?

—Mis hijos me mandan un billete para pasarla.

— ¿Y por qué traes tanto dinero?

—Lo acabo de ganar.

— ¿En qué?

—En el Yak.

— ¿Qué es eso?

—Es un juego de números, que está en la Alameda.

— ¿A chingado, tanto dinero?

—Si, esta era mi noche de suerte.

Se escuchó el abrir de la puerta y un puto chilango dijo que tenía 15,000` pesos de crédito.

—Dale para el sector.

¡En su puta madre! El panorama coloreaba oscuro, después delicadamente me colocaron una capucha, como pinche novela negra escrita especialmente para mí, mandada hacer a la reputa medida. No sé si les dije que vivo solo con Malik y que tengo una pinche atadura, como si tuviera un hijo tonto y dependiente de mi nada más. Me pintaba de su pinche madre, lo bueno que no golpeaban los batos. Escuchaba interesado la radiocomunicación del radio trasmisor de estos hijos de su putisima madre, era similar a las claves de la policía, cuando dijeron "Jabalí 3" un bato contestó. Empezaba a recaudar información y pensé como dicen los mafiosos en Sinaloa: chingaste a tu madre. Cuando menos tenía un nombre para el desquite, por supuesto que no se lo diría al corrupto del MP, esto era para mí.

Total, que el pinche Jabalí, dijo que traía "un chivo", y en "25" a "nido 2". Hasta el más pendejo sabía que yo era el chivo y que iba al nido2, al lugar donde se va a consumar el secuestro.

—Pinche abuelito, tranquilo, a donde vamos te la vas a pasar bien.

Tardaríamos media hora o menos. El pinche radio trasmisor cada diez minutos reportaban que llevaban un chivo y supuse de la existencia de cuando menos dos nidos. También que tenía que estar encriptada la frecuencia para hablar con esa desfachatez, deducía que los ratas estaban trabajando a todo vapor y con la impunidad de su puta madre. El caso es que llegamos, me bajaron con delicadeza ya saben, tropezándome con todo lo que estaba delante de mis pies y los putos me llevaban como si viera por donde andaba, como avanzaba escuchaba como si estuviera en un cuartel, delegación la pinche capucha mugrosa daba algo de chance veía siluetas con ruido de armas me creí que: La verga se está poniendo dura. (proverbio de ratas y tiras) Llegamos a una barandilla, me devolvieron la vista y encontré ahora a un tipo con un pasamontañas: Joven de ojos despiertos, complexión de militar o atleta, vestido de oscuro, con bitácora de entrada. Me vio a los ojos y constató que no venía tomado, apuntó los datos de mi credencial de elector, con la indicación de quince mil pesos. El recepcionista del hotel del crimen y el secuestro preguntó en qué términos venía. El Jabalí dijo:

—Tratamiento normal, primer ingreso.

El pinche oaxaco inteligente con pasamontañas informó que tenía derecho a hacer una llamada para no preocupar a la familia pues pasaría de dos a tres días, según el comportamiento de mi tarjeta. Me preguntó dónde quería estar... Yo me quedé con cara de ¿What? alargó una carta de menú de restaurante tipo Vips o Sanborns. Desde ese momento estaba tratando de entender lo que veía o leía: Alcohol, droga y sexo. Agrupado en género y gusto. Había planes para cualquier desviación o inclinación y me detuve en mujeres y drogas.

Mientras me iba enterando que todo era por cortesía de la casa por primer ingreso. Salvo la cuota de inscripción y esto era los quince mil pesos. Me pregunté si no era una broma macabra de los pinches chilangos sádicos; con timidez de colegial, señalé una hoja de mariguana y la cara de una mujer parecida a Lorena Herrera, la sinaloense. El oaxaco sonrió. Clavé la mirada y ratifiqué la mata verde, con mi dedo. Volteé para atrás, vi que había como de unos diez chivos haciendo cola para entrar al surrealismo que solamente se da en México. Mi cabeza estaba avisando que algo estaba mal o era una puta trasnacional del crimen y como son de pendejas las autoridades y corruptas pues esta franquicia la estaban aprovechando muy bien.

El lugar era desconcertante me daba la impresión que era un set cinematográfico, sentía la amplitud del lugar que estaba iluminado lo suficiente para ver nada más. Al pasar la segunda reja. Los putos Jabalíes ahí ya no pasaron y fui conducido ahora por otro chango que parecía sirviente de reclusorio, diligente preguntó qué área yo contesté; - verde con mujeres. Mientras caminábamos me percaté que estaba en una especie del cuatro caminos el techo era una cópula de buen tamaño, se me hacía la idea que era prefabricado la construcción, mientras caminamos se empezó escuchar música salsa llegamos una reja de barrotes, una guardia de varios elementos resguardaban la puerta, pregunté qué onda y me dijo el carcelero que ahí estaban los borrachos, le dije que si podía echar un vistazo, levantó los hombros como que le valía madre y como gato curioso me asomé y vi tremendo fiestón, había más de trescientas personas, hombres y mujeres, hasta la madre de pedos y los otros se veía que estaban bien, el lugar estaba ambientado como si estuvieran en cualquier putero. Me llamó la atención que había más mujeres que hombres y fijándome bien dos tres estaban de buen ver.

Pregunté por qué había tanto guardia y mi guía respondió que se armaban una broncas chidas entre los pedotes y lo mejor era sofocarlas con rapidez, durante unos segundo vi cómo se desenvolvían, se veían a toda madre bien borrachones los batos.

Pasamos por una puerta— reja que olía a caca gacho de a madres, con la confianza como si estuviera en un pinche museo, los dos guardias estaban con la boca abierta viendo los pinches espadazos que se estaban dando los putos, andaban arriba de los quince centímetros al parecer era una competencia. Había viejas con tremendos macaones adaptados con cinturones acá con estoperoles y argollas, a ojo de buen cubero había más putos que borrachos, unos seiscientos cabrones pues sí, esta es la nueva moda, bueno a decir verdad a mí también me gusta el culito, pero de niñas de dieciocho años hasta abuelitas de sesenta o más.

Estaba seguro que iba a pasar a la historia literaria mexicana por los relatos tan jalados de los pelos y lo peor que son la realidad. ¿Quién me iba a decir que iba ser yo víctima de la delincuencia no organizada? ¡Súper organizada! Ya después de los Zetas y sus diversas maneras novedosas de extorsión y secuestro. Esto era la última moda de la sinvergüenzada. Mira que tener secuestrados exprés a toda madre, esto era digno de un presidente de derechos humanos corrupto. ¿A quién se le ocurriría esta mamada? ¿Será perredista? ¿O tricolor? Mis pensamientos fueron interrumpidos por un discreto jalón de mi carcelero y me dijo:

—Camínele abuelo, los marihuanos están al fondo.

Ya estoy acostumbrado a mis alucinaciones, en mi vida me han pasado situaciones que difícilmente me las han creído, bueno hasta yo me he cuestionado al respecto sobre esto. Quiero decirles que no soy católico furibundo creo que hay un ser supremo y soy simpatizante en este orden: Dios, la virgen de Guadalupe y San Judas. El último es con quién converso de una manera limpia y objetiva, más que nadie en este mundo. Y lo relevante, tengo un ángel de la guarda que esta para chingarse. La muerte ha rondado desde bebé para no presumir mucho varias veces y de diferentes maneras he visto los calzones a la huesuda. Llegué a la conclusión que estaba en una gran construcción me sentía en los pasillos del Word Trade Center, empezó a escuchar un ruido de voces la mala vibra se sentía en el aire mientras avanzábamos, más culero se escuchaba. Con los ojos pregunté al guía carcelero y dijo que aquí estaban los normales. Dicho y hecho, el lugar era como cafetería, mesas y sillones y algunos hablando al mismo tiempo, llorando, jalándose los pelos, hablando a gritos, caminando en círculos. Lo que me llamó la atención es que no eran muchos, exagerando unas cien personas. Tenía la sensación que estaba caminando en redondo, el rumor a risas y platica empezaron a escucharse, música de Bob Marley. Cuando llegamos una sonrisa afloró a mis labios lo que veía no era real. El olor a mariguana es violento hasta para alguien que la fume, aquí olía a madres, como que me arrepentí, pero era tarde mi guía me empujó y dos guardias estaban con ojos de conejo y con una sonrisa de felicidad, me vieron como si me conocieran, sonriendo chido y con caravanas invitaron a pasar. El lugar estaba como una película de gabachos marihuanos, la canción era red wine la escenografía era minimalista, las luces de neón verdes, rojas o no sé qué madres me estaba poniendo marihuano con la pura horneada. Después de ver bailando a un guardia encapuchado con una atractiva jovencita con tipo de ser de las Lomas de Chapultepec o de Tecamachalco, la jovencita que no pesaba los cincuenta kilos se mecía feliz de la vida se suponía que era un tipo atractivo para ella. El chango daba la impresión de ser tiebolero se movía con una soltura digna de un bailarín profesional, miré a mi alrededor y el ambiente de verdad estaba relax como dicen los soldados marihuanos, platicas de cinco o seis sujetos al mismo tiempo, parejas dándose arrumacos, una barra larga atendida por tres cantineros que no tenían gran trabajo, había dos mujeres platicando animadamente, a lo lejos se veían apetecibles caminé en línea recta quedando al otro extremo. La luz era discreta salvo la barra esta era para ver bien lo amarillo rebotaba en lo negro de la fórmica. Comprobé que lo más severo para beber era tequila, decidí por una coca fría servida por un encapuchado con los ojos de diablo. Se suponía que tenía que estar aterrado, pero la verdad, no, eso si no me entraba ni con vaselina una aguja por el culo. Estaba bien marihuano después de un par de minutos, creo que era el único que no tenía el churro en la mano y ni lo necesita. Traía la sonrisa del mensual. El refresco lo tomé rápido, la lengua de nuevo se puso como de gato y solté la expresión milenaria ¡Qué buena mota! traducida a cientos de lenguas y dialectos. Lo que más me llamó la atención fue que fácilmente era el más ruco de todos. Y también me percaté que ya me habían revisado de pies a cabeza, sobre todo en una mesa de muchachones veinte añeros. El cantinero— carcelero se acercó con los ojos destellando y dijo que no me pusiera muy pacheco, que al rato iban a interrogarme los trabajadores sociales y también iba hacer la llamada a casa. —Después no pueden ni hablurrrrrrrr. —Chale, me le quedé viendo a los ojos rojos sangre, solté una risotada al pensar que ya estaba hasta mi madre y cuando agarré aire me puse peor me dieron ganas de volver el estómago de momento el olor de la mari mari se hizo insoportable, empecé a babear gacho, era síntoma que ya venía en camino una tremenda vomitada. Pregunté por el baño y señalaron a mi izquierda y de volada la boca estaba llena de saliva, ya estaba al punto de soltar la hamburguesa y unas flautas de pollo con guacamole.

Cumplido este requisito de aventar todo lo que traía en la panza se me antojó necesario enjuagarme la boca, no me había dado cuenta que también había toallero como en todas las cantinas y para variar hasta su pinche madre, subía la cabeza y la bajaba viendo hacia la salida por lo visto también era reguetonero el bato. Yo congeniaba con los marihuanos gustosamente pero nunca había experimentado que oliera o viera el puto humo estar estacionado. Llegué a la conclusión que no aguantaría el paso, ya estaba pacheco otra vez, le di las gracias o más bien le dije: Ya me voyyyyyyyyy. Y me puse a reír a carcajadas. Cuando me enfilaba a la barra vi que estaban las dos mujeres, por lo visto la morena estaba como para mis huesitos, mientras me iba acercando algo se dijeron y soltaron la carcajada, la lengua de gato que me cargaba no me dejaba pasar nada, mucho menos articular palabra. Me tiré un clavado a lo que agarré y la señora de unos cincuenta años, ojos claros dijo con asombro:

—Pásele con confianza ¿a ver si no está frío?

Le vi de cerca mientras que espaciaba los tragos e inundaba mi lengüita con el líquido, que era vodka con piña si no hacia eso no podía hilar una pinche frase, esto sirvió para que rompiéramos el turrón, viéndolas bien eran de la misma rodada, estaban interesadas en mi persona. Me preguntó la propietaria de la copa que como me llamaba y de a cuanto era mi tarjeta, como viejo lobo de mar en lo que les estoy platicando ya las había clasificado como riquillas y las tarjetas serían de más de cien mil pesos. No mentí con mi nombre, pero sí con la tarjeta dije que 120 mil, pero le quedaba treinta mil. Aprobaron que no se habían equivocado, la ojos azules dijo que se llamaba Antonieta, blanca, alta, tirando a gordita, fácil sonrisa, bella dentadura, los ojos azules, pero sin el menor rastro de rojo clásico de los marihuanos y la morena con cara de plánchame el traje abuelito. Azucena...Su nombre me sonó a música celestial, fácilmente andaba arriba de los cuarenta y cinco o a lo mejor tenía a en un sesentón igual que yo, marihuano todo lo ve uno bonito, andaba en la estatura ideal para mí: uno cincuenta y siete de estatura de cuerpo delgado, pechuga de plástico. Mi pitito sexagenario, respondió con furia jarocha por dos motivos. La primera desde que no tengo vieja desde hace unos meses por eso anda desorientado nada más escucha voz femenina y despierta en señal de alerta y la segunda, me tragué ayer una pastilla de las amarillas, debido que ayer me visitó una de mis fans y el efecto dura más de treinta y seis horas. Afortunadamente traía pantalón de mezclilla, si trajera uno delgadito se iban a burlar de mi chido. Conversamos sobre el lugar y ellas estaban encantadas, manifestaron que eran pioneras de este sistema de reclusión, y dejaron claro que estaba bien pasarla aquí. No había ningún inconveniente para conseguir droga y otras diversiones. Las dos miraban como si estuvieran seguras que iba directo a la cama con una o las dos. Azucena me invitó a bailar, la música estaba lenta para bailar de a cachetito, acepté, lo que era la pista estaban bailando tres parejas, dos jurándose amor eterno por los gestos y la otra con un frenesí preludio de una severa cogida. Azucena cerró el espacio su cuerpo se amoldó al mío como calcomanía, me rodeó la cintura y recargó la cabeza debajo de mi cuello. Por principio sentí la pechuga agresiva, la espalda de carne firme y olía a perfume con mota. Bailábamos entre una densa nube de mariguana, respirando el humo. Empecé de nuevo a sentirme mal. La pupila se dilató de cerquita no veía bien, preguntó que si quería ir a un lugar más despejado. La miré agradecido y asentí con la cabezota loca. Me tomó de la mano y esa fue una provocación muy severa para mi pitito de por si estaba jacarandoso, este se revolvió entre el calzón y la mezclilla.

Me salió un chipote que no me dejó caminar, después de unos pasos decidí poner el motín bajo control y con la mayor desvergüenza metí la mano donde estaba el alborotador, lo coloqué a la altura del tercer agujero de mi cinturón. Azucena como que se dio cuenta. No iba a caminar estacado por un pinche pito viejo y terco. Pasamos una área como dormitorios estaban divididos con tabla roca se veía chafa, el bufadero estaba chido, me extraño que todo se veía limpio y nuevo. Y cero vigilancia bueno no tanto, había cámaras las suficientes para dominar todos los ángulos. Llegamos a una terracita de concreto o más bien un pinche cuadro de cómo diez por diez. Miré a la mujer y ella estaba viendo el cielo, yo, bien marihuano sin una fumada. Traté de acordarme cuando fue la última vez que me puse pacheco y de inmediato me acorde de mis amigas de Coyoacán y eso no tenía un mes. No estábamos solos había tres parejas en los tres puntos cardinales se veía cotorro, me empezó a dar otro ataque de risa ya que se me hacía gracioso que estuviéramos en las cuatro paredes. Que buen aviónnnnnnn.

— ¿Tú no eres del DF, o sí?

—Si, chilango por los cuatro costados, pero estoy influenciado por Sonora, Sinaloa, Jalisco y Tamaulipas.

— ¿Eres narco, o tienes parientes narcos?

— ¿Eres periodista o policía?

—Pues dices que estas influenciado por esos estados donde todos son narcos, ¿O eres gay?

— Machito, hay vagos en todo el mundo y yo fui de esos.
— ¿Cuánto tiempo llevas secuestrada, cuando te vas?

—Soy socia de *Todos Felices* me puedo ir a la hora que yo quiera.

— ¿¡Qué!?

—Dirás que estoy loca pero aquí estoy bien, bastante cómoda.

— ¿Cuántos días llevas aquí?

—Dos o tres, no me acuerdo.

Me le quedé viendo, dos gotas de miel con negro en el centro, cejas negras, espesa y una mata de pelo controlada por una dona de colores, nariz de a cincuenta mil pesos o más, la boca carnosa al cerrarse se dibujó en corazón y el pinche sexagenario se volvió a despertar más violento. Ya entrado en gastos tomé la mano y ella entrelazó los dedos, como gato estaba reconociendo el terreno. La mano la sentí firme algo hacia con esas tenacitas, verdaderamente estaba bella, bella la mujer, me interrumpió el recorrido feroz ya cuando empezaba por la pechuga que sin duda era talla 34 copa C, con una sonrisa que me deslumbro me preguntó que veía en ella.

—Hasta este momento tengo dos apreciaciones Una confirmada y la otra a lo mejor no tarda mi disco duro es muy lento.

Me miró con una sonrisa franca a los ojos, tomó mi mano y dijo que explicara eso que estaba muy interesante.

No sabe que soy cabrón feminista y más cuando es cierto lo que iba a decir. Me separé de ella unos centímetros, lancé la mirada 32 programada para agradar y dar confianza. Y empecé.

—La primera: eres la mujer más atractiva que he conocido en los últimos meses o años, creo que eres de las personas que todo lo tienen, pero te falta la atención. También que eres casada y eso no te hace feliz. -Tienes cara de buena madre y cuando menos tienes dos hijos (Viéndola descaradamente la cintura y piernas)

En mi manual de seducción tenía como cobertura demostrarme seguro en mis dictámenes los rostros de las mujeres solitos van diciendo más o menos y parecía que el primer gancho al hígado lo había dado.

— ¿Me lees la correspondencia?, soy casada desde hace veinticinco años, tengo muchos años que no soy feliz y te falló, tengo tres hijos que son adultos y si, vivo bien, no tengo problemas económicos.

Al escuchar esas palabras mágicas de: no tengo problemas de billete, era una invitación a que la tirara al piso y darle su primera cogida, estaba lo que se llama hermosa y la verdad que se veía interesada en mis huesitos. La cabeza no se me despejaba por la marihuana, de cerca le miraba una carota, la pupila la traía como de gavilán, nos mirábamos como si estuviéramos en el parque México, todo un pinche cupidazo otoñal. Mi pitito traía un alboroto que, por supuesto no lo creerán, pero estaba dándome órdenes terminantes. Quiero confesar que tengo platicando con el, desde que se paró o más o menos, no saben lo que ha visto y a sentido este recabrón que quiero más que a mis ojos.

Le prometí que haría un relato de sus aventuras de los doce años hasta los sesenta y casi despierto a un promedio de una hora diaria. Si salen varias cuartillas. Bueno, pues Azucena me jaló la mano volviendo a la realidad, le sonreí y esperé que hablara.

—Te falta la segunda apreciación, la primera fue como telegrama, no dijiste gran cosa, escucho...

—La segunda, creemos que eres sensual, cuerpo de amazona de verdad, estamos seguros que montas a caballo hasta estos días, es posible que no tengas fin para el sexo, posesiva y eres adicta a lo que te guste...

— ¿Por qué dices creemos, hablas en plural?

—Si es una loquera que me cargo desde plebe, platico con una parte de mi cuerpo tiene particularidad de decirme donde debo poner especial empeño y cuando no le late… ni me pela.

—No entiendo nada lo que dices, pero pareces brujo creo que me conoces más que mi marido y no tienes ni una hora. Creo que vamos a ser buenos amigos.

—No nos gustas para amiga.

— ¿Para qué entonces?

Le atraje la mano donde estaba el histérico y con el dorso le di muestra en qué condiciones se encontraba, ella respingó de volada y miró como si no lo creyera, dijo que era un pasado de listo, sin soltar la mano.

Acostumbrado a la falta de precaución con las mujeres la atraje y abracé primero con delicadeza que se diera cuenta que no estaba agarrando un anciano decrépito. Fui acrecentando la presión le estaba arrimando el fierro viejo a media panza, una mirada pícara afloró muy poco tiempo, sentí que quería desbaratar el abrazo mirando atrás. Giré media vuelta y encontré con tres encapuchados, cuando estás marihuano vez a travės de tela estoy seguro que estaban sonriendo, como que es más ancha la capucha cuando estas contento. Chale, marihuano ves la bronca y te carcajeas.

—No te digo abuelo, pareces chamaco. Te andamos buscando desde hace rato. Va a amanecer y no te hemos registrado. Contigo termino mi turno.

Era la voz era de Jabalí *3* y dos más, andaban felices y cero violencia como si estuviera en una clínica de rehabilitación de esas que hay de a huevo.

Miré a Azucena y pregunté que si la vería y ella dijo que sí que iba esperar. Casi sentía que era mi mujer. Los encapuchados se reían de lo que estaban viendo, bueno hasta yo. Si hubiera conocido a Buñuel hubiéramos hecho películas a lo cabrón. El Jabali3 me abrazó fraternalmente, era un pinche toro de unos ciento veinte kilos de pura maciza, olía a cocaína o más bien a piedra. Me imaginé que este muchachón era la clásica carne de cañón de la mafia, su vida pintaba para corta.

— ¿Qué onda viejillo, andas como si nada? Aquí nada más la rata se siente tranquila, tú andas como si fueras socio de la banda. ¿Quién eres tú?

—Soy tu abuelito.

—No te pases de verdura, pinche viejito. La verdad te ves muy acá. ¿No me vayas a decir que eres tira?, me metes en una bronca.

—¿Por qué?

—Para la tira tenemos descuento especial y se van de volada.

—Mmm Se me hace que se van de volada, pero al infierno. Já, já, já,

Nos paramos a reírnos a carcajadas y más cuando les pedí una capucha ya que me declaré ratero profesional. El Jabali3 puso orden después de varios minutos.

Cuando lo único que ves de un rostro son los ojos y estas viejo. Te das cuenta de todo el pedo, yo los veía sin el menor recato y los estaba midiendo y llegué a la conclusión que eran unos pendejos salvo el Jabalí 3 y otro puto que era el calculador y consejero del líder, estaba pendiente de mí.

—¿Qué onda, eres policía?

—Pues no sé qué contestar, la neta que si fui rata.

—¿Y también tira?

Quién esté leyendo va a decir que soy un pinche viejo loco, pues sí, sin lugar a dudas, pero si tomamos en cuenta que en cuarto año de primaria era un consumado hampón infantil a esa edad tenía quién me hiciera la tarea, torta, mi refresco y quería cogerme a la maestra, sumado a los años de agente judicial en grupos especiales de procuradurías y amistad con criminales. Por supuesto que era un tipo similar a los que tenía enfrente. Pero había la diferencia que yo era un ganador del hampa. Un raro espécimen, claro que no era el único que andaba circulando. De mi generación criminal somos pocos muy pocos. Numismáticamente soy un Morelos de 1949 de a un peso. Año en que abrí mis ojitos, año del Búfalo chino y esta puta moneda vale bastante dinero.

Bueno estaba en la disyuntiva de decir que sí, pero gustaba más aceptar que era rata simple. Hay una tirria cabrona en contra de los policías, aunque sean abuelitos por parte de la delincuencia. Me negaría sistemáticamente.

—Tienes tipo de sinvergüenza, viejo cabrón.

—No seas cargado con el café ñero...

—Contéstame ¿Eres o no tira?

—Nel, compa...

—¿Cuál era tu especialidad?

—Carros, bancos, oro, blindados, nominas, bodegas, ya saben, lo normal.

—¿Te tocó cana?

—Un par de veces.

—¿Dónde?

—En el Estacho y Tamaulipas.

—¿Delito?

—Robo y lesiones.

—¿Tienes orden de aprehensión?

—A lo mejor.

—¿Con quién vives?

—Con mi perro.

—Se me hace que me estas choreando.

—Naranjas.

—Pinche viejo, estas bien locote, me late que te voy a ver seguido.

—Qué la boca se te haga chicharrón.

La supervivencia cuando uno está atorado por la mafia es variada según la educación de los criminales, te pueden traer a pan y verga y a veces ni pan te dan. Cuando estas atorado. El verbo es la salvación del buen ratón, quién no maneja el verbo no es buen rata, no llega lejos.

Después de varias horas o días se establece en muchos casos el síndrome de Estocolmo, terminé con mis secuestrados jugando ajedrez y poniéndonos unas pedas de antología y sobre todo cero presión sicológica y en este caso íbamos bien.

Una vez más entraba a mi vida surrealista otro evento digno de un relato. Unos meses atrás había pasado una aventura de horas con unos súper narcos que ya están calacas. En paz descansen El Barbitas y Don Nacho. La vida es caprichosa, me parece que me escogió alguna alma escritora en pena para escribir estas mamadas. No es posible que las probabilidades me ataquen de esta manera. En menos de quince minutos me asaltaron dos veces y aparte estoy secuestrado por una empresa profesional. Mientras caminábamos no dejaba de pensar que estábamos en una construcción tipo industrial en varios tramos con alfombra de uso rudo y por lo que caminamos la dimensión del lugar estaba cabrón. Llegamos a una especie de clínica o sepa la chingada el caso es que había unos 15 chivos en espera con captores. Todos tenían de a un encapuchado y yo traía a tres y ni baranda toqué porque me pasaron de volada y adentro había divisiones como vendedores de seguros.

Vi como estaban declarando los chivos. Fuimos a dar a una especie de dirección o control, el puto del Jabali3 anunció que ya estaba allí, una puerta eléctrica se abrió y vamos para dentro. No lo podía creer lo que estaba pasando, pero a estas alturas de la vida... Entramos a una sala o recibidor y una encapuchada con tremendo culo dijo.

—¿Es el perdido?

—32, estaba con una chiva en el solárium.

—A ver señor siéntese.

La mujer se secreteó con el Jabali3, de nuevo me preguntó el Jabalí *3* que si era tira o trabajador de gobierno, pregunté que si había bronca por eso.

— Pues sí, lo que pasa es que no queremos altercados y le vamos a explicar.

La mujer tenía mi credencial de elector y jugaba con ella con ganas de dármela y la verdad que es un documento imprescindible, ella me invitó a que sentara y pues intrigado me dediqué a escuchar.

—Mire don Guillermo, es complicado para mi explicarle que usted ha sido seleccionado aleatoriamente para participar en nuestra promoción de la membrecía *Todos felices* El método para reclutar literalmente obligamos a que conozcan nuestras instalaciones el cliente paga una membrecía con su tarjeta de crédito por los días que quiera permanecer dentro de nuestras instituciones. Como se pudo dar cuenta Esta nueva modalidad de alejarse de su familia y pasársela bien según la preferencia que tenga llámese espiritual, sexual, drogas, aficiones extrañas... Todo lo que pueda maginar su mente se lo podemos proporcionar...

Nosotros vamos por usted a donde quiera. La atención es personalizada y sobre todo... discreción y cero violencia.

Pues no negaran que sea un escritor rudo, que mi narrativa es corta nada pulida, una mente totalmente extraviada contando una historia que no se la creen ni los niños de primaria.

Escribo Género Negro debería de inventar historias truculentas con intriga, muertes y sexo. Pero ¿qué más negro que mi vida? Para que chingados invento historias. En mi caso nada más con que me mueva o hable.

Bien dijo don Eduardo Huchim que yo era un personaje de novela. Lo inverosímil me ha acompañado a lo largo de mi vida, a estas alturas a cómo anda el país no era nada raro que la mafia se consiguieran una empresa oficial del secuestro y la perversión.

— A ver barájemela más despacio, entendí, pero no mucho.

La pinche encapuchada se le veían ojos de: chingaste a tu madre bato. Como si me estuviera vendiendo un tiempo compartido, la mujer de voz seductora explicó que todo versaba que oficialmente estaba uno secuestrado. Pero, la verdad estaba en el reventón. Por medio de fotografías donde nadie se veía enojado, por lo contrario, la fiesta en todo su apogeo: Las fotos eran explícitas, desde un grupo conversando tranquilamente hasta un puto bien ensartado, matas de mota hidropónica y rocas de coca, explicó que con la membrecía básica tenía derecho a dos zonas. Si quería más perverso el pedo, salía más cariñoso. Explicó que en mi caso tenía derecho cuando menos un fin de semana de entrada ya había bailado un buen billete en efectivo la ocasión decidiría cuando nos volveríamos a ver, advirtiéndome que, si la hacía cansada, me iba a salir cola.

Avisó que a la tarjeta le restarían el cincuenta por ciento del saldo.

—La pregunta es si va a afilarse con nosotros... ¿o lo dejamos al destino?

La pelota estaba bien tirada, ¿Cuánto hijo de su puta madre mandilón hay en este mundo?, bueno en el DF hay millones de estos cabrones. Y está a toda madre eso de que hablas por teléfono: "Vengan por mí y de paso le dan una re madriza a mi vieja". Uta está de rechupete la idea para los pendejos. La idea era maravillosa, tanto pinche drogo con billetes este negocio iba ser la sensación del año y por supuesto que no duraría mucho o ¿Sería un negocio perrede y panista? No me extrañaría que hicieran alianza los dos años de Hidalgo ya que desde que llegaron estos cabrones, las raterías nunca han parado desde la revolución o antes.

Una versión de Oceánica, pero al revés, "Ven a ponerte hasta tú madre las 24, 36, 48 horas". No cabe duda que el ingenio de los mexicanos es para chingarse, cuando no nos ponen rienda, el límite es el universo. Pensándola bien, ¿Si tuviera una esposa como mi amigo Emilio? Sin dudarlo, sería un cliente de cada dos meses.

La encapuchada interrumpió mis pensamientos, sus expresivos ojos bailaban esperando la aprobación, no voy a negar que sea un hombre solo no tengo amante, por mi situación económica y eso de dejar mi quincena...

—Una pregunta. ¿Hay sistema de fin de semana?

—Por supuesto.

La confirmación de esta aberración podría pensar como decían mis padres y mucho más mis abuelos "Esto no se veía en mis tiempos" Me estaba convenciendo que el ser humano es de lo más vil según va avanzando la civilización. ¿O nosotros nada más? Ser mexicano es un gentilicio de hijo de la chingada, conocido en el mundo. Antes creían que no la pasábamos peleando, cogiendo y pedos. Ahora dictamos la última moda en lo criminal, no es raro que los rusos se pongan como diablos gracias al Chapo Guzmán o los irlandeses, se metan pastas elaboradas por la banda de Mayo Zambada, Hugo Sánchez metió goles a lo cabrón en Europa, El Azul lleva el gol 62,549 contra las garitas de las fronteras con Estados Unidos.

Mis reflexiones se vieron interrumpidas por la encapuchada.

—Entonces que decide ¿se afilia?

—¿Y cuánto voy a bailar?

—El límite de su tarjeta por día. — Le advierto que por lo pronto ya tenemos una base que es de 3,000 pesos. Lo que consuma en drogas y servicios especiales, lo tiene que liquidar en el momento.

—Está tentadora la oferta, hay el inconveniente que no tengo fiera en casa, soy un viejo que no tiene vicios.

—En ese caso

—Podemos tramitar una tarjeta de socio y por cada visita que nos haga, sale en 3000 pesos en efectivo, pasamos por usted y tiene derecho a dos noches, barra libre y seis horas de circuito cerrado.

—¿Circuito cerrado, qué onda?

—Es una cláusula que podemos filmar escenas de cualquier índole, en todos los casos que salgan de venta, se protegen las identidades y puede escoger el tema que le agrade más...

Giró su monitor de treinta pulgadas, dio varios teclazos y apareció un menú tipo porno Internet y con los ojos picaros invitó a ver en varios recuadros trasmitiendo en vivo: Lo primero que llamó la atención era una mujer de edad entre los cuarenta y cincuenta años, trepada en un aparato de esos que tienen pito y estaba escurriendo liquido como si estuviera haciendo chis, no había duda que estaba en el momento del clímax, los ojos los tenía tan apretados que me dio risa y la boca la hacía como pescadito, en otra pantalla una mujer metiéndole el tacón de su zapato en la colita, a un gordo fuerte, estaba amarrado de pies y manos, con capucha de cuero, la mujer no era nada delicada parecía que estaba aprisionando basura en un bote, me llamó la atención un borracho contando su vida con subtítulos se ve que está en la fiesta, la cosa se puso más candente: Dos mujeres dándose una madriza a las verijas con ganas, no madres, estaban entrelazadas como víboras flaquitas, como dice Reporñero*:* ¿Cómo ño!, por puro compromiso me detuve a ver a un señor como de mi edad prendido con la boca de un fierro de un costeño que estaba grosero, a ojo de buen cubero andaba en los 17 o 18 centímetros, apenas le cabía la mitad, gracias a la HD se veía correr un par de lágrimas, eso sí, el puto no dejaba de dar cabezazos...por último vi una orgia de todos contra todos, eran fácil unos veinte o más, ¿Uta! nadie estaba quieto, piquetes y chupetes de todos tipos. Lo único que me venía la mente era: ¡Qué puto negocio!

—Pues creo que me convenció.

—Lo vamos a pasar a que le tramiten su membrecía y bien venido a *Todos felices*, le quiero advertir que si usted quiere denunciarnos o algo parecido... Nuestra organización está bien respaldada...No queremos tener problemas de ninguna especie.

— No se preocupe, soy machín.

—Bueno pues no se arrepentirá.

La encapuchada portaba unos pantalones negros estaban como segunda piel, como dijo el teniente: "La vista es muy natural" veía un par de nalgas de antología, creo que estaba dentro de la promoción porque se inclinó para a sacar algo en un archivero, a esta edad cualquier movimiento sugestivo o lo que se parezca capta uno de volada y van a decir que soy un exagerado pero mi pitito estaba más atento que yo, el estaba narrando al cerebro lo que estaba percibiendo y concordábamos que: era talla chica, 32 copa b, tanga negra hilo dental, cinco kilos, trescientos gramos por cada nalga, muslos fuertes y botitas del dos y medio. Sacó una cámara digital sonriendo señalo una pared e identifiqué de volada un cuadro de franela beige, ella se adelantó y me percaté que había más franelas y aplicó la verde. Sonrió invitó a que hiciera lo mismo si la expresión me salió natural viéndole tremendo pechugón. De nuevo a la computadora, conectó la cámara, teclazos y preguntó qué seudónimo le ponía a la identificación ya que estas no llevaban el nombre real, sin dudar dije El Muñeco, se quedó viendo con esos ojos negros y unas perlas por dientes afloraron. Dijo que ya había bastantes tenía que ponerle apellido al muñeco. Cuando dije que Muñeco Chino. De nuevo la sonrisa brotó y con la cabeza indicó que estaba libre este Nick. Imprimió, salió, regresó en dos minutos con mi credencial de *Todos felices*.

—¿No hay dudas?

—Ninguna, quiero regresar a donde estaba y hablar por teléfono.

—No se preocupe siga el color de su membrecía, disfrute y lo esperamos para la próxima.

Entre chicas y grandes ya eran las seis y media de la mañana, era sábado me entró desesperación por mi perro, ese cabrón no se atreve a zurrar o mearse, lo bueno que estaba programado para más de catorce horas. La chica me indicó que saliendo iba a encontrar un par de casetas de teléfono. Pregunté que si iba andar solito por el lugar y la encapuchada me movió la cabeza y me señaló una puerta. Cuando traspasé la puerta de nuevo el asombro me invadió. Había gente deambulando y platicando como una plaza comercial, se me hacía rarísimo que a estas horas se viera esto. Me llamó la atención que todos éramos adultos no había muchos jóvenes. Dicho y hecho un par de teléfonos estaban a la vista, pero ocupados y con dos personas de espera en cada lado dos parejas en cada caso se veían normales nada más desmañanados, es más contentos o sin preocupación, decidí efectuar la lela. La sensación de estar en una armazón prefabricada me intrigaba sentía que era una gran inversión, pero también estos changos recuperarían de inmediato su billete, daba la impresión que era el domo de Cuatro Caminos, o el estilo del museo de Guggenheim de Nueva York, van a pensar que soy culto, pero no, este museo se me quedó grabado en la cabezota porqué hace poco empezaron a pasar una película en la televisión donde se desarrolla una balacera súper chida. El caso es que debajo de la gruesa alfombra me daba la impresión que pisaba láminas de metal, lo que no entendía dónde estaba colocado. Desde que me levantaron no habíamos recorrido mucho tiempo para haber abandonado la mancha urbana del Valle de México. Esta onda tenía dos pisos, por lo visto en el primero todos normalitos. Hasta el más pendejo de este mundo se daría cuenta que el reventón estaba arriba y las discos o lo que sean los antros estaban del segundo piso. Entendí que estaba en área de ruquitos. Como en los hospitales en el piso había los colores similares de las credenciales y pues como dijo el muñeco chino. Sigue la verde algo me decía que me estaba esperando Azucena y eso valía que el pinche Malik me aguantará media hora más, le iba a llamar a mi portera que tenía llaves del departamento para que lo sacara. La línea verde corría la parejo de la blanca y beige cuando llegué al final de la blanca la puerta estaba resguardada por dos encapuchados por los ojos estaban normales, se escuchaba música y un murmullo de voces a buen volumen me acerqué y un encapuchado dijo que no podía pasar, me señaló la línea verde. Le dije que me dejara echar un lente y negó sonriendo, mostró una pinche manota que decía no.

Entendí que adentro estaban muy locotes, quise insistir, pero negó endureciendo la mirada como perro de presa. Quedaban beige y la verde no caminé mucho cuando de nuevo la línea murió en otra puerta era la entrada beige a unos metros me empezó a llegar un olor a cagada gacho, mota y sexo, no había guardias, ya que saben la curiosidad mató al gato y pues para adentro. El lugar se veía que estaban cuando menos unas doscientas o más personas y descubrí que era el lugar de los que les gusta la verga sin medida.

La ambientación era de un bar cuando menos la mitad estaban ensartados y los otros dando chivitos. Pocos platicando la mayoría no perdía el tiempo. Mi vista se detuvo dónde estaban dos guardias sentados platicando con billetes en las manos, mientras dos viejos o maduros hincados frente a ellos al parecer les estaban succionando hasta los sesos. Me dio risa y cuando me iba a regresar una mano ya estaba conociendo a mi pitito este de inmediato se despertó con furia. Giré y la mano seguía aferrada. Les tengo que decir que domino dos, tres inmovilizaciones, le apliqué la coyuntura de mi dedo medio derecho en medio de su dorso y con la izquierda le arranqué mi miembro que ya estaba feliz, volteé más cómodo y vi que era un tipo blanco de cuarenta años o más vestido con su camisa, sin pantalón y calzón, con cara de: métemela y no preguntes.

Le miré observé que estaba intoxicado con pastas por la brillantes de los ojos, llegué a la conclusión de que me estaba confundiendo el tipo o sepa la chingada, el caso que mi pitito es bastante liberal, me estaba convenciendo de que lo abandonara a su suerte, mande una orden de desactivación y nada. Como soy pacifista sonreí y negué con la cabeza de que no quería nada. Este no podía articular palabra, no le entendí lo que me decía. Me separé y enfilé a la salida con las protestas de ya saben de quién. De nuevo a seguir la verde, el olor me indicó que estaba llegando, los dos encapuchados que estaban en la puerta estaban electrizados porque ni me pelaron cuando entré. El ambiente era tranquilo fácilmente había unas cien personas y estaban unos platicando en grupo, parejas como tortolitos, total en perfecta armonía todos los presentes, las risas era el común denominador. Miraba a todas direcciones y no veía a Azucena, la localicé sentada en la barra platicando con dos mujeres, estaba atenta a la plática de una güera como de mi edad que se veía afligida, me acerqué a paso decidido. Respiré como si hubiera estado bajo el agua tres minutos. La mota estaba brava era una mescla de varias presentaciones. En el trayecto me abordó una chica guapa que era una cigarrera con churros ya hechos y me dijo que eran cortesía de la casa por mi ingreso a *Todos F*elices. Me fijé que había compartimientos de acrílico con leyendas como: hidropónica, golden de Acapulco, azorrillada de Oaxaca, lima lama de Valle de Bravo, achicalada de Sinaloa, negué con la cabeza y le dije que ya estaba servido con el puro hornazo. Esto sirvió para que estallara en risas la mujer que no pasaba de los veinte años y observando más detenidamente tenía un pechugón de aquellos y al parecer se prendieron las luces altas, los pezones se pusieron agresivos y no les quiero contar quién volvió a despertar. Azucena no se había percatado de la presencia de su charro, me planté frente a ella y me miró, sonreí, fue la señal para que se levantara de inmediato, me tomó de la mano y me dejé conducir, me preguntó que porqué me había tardado tanto tiempo, no supe que contestar de nuevo la lengua la sentía de gato. Vi una coca y me la agandallé, al segundo trago dije que me estaba afiliando enseñándole mi charola de *Todos felices*, me aconsejó que la guardara. Pregunté a donde íbamos, ella me miró, sonrió apresurando más el paso. El dialogo que tenía mi fiel compañero era que se iba a echar sus clavados en oso riquillo. Al ver que íbamos siguiendo la línea del hospedaje la detuve como niño como niño berrinchudo, ella me miró como preguntado ¿qué te pasa menso?

—Tengo que llamar por teléfono y tengo mucha, pero mucha hambre.

De su bolsa sacó un celular, lo ofreció y a marcar a la portera, afortunadamente había un sobrino de ella que me hace el favor de sacar al perro cuando tengo contratiempos y lo comprometí para el fin de semana, mientras veía descarado el cuerpo de Azucena, llegando a la conclusión que era lo que llamamos ¡Un soberano culo! Ella me miraba como si fuera el papá del William Levy. Me gusta que las mujeres vean hacia arriba, cuando las menos las mías.

Llegamos a un área de comida. El alucine cuando lo descubrí que había McDonald, Taco Inn, El fogoncito, no mamen, ¡La Polar! No cabía duda que mi vida estaba repleta de pasajes insólitos, asombrado era poco. Mis pasos se dirigieron a la famosa Birriería, la boca se me hacía agua de pensar en un caldoso plato de maciza y mi pitito apoyaba mi decisión. No hay como estar bien comidos para la contienda me dije. Después de dos platos de birria y platicar agradablemente con Azucena, me enteré que era una mujer con preparación universitaria; licenciada en comunicación jubilada de Televisa, casada con un industrial de Monterrey y divide su tiempo entre Nuevo León y DF, viciosa de la equitación, presumió montar dos caballos por sesión. Pregunté donde montaba y me dijo que, en Cuajimalpa, le dije que si en hípico El Yaqui. Miró asombrada movió la cabeza repetidamente.,

- ¿Como te llamas, a que te dedicas, donde vives?

—En términos de caballista lo voy a decir: Te estas desbocando mi yegua preciosa. Preguntas como ametralladora, me mantengo gracias al Espíritu Santo, soy desempleado, vivo en el barrio chino del centro histórico y me aburro todo el tiempo, leo, escribo y duermo. Espero la muerte sereno, sin billetes.

—¿No estas jubilado?

—No alcancé, ni madres.

—¿Qué hacías antes?

—Fui chofer de picudos.

—¿Qué es picudo?

—Personajes relevantes.

—¿Cómo quién?

—Tenemos toda la vida por delante, ya te platicaré de mi vida ¿No tienes sueño?

—Tienes tipo como de policía o guarura.

—Algo de eso es cierto. Soy el muñeco.

—¿Eres luchador?

—Ja, ja, ja. Me gusta ese apodo, me agrada que las mujeres me digan así.

Ese era el momento para demostrar mi interés, la atraje suave y di un beso en la mejilla tenía que ser cuidadoso con mi aliento ya que me ruge la trompa gacho, sufro de halitosis y esto es motivo para que hasta una ninfómana de La Merced se la piense darme un besito. Dije que mejor pasáramos a estar solos, ella como si no estuviera segura de ir a clavar, miró el piso.

Me imagino que estaba evaluando la bronca de acostarse con un ruquito Entró el plan de emergencia, me levanté tomé de la mano y a caminar, ella me entrelazó la cinturita de boiler que tengo y eso lo tomé como que ya estaba lista para abrir las piernitas. Me dejé conducir, la especie de burracas que había visto al principio las pasamos y llegamos a un área al parecer vip. Azucena me estaba poniendo al tanto de *Todos Felices*, lo poco que le entendí es que era un programa de gobierno, le dije que no era posible o factible. Le insinué que la estaban cotorreando. Entre plática y plática se me perdió el detalle de la entrada que era ni más ni menos que la entrada de un Lobby de hotel, pasamos una puerta y un corredor como de unos cincuenta metros y llegamos hasta el final, se paró frente a una puerta introdujo una tarjeta inteligente y la puerta cedió. La habitación no era cosa del otro mundo, tenía lo esencial y el olor a Mota estaba impregnado, la cama era King. Azucena se dejó caer en un Love seat, me preguntó que, si me gustaba la Coca, antes que contestara estaba sacando un papel gordo y un popotito, se dio dos pinches jalones de liga mayor. Me lo tendió negué con la cabeza, volvió a insistir y pues no me negué.

Fui cauteloso en la dosis si acaso lo que abarca un palillo de dientes, desde que me di cuenta que no era lavada. De inmediato apareció el falso bienestar de esta droga y por consiguiente el síntoma clásico de ganas de zurrar, me disculpé, avisé que iba al baño y si me podía bañar. Ella movió la cabeza ya con cara lasciva, era una bella diablita. Después de aventar la basura me despojé de la ropa y a bañarme, mi pitito estaba contento casi del tamaño máximo, pero acá, sin levantarse, para ser más técnico en Stand by. Localicé la pasta de dientes, casi me tragué medio tubo. Mientras me veía en el espejo pensaba en que seguía siendo mi noche de suerte, salvo que me habían dejado en la calle con mi dinero, no la estaba pasando nada mal. Pensé que a lo mejor el jefe Diego era socio de *Todos Felices* y pura madre secuestrado. Estaba en mis pensamientos frente al espejo cuando tocaron la puerta yo estaba desnudo, púdicamente me puse una toalla, mi pitito cuando escucha voz femenina le vale madre y se manifiesta. Dirán que soy un fantasioso, pero los que se hayan tragado una pastilla de las amarillas, saben de lo que estoy diciendo.

—Ya sé quién eres. Te busqué en Internet.

—¿No me llamo Guillermo Rubio?

—Si, pero no dijiste que eres escritor.

—Pues no lo soy, nada más he publicado un libro.

—Al parecer te fue bien con él.

—Ni tanto, más o menos

—Me voy a bañar.

—¿Puedo quedarme a verte?

—Dame cinco minutos, quiero hacer del baño.

Ante tal petición no me podía negar pienso que es malo cagar delante de otra persona y más cuando huele mal y peor acompañado de dos, tres peditos apestosos. Cuando salí encontré con una botella de champagne, confirmé que era Cristal. No me cabía la menor duda que estaba con una súper riquilla, no era la primera que atravesara mi pitito y espero que tampoco la última. Llegué a la conclusión que le iba a recetar un repertorio selecto de arte amatoria que me envidiaría un astro porno. Prendí la televisión, la boca se abrió solita, la trasmisión era en vivo al parecer y una orgía estaba en su apogeo, sin temor a equivocarme era una fiesta de mujeres maduras con efebos de Tepito o de la Morelos con el chile bien parado. Esta escena ya la había visto en Internet en las fiestas que organizan las gabachas con teiboleros. Mi pitito aconsejó que fuéramos a ver a Azucena, no lo consideré prudente y llamé a la cordura y avisé que tendría que ponerse impermeable, cuando los vi en la mesita de noche. Cambié de canal eran los maricones, pasé a otro y órale; jovencitas contra abuelitos, esto estaba de rechupete. Las jóvenes de edad impredecible, pero de dieciocho para arriba, feas, medio feas, flacas, gordas, buenas, buenísimas. ¡Uta! Al rato voy a echarme un gaviotazo. Se notaba que las que tenían más ganas eran las niñas chido, chido. Estaba en la lela cuando apareció mi futura vieja, en sandalias se veía más chaparrita, no tenía nada de pintura, por la cara no íbamos platicar nada. Apagué la televisión y adopté la sonrisa número seis me corrí al centro de la cama. Su cuerpo estaba fresco era indicativo que se había bañado con agua fría, sonriendo esplendorosa se acostó a mi lado. Por instancias de mi pitito me coloqué a sus pies y empecé un reconocimiento a conciencia de que me iba a desayunar.

Los dedos de su piecito no había ni de casualidad callo o rugosidad, deditos armónicos con todo, las uñas pintadas de rosa tenue, los tobillos fuertes era el preámbulo de piernas jugosas sin un pinche pelo, los muslos poderosos cortos redondos, la celulitis no estaba en este mapa humano, para entonces la lengua estaba certificando la lozanía de la piel, jugué con la lengua con sus rodillas carnuditas, esto le produjo un escalofrío, inmediato registré que ese era un punto de atender más adelante, mis manos ya querían saber también qué onda y el pitito en trance iniciando un agresivo balanceo queriéndose desquitar con mi ombligo, chupetes suaves a las caras internas de los muslos y la lengua era la que avanzaba para llegar al triangulo de la verdad. Las manos apartaron lo suficiente para ver al oso.

Mi ojo derecho analizó de inmediato la cueva de deseos de cualquier hombre, descubrí un vigoroso clítoris como de unos treinta y seis gramos y medio centímetro de longitud eso quería decir que a los primeros lengüetazos me iba a bañar la cara. Este era de los que no se andaban con mamadas. Con delicadeza de un desactivador de bombas abrí los labios que están morados, esto indicaba que tenía varios kilómetros de entrar y salir macanas. Con la mano izquierda levanté su pierna derecha, mano derecha ya estaba abriendo el telón de carne, el pocito estaba bloqueado por carnita rosada, húmeda y con perceptibles espasmos, El pelo crespo, brillante y corto, los dientes pidieron entrar en acción, les di gusto jalando los pelitos suavemente, en eso estaba cuando mis orejitas se vieron atacadas con sus manos y obligaron a bajar con el oso, que estaba preguntando por mi lengüita. Si un hombre a los sesenta años no sabe trabajar una mujer en la cama es un soberano pendejo y respaldado por la pastilla amarilla. ¡Uta! La paciencia es el mejor aliado del amante hay que calentar la maquina. La lengua entró en contacto con las paredes del sexo, el viaje era corto no quería llegar al timbre de la pasión, lo estaba reservando para unos minutos más, para que no alegara, mi dedo gordo, aplicó suavemente media uña, pellizcándole la cabecita, esto la revolvió y estremeció.

La lengua empezó a pelear con la carne que ya estaba a buena temperatura, mi nariz agresiva me ayudaba con la cañadita de la fogosidad y el pinche pito me pedía entrar en acción. Le advertí que le diría cuando le tocaba. El oso empezaba a producir líquido, era el momento para atacar a chupetes al mandamás de su equipo erótico. No me había equivocado en cuestión de sensibilidad, mis manos acariciándole las rodillas y ciento cincuenta y tres gramos de presión con mi lengua al clítoris, la cintura se empezó a elevar, yo junto con ella para no perder el ritmo y le aplique la bomba de succión a los segundos por poco pierdo una oreja, no gemía, rugía y quería que metiera la cabeza o no sé qué onda. El caso que empezó con espasmos de epiléptica de cintura y mañosamente paré toda actividad dejándola prácticamente en el aire. Cuando escuché un Noooooo. Abrió los ojos y con la poca luz que había las gotas de miel estaban penetrando como rayo láser en mi cerebro sentí la orden de proseguir. Reanudé la chambita para esto se unió mi dedo medio quien trabaja de explorador, este hijo de su padre de inmediato localizó la zona G y empezó a contar las rugosidades sin nada de delicadeza, como si fuera guitarra veracruzana mientras la lengua nadaba en leche. Me apartó para una tregua, fui a la pechuga que estaba con las luces altas empecé con los labios aprisionando los pezones oscuros, después usé los dientes, apreté gradualmente esperando el grito de ya no, casi me lo masticaba el pequeño pezón y nada de quejas. La mano derecha estaba dando fe de medida y dureza de la prótesis. El cuello y las orejitas era el siguiente objetivo pero como el camino era con la lengua me tardé, cuando iba rumbo a la oreja izquierda la piel se convirtió en piyama de pollo, por ahí estaba el pan.

Un Mmmmm me alentó y continué, mi mano bajó a temporizar al oso, parecía que estaba arrojando gelatina. Mandé al explorador a que le diera una severa rascada al tal G y al dedo gordo que presionara al clítoris, este ya parecía un pito de niño de seis meses. Azucena se retorció y ahora si se vino de verdad, creo que aprovechó para echarse una miadota porque la sabana quedó empapada. De nuevo le di unos segundos de tregua mientras la respiración se normalizaba.

Era momento que conociera al divo de mi cuerpo. Me coloqué en posición como granadero de Atenco, me percaté que los ojos los tenía en blanco, y la quijada a punto de tronar me asusté y pregunté qué pasaba, ella me apretó mi brazo como pidiendo paz.

—Espérame un momento... por favor.

— Se me antojó un churrito ¿tienes?

—En mi bolsa hay una cajita roja.

—¿Te sientes mal?

—Déjame reponerme.

Como si fuera torero de la México en cambio de tercio caminé sabiendo que estaría bajo su lupa. No me importaba que viera el grueso cinturón de grasa, brazos delgados y ya con músculos colgados un poco de los bíceps, las únicas lagartijas que hacía era cuando tenía alguna abuelita o similar, le dejé ver las nalgas de niño que tengo: duras y castas, espalda vigente, digna y mi portación de pito autorizado con licencia internacional, quién conservaba la lozanía de los treinta años. Como prostituta respetuosa volteé para que viera que estaba tomando su bolsa. Ella estaba viendo como me lo figuré. Encontré la cajita roja sin problemas era de las conmemorativas de los cigarros *Faros* encontré con varios churros. Reconocí sabanas europeas de las que traen incluidas el filtro, le pregunté qué, si era hachís, movió la cabeza afirmando.

Todo estaba bien con Azucena, nada más que era una pinche drogadicta de hueso colorado. Hay miles de humanos que viven para ponerse hasta la madre todos los días. No me agradaba la idea, mi experiencia con dos, tres mujeres que estaban cautivas por la droga, llegaron a finales violentos. No quise darle importancia a esta señal de alarma, llegando a la conclusión que nada más era una aventura y para meterle la macana y gratis. Pues la conservaría hasta que ella quisiera. Me decidí por un churrito delgadito. Lo prendí y a la segunda fumada casi se me salen los pulmones de la tos feroz que me atacó. Azucena estaba divertida con mis espasmos y los ojos lloraban gotas gruesas. Comentó que era mota colombiana la que había escogido. No llegué a darle cuatro fumadas cuando intenté pasárselo. Ella negó y con una mueca agradable invitó a que me acostara. Pedí permiso para abrir la botella, ella sonrió, volteó su cuerpo boca abajo. La botella pasó a segundo término, me acerqué a admirar las redondas nalgas. Estaba robotizado por la colombiana, el efecto fue inmediato. Azucena era un bello ejemplar en todas sus dimensiones. Como si fuera dueño de ella la arqué para ponerle una almohada en el vientre. El resultado fue espectacular un culito o un culote era lo mismo la proporción de sus caderas con las nalgas eran como para sacarle fotografía, me tomé la libertad de abrir media telera y el chimuelo me saludó, se notaba que estaba golpeado por la vida no le quedaba ni una arista o raya que certificara algo de virginidad, Azucena se creció a la auscultación, se hincó un poco y aventó las nalgas pegaditas ¡Por favor una cámara! Si describo lo que estoy viendo van a decir que estoy marihuano. Los besos los prodigue como si fuera repartidor de volantes de Eje Central. La piel de pollo apareció, llegó el punto que ya parecía acné juvenil.

Bueno les quiero decir que con la Amarilla y marihuano me cojo hasta a la Elba Esther. Cuando la abracé, calculé que andaba como a treinta y nueve grados, si no se la metía se iba a privar batos.

Para esto decidí que la posición del Misionero era la indicada para empezarla a desmadrar. Tenía los ojos cerrados cuando empecé atacar. Por principio me sorprendió por el control vaginal, me estaba presumiendo que si quería no nos dejaba entrar, para las pulgas de mi pitito, este recabrón se recargó sobre una pared y por ahí se metió. Por lubricación no nos preocupábamos estábamos enmielados en serio. El contador de osos ejecutados se me había descompuesto después de los 300 cuando tenía unos cuarenta años. Tenía un record de: la más bonita, más apretada, bonita, delgada, simpática, cabrona olorosa ya saben manías de viejo Casanova. Azucena estaba ganado escalones de calidad como espuma de cerveza caliente. Cuando la coloqué patitas al hombro, mi pitito tenía localizada la zona cero. Azucena se dio cuenta de lo que iba a suceder y apresuró el ritmo. Me produjo risa esto porque por lo visto nunca le había tocado un muñeco certificado como su servidor.

La muerte chiquita le llegó a los tres o cuatro minutos de trabajo de mi colaborador favorito. Cuando estaba en los últimos espasmos volví aplicar la receta a la zona cero. El clímax llegó a los dos minutos con igual fuerza y así me la llevé, besándola, tocándola, ella me pagaba con una entrega de mujer que sabía muy bien lo que estábamos haciendo. Hasta que el osito se desaguó varias ocasiones proporcionados por el divo y yo. Me sorprendió que se atreviera a subirse después de unos minutos de arrumacos, solamente las multi orgásmicas piden más pelea la clasifiqué en el renglón de "golosas" ante tal situación agarré una almohada, me la puse debajo de las nalgas para alcanzar un ángulo de penetración más letal.

Ella como buena caballista empezó a trotar y a menos de un minuto a galopar frotándose en serio, tomé sus nalgas apreté con fuerza hacia mí, se produjo lo esperado, un rugido muy gutural se escuchó. Miré la cara cuando estaba en los espasmos, estaba con la boca abierta, ojos cerrados y las manos crispadas en mi pecho causándome dolor, mi panza estaba bañada en serio. Era claro que no era chis porque no olía a nada, si acaso a camarón asoleado. A los treinta segundos el divo empezó a moverse por su cuenta, como queriendo irse con el chimuelo. Lo llamé a la cordura le dije que era cuestión de tiempo en que ella lo pidiera. Se volvió a sentar y empezó de nuevo a galopar, no me extrañó que a los minutos volviera a ensoparme, pensé que la traía atrasada. El apetito que estaba demostrando era feroz. Pues para no aburrirlos muchos se sirvió seis veces o más y el divo no aguanto y explotó como siempre, unas cuantas gotas salieron para certificar que quería descansar. Azucena Se recostó pesadamente a mi lado, miró sonriente y me causó risa verle el rostro que portaba unas ojeras moradas como si la hubiera madreado. Bolsas debajo de bellos ojos le estaban revelando su edad, cuándo menos tenía cincuenta años o un poco más y no dejaba de estar preciosa. La almohada estaba empapada me la zafé casi me trago la mitad por el chimuelo. Sin decir nada me enfilé al baño. Giré el grifo del agua caliente y vi el espejo. Casi me voy para atrás cuando descubrí que estaba bien madreado, quién me viera diría que andaba por setenta y pico de años. La regadera y el agua caliente me confortó, la sensación de quitarme la leche femenina de mi pitito, estómago y vientre fue una sensación de triunfo indescriptible me invadió, ya tenía más de seis meses o más de no saber de algo nuevo. Cuando consideré que estaba limpio, mi escudero con protestas de todo el cuerpo me di un duchazo de agua fría. Estaba en ese martirio cuando entró azucena que caminaba como espinada, sonrió a medias y directa a hacer chis.

Se veía que los macanazos le habían caído de peso. Combiné el agua a tibia casi caliente y me senté bajo el agua. Ella se unió para limpiarse me miraba seria esto me desconcertó el estándar de la mujeres era para que se hincara para revisar al divo para ver si no era una bomba como la de Andrés García.

Seguía maravillado por el cuerpo sensual de ella, le noté en el estómago celulitis, pero yo tenía más, observé la delgada línea de la operación de senos. La piel no era morena sino aceitunada, cambiaba de tono un poco más claro en pezones y arribita de los pelitos del oso. El silencio de ella me mortificaba un poco, durante un par de minutos no pronunció palabra, miraba el piso me dediqué a observarla. Fácilmente me podría enamorar de ella. Por fin habló.

—Tengo sueño.

—Yo también.

—¿Dormimos un rato?

—Estoy de acuerdo.

Después de la puerta del baño, la cargué los últimos pasos que había para llegar a la cama, ella se colocó en posición fetal, yo, como su domador....

(Servido, admirado, Mr. Miller)

2

DOMINGO 15
13.00 HORAS.

Unos golpes en la puerta, me ondeé gacho mi corazoncito avisaba que había bronca abriendo la puta puerta de par en par. Me encontré con tres encapuchados con cara de sirvientes chinos que el que los encabezaba me preguntó cómo me llamaba en el Nick le dije que era El Muñeco Chino.

Se miraron como pinches oaxacos y los tres dijeron que, si entre ellos y de nuevo el remedo de soldado pidió cortésmente que los acompañara a la dirección y que, si me quería bañar, esperaban. Por mi cabeza pasaban mil conjeturas, la primera los putos encapuchados me hablaban como si fuera kan mongol o narco de Sinaloa. O a lo mejor la cercanía de Azucena me iba a hacer daño y amablemente iban a esperar para darme una pinche torturada por andar de cabrón me entró la paranoia y me puse a buscar cámaras y no tardé ni madres para localizar tres. Respetuosamente saludé, con la mano en la última y me percaté que Azucena roncaba como tráiler en segunda y subiendo. La miré unos segundos se veía que estaba descansando de verdad. Vestí con temor de algo malo me iba a suceder, me imaginé que habían descubierto que había sido federal o de la *Brigit.* Al igual que mis personajes, la muerte no me preocupa, lo que me molesta es la tortura es la que me saca de onda y por eso aprendí a que lo que me preguntan digo la verdad de inmediato con la banda, con la tira...ni madres. Entré al baño y demandaba agua fría a madres y si, un par de minutos el ojo de conejo se tornó rosado, ya más sociable, otro putazo de pasta dental y saqué un par de pelos bravos del oso, uno bajo de la lengua que me empezó a hacer cosquillas y el otro andaba por la muela de juicio.

Iba a salir vi el papel del perico y no dudé meterme dos madrazos chidos, cuando abrí la puerta era primo hermano del diablo y como dijo El Sinaloa "Chingue a su madre el mundo" Me dejé conducir y en una primera puerta me condujeron por un pasillo que evidentemente era una corredor de los trabajadores de *Todos Felices.* Casi la mayoría traían la capucha descubierta. Había armados y desarmados. Todos se me quedaban viendo extrañados y yo más. Llegamos a una oficina y en la puerta estaban dos cabrones armados con R15 y con cargadores a lo pendejo. Uno de ellos activó la puerta entré; una mujer con un pasamontaña que parecía de seda, se levantó y señaló otra puerta y me invitó sin decir palabra a que entrara. Toqué un par de veces y entré. Lo primero que vi; fue a cuatro personas, tres sentadas y la cuarta venía con una sonrisita a mi encuentro. De inmediato reconocí a Juárez un antiguo compañero de la Brigada, él es un hombre fuerte de movimientos bruscos y su aspecto lo conserva fiero, pero en estos momentos era de alegría de compas y yo lo abracé con más gusto que él. Los huevos ya estaban bajando de la garganta. Y quería hablar, pero no salía ni madre de letras.

—¿Qué onda Rubio, te dejaste atorar?

—¿Cómo no bato?, me agarraron como puto pichón.

Todos se empezaron a reír a carcajadas y yo también, para no dejar y me fijé en el tipo que estaba atrás del escritorio.

Era un hombre joven, fuerte, moreno, de pelos tercos, disciplinados con un chingo de vaselina y el rostro era familiar, me recordaba a un gran amigo de la brigada, vi a Juárez y con la vista le pregunté que quién era.

—¿Quién crees que es?

Me dijo jalándome hacia él, éste se levantó y andaba por metro ochenta cuando menos y abrió un poco los brazos para esperar el abrazo.

—¿Es tú sobrino?, Ángel, hijo del Cara de Rata, tú primo y mi carnal.

Juárez movió la cabeza afirmativamente, Ángel miraba con un gusto que era verdadero y yo también, lo conocía desde los 10 años de edad o más, era un chamaco latoso, su padre y yo estábamos en la misma patrulla en la brigada blanca, convivimos varias aventuras dignas de hacer un par de novelitas. Me abrazó con afecto y me palmeó delicadamente con las manazas y me tronó los huesos con facilidad.

Yo estaba radiante, emocionado y la sangre circulaba libremente. De nuevo mi vida es una aventura y lo mejor, la tragedia del atorón ya pasaba a segundo término. El abrazo duró unos segundos más, se retiró Ángel, me miró a la cara era claro que me estaba viendo lo viejo que estaba. Un sonsonete tepiteño y tono de voz como el de su padre se dejó escuchar.

—No sabes cómo te he recordado toda mi vida. -Fuiste mi primer amigo.

—La verdad, de tu padre nunca lo he olvidado, nunca supimos quién lo bajó...

—Siempre he pensado que tú sabias... -Dijo con tono amargo viendo el escritorio.

—Pues no, de repente no supimos ni madres ya estaba desintegrada la brigada, cuando desaparecieron a tu padre fue en los primeros meses y yo estaba en el estacho trabajando con El Pixie.

Nos fue a ver El Gel que en paz descanse y varios cabrones para ver si lo teníamos nosotros, pero ni madres, nos ganaron los putos de la DIP... Para mí por ahí anda la tocada.

—Ya mejor cambiemos el tema ¿Qué te has hecho, sigues en la tira?

—No, me corrieron hace como diez años salí con

bronca.

—¿Tienes orden de aprehensión?

—No creo. ¿Por?

Me alargó un papel donde por principio estaba mi fotografía de filiación de la PJF, mi nombre, dirección. Bueno ya saben; todos mis pinches datos. Cuando leí la causa y número ya paré las orejas y constaté que tenía una orden de aprehensión todavía vigente, faltaban un año y medio para la expiración de la misma. El delito era de asociación con el crimen organizado. Yo sabía de esta bronca y era una pendejada: Me tomaron un video en el aeropuerto de la Ciudad de México recibiendo a un compa de Monterrey y lo confundieron con don Vicente Carrillo y ya sabrán como me fue durante unos años. Esa es otra pinche historia medio cabrona que me aventé por más de dos años. Moví la cabeza y no negué que era yo. Aventé la hoja y les dije con mi mejor sonrisa—

—¿Qué se vale un baile?

—Las risas se dejaron escuchar.

Juárez me preguntó que, si tenía hambre, afirmé; dijo que si estaba bien una barbacoa de *Edison*.

Como por arte de magia aparecieron dos mujeres con nalgas de antología, con la comida esta venía humeante y en instantes ya estábamos como perros sobre la carne, durante el proceso platicamos animadamente sobre eventos pasados. Juárez era primo hermano del Cara de rata y eran nativos o habitantes de la Colonia Cerro Prieto, famosa por sus rateros y policías. Por Ángel y Juárez conocí a varios personajes de la colonia. Bromearon hasta que se cansaron de mí, pasaron el video cuando me estaba cogiendo a Azucena. Me percaté que no solamente había tres cámaras y de actor porno de la tercera edad la hacía gacho, más cuando había tomas donde Azucena estaba en lo suyo. Se notaba que le gustaba la macana a madres. Comentaron entre risas que Azucena que tenía billete a lo pendejo. Sonreí y pedí que me explicaran qué onda con *Todos Felices*. Ángel cara de ratita, después de un largo trago de cerveza empezó a hablar.

—*Todos Felices* es un programa del gobierno federal que tiene como fin agrupar a quién tenga inclinación por las drogas, preferencia sexual, manías en general, con esto se trata de evitar el libre tránsito de criminales potenciales, como no hay registros o no había el gobierno decidió emplear algo de fuerza para ubicar por medio del secuestro exprés, cuando menos en el Valle de México. En provincia es más fácil la detección de los potenciales de *Todos Felices*. Este sistema tiene de estar funcionado casi cuatro meses y en el DF Ya tenemos casi 10,000 personas que son nuestros socios y estamos abatiendo las tienditas con éxito y nosotros estamos controlando el consumo de las drogas más comunes y desalentando las drogas duras. A los tecatos les estamos dando en la madre ya que no hay rehabilitación que sirva... Es una medida drástica, pero llegamos a la conclusión que no había otra solución.

Los primeros socios como vez están siendo reclutados a huevo como te pasó a ti. Estamos en iniciar un programa que será piramidal de socios. Te explico más detallado: Si tú nos traes gente para convertirlos a socios, se te va a dar una comisión por el consumo que realice y es sustancial la ganancia económica. Sobre todo, lo que quiere el gobierno es que los narcos que no están con nosotros...Mandarlos a chingar a su madre de este mundo. Por lo pronto aquí en el DF tenemos dos centros que están distribuidos en norte sur y tenemos presencia en provincia donde el consumo de las drogas es relevante. Tenemos apoyo de la PPF, gobernación, la PGR, SSA y otros organismos. Y lo mejor, nos salen tiros de todo tipo. Es una ganancia extra, le seguimos pegando al peligro.

El lenguaje empleado por Ángel se notaba que había educación le pregunté que había estudiado y comento que era licenciado en derecho con una maestría y que trabajaba en una sección del EMP, donde fue seleccionado para encabezar este centro. Lo que acababa de escuchar a primera impresión estaba descocada la idea, pero no estaba tirada mal la pelota. El país estaba patas para arriba por el consumo o más bien por la distribución indiscriminada de estupefacientes. Por lo visto esta era una medida desesperada por controlar a los adictos al desmadre y las drogas. Entró la mujer que estaba en recepción con una bolsa de plástico y se la entregó a Ángel y este a su vez me la tendió, a primer golpe de vista eran mis pertenencias, me dijo que contara el dinero para ver si estaba completo y si no faltaba nada. Licencia de manejo, celular, credencial del IFE y tarjeta de crédito; en cuanto al dinero había nada más ocho mil trescientos pesos, era claro que le habían mochado la mitad.

Dudé si la hacía de pedo y mejor callé, el botín de guerra a veces es sagrado y como machín aguanté callado. Esto fue tomado en cuenta me supongo que estaba reportado. Me presentó oficialmente con los dos tipos que permanecieron callados todo el tiempo. Eran casi del mismo corte de edad mediana con aspecto por el corte de pelo militares o policías. Me presentó a: Toro 2 y Toro 3. Puntualizó que eran los representantes de la Mafia (Toro2) y de la *DEA* (Toro3)

¡What! Por lo que había escuchado por poco me sale un ¡No mamen! El pinche chango de la DEA se revolvió en su asiento cuando le clavé la mirada de perro culero, tengo una especial aversión a estos putos. El tipo no se denotaba como gabacho, moreno, fuerte, joven, mirada nerviosa, rasgos finos, ojos negros penetrantes, me estaba sosteniendo la mirada a la par sonriendo. Por fin habló, le dijo a Ángel que se tenía que ir porque en la noche tenía que viajar a Nueva York. El puto acento era de puertorriqueño, se levantó, agarró la orden de aprehensión y tomó nota de mi nombre en un desplante de que yo era un pobre pendejo. Le dije que se la llevara; lo que provocó que los demás se rieran con ganas. Este wey, entrecerró los ojos como pinche perro listo para atacar. Tendió la mano para despedirse dudé unos segundos si me manchaba la mano, el apretón fue inhumano, la estrujó en serio, como pude me zafé y salió una sonrisa de chinga tu madre. El tipo no perdió más tiempo dio media vuelta se colocó la capucha y salió.

—Te pasas de verdura, pinche Rubio. —Dijo Juárez

—¡Chale con estos batos!, no los paso ni con miel.

El Toro2 estaba botado de la risa, Ángel sonreía al parecer no tenía el humor de su padre. La clásica tonadilla de mi tierra querida se dejó escuchar.

—¿Usted es de la tierra compa?

—No, pero soy hijo adoptivo de Guasave. Viví varios años ahí.

—Ahí, tengo parientes, ¿desde cuándo no va?

—Pues desde que me tronó una bronquita.

—¿Hace mucho?

—Como cuarenta años.

—¡Eso es un chingo de años!

—No se crea, todavía se acuerdan de mí los compas, aún escucho las mentadas de madre de los putos chivos.

Toro2 se revolvió con tal y si cómo si le hubieran picado el culo en seco. Una de las máximas ofensas en Sinaloa si no está en número uno es porque pertenece a nuestra amada y respetada madre. Cuando cualquier persona del Estado de Sinaloa que pronuncie la palabra chivo se anda jugando la vida, en este caso no se respetan hombres y mujeres, puede ser acreedor a una severa tortura por andar pasado de listo, sin tener fundamento para pronunciar este término. No creo que haya una contabilidad precisa de cuantos han muerto por escapárseles esta palabra. Y por otro lado es el indicativo para los cornudos que hay un puta madral, El bato ya quería agarrar la orden de aprehensión para saber cómo se llamaba el viejito que se estaba pasado de verga y al mismo tiempo estaba buscando la revancha en corto.

—¿Tiene parientes en Palos Blancos?

—No, mis parientes están en Mazatlán y son los Gamboa de la sierra con Durango.

Estas últimas palabras se las dije respetuoso y tratando de borrar la mala broma y también le estaba mandando el mensaje que mis parientes fueron unos hijos de su puta madre y además se valía, para eso éramos medios paisanos. Él tipo lo entendió de volada y una sonrisa esplendorosa le apareció en el rostro, de amigo, hasta que me pasara de listo.

—¿Me imagino que conoce gente?

—Conocía, casi todos está muertos y los vivos, unos están bien lejos y a los otros, no me dejan entrar a verlos... Y ni quiero. Ja, ja, ja. De nuevo las risotadas estaban en el ambiente el remate había surtido el efecto deseado, el verbo es esencial, el tipo levantó la mano para que nos palmeáramos como jugadores de básquetbol. Ángel me dijo que cuando quisiera irme me iban a dejar a mi casa. Me imaginé que por ser domingo tenía ganas de irse a su casa con su familia.

Me negué rotundamente a abandonar el lugar y de nuevo nos empezamos a carcajear, el Sinaloense dijo que se quedaba conmigo y que me invitaba un pomo de coñac. Cuando había pasado un par de horas, Juárez, toro2 y su servidor estábamos hasta la madre de pedos, Juárez se había encargado de contarle un par de aventuras que pasamos el Cara de rata y yo. Caso curioso que nunca había a salido de sinvergüenza con el Juárez. *T*oro2 resultó ser un sinaloense de lo más simpático y agradable para variar era originario de Surutato un poblado que en estas fechas no llega a los 10,000 habitantes, es un exportador de hijos de la chingada.

Hombres y mujeres son atravesados rebasando la lógica de la cordura, creo que tiene un estándar de población estable y eso que las viejas andan panzonas o recién paridas. Cuando mencioné el nombre de Don Miguel Leyson Pérez logré que se parara de respeto por un gran sinaloense, él por su edad no lo conoció, yo sí, y fui más o menos amigo del José Luis, uno de sus hijos somos contemporáneos y coincidíamos en variados festejos entre Guasave y Sinaloa de Leyva y a lo largo de los años nos veíamos frecuentemente en aeropuertos. Toro2 después de enterarse de dos, tres gentes qué conocía; parecía que era mi nieto, la identificación fue total cuando hablé de uno de mis mejores amigos que era Eleazar Rodríguez un cabrón que fue acusado de secuestrar al hombre más rico de Guasave en los sesentas, que era don Willebaldo Llanes, se hizo famoso por que le arrancaron huevo en frío y no aflojó ni madres de información, bueno toda la vida lo negó, este secuestro también se lo achacaron al Willy chico hijo de don Willebaldo y al Eleazar. La última vez que lo vi fue en la cárcel en Guadalajara y cuando salió del bote ni chance le dieron que gozara la libertad lo mataron durmiendo en su casa.

—Nunca me imaginé conocer a un amigo de mi tío abuelo.

—¿De quién eres hijo?

—De Constantino Rodríguez.

—¿Y tú abuelo?

—Froilán Rodríguez... Era de otro canal.

—No lo conocí...

Algo me trasportó a Sinaloa, tierra donde pasé mi adolescencia, recuerdos de Eleazar fue una parte o la primera de las oscuras, estoy seguro que fue el primer narcotraficante que era mi amigo. Tanto que nos echamos un viaje cargados con 50 kilos de mota a Nogales, lo malo, es que no me enteré hasta los años después. El perico salió a la media hora de plática como estaba convaleciente de una intoxicada de colesterol y triglicéridos, no me animé a darle rienda suelta a mi corazón y los pasecitos eran para suavizar el efecto del coñac. Estaba vigilando a Azucena por medio de una cámara, por horas ni se movió. A las seis de la tarde dio muestras de vida, vi cómo se bañaba y demás menesteres mientras Juárez y Toro2 estaban enfrascados en una plática sobre el funcionamiento de *Todos Felices.* Cuando se estaba vistiendo y llamé por teléfono, le dije que, si quería tomarse una copita conmigo en la dirección, ella dijo que me escuchaba borracho y que no la vacilara ya que nadie de los socios va ahí. Le dije que había comprado *Todos Felices* y estábamos celebrando, supliqué que se pusiera el vestido color café con champagne, que estaba atrás de ella. Un ¡óyeme! se dejó escuchar de asombro volteando por todos lados buscando la cámara.

Le dije que en diez minutos estaban por ella. Juárez se dio cuenta de mis manejos y desaprobó con la cabeza y mi nieto me apoyaba solidario estaba como para pedirle prestado una buena lana al compa. De nuevo se enfrascaron en su plática y me dediqué a escuchar. Por lo visto. Juárez le culpaba de desabasto a mi nieto y este le refutaba que la droga se la fiaban y para recibir tenía que pagarla y si no pagaba *Todos Felices* a tiempo, pura madre les iba a surtir, puntualizó que ya lo había advertido varias veces. Por mi mente pasó el análisis de Juárez se veía fuerte andaría en los cincuenta años cuando menos, el ojo derecho andaba como le daba la gana cuando volteaba a la derecha y el ojo terco a la izquierda y si no, para arriba.

Estaba bien tartamudo gracias a la coca; imaginaba que era el hombre de confianza de Ángel en estos menesteres tiene que dejar el perro en la casa para que no se la mosquen. Cuando entró azucena y me vio sentado en el escritorio de Ángel, los ojos de cajeta se agrandaron me imaginé que se la había creído. Avanzó como en sus mejores tiempos, como se iba acercando me estaba desilusionado. Si estaba bien para su edad que sería arriba de los cincuenta, pero ya no era tanto la atracción y eso que estaba borracho. Como toda persona educada me levanté, recibí el beso en la mejilla como si fuéramos amigos sin derecho a piquete. Azucena saludó y ni la pelaron, me abrazó como reconociendo la macana que era yo y dijo que estaba haciendo aquí, pero por el tono de voz cambió a aterrada, cuando reconoció a Juárez, dijo que era un asesino; negué sonriente y dije que era un pendejo, ella brincó para atrás pensando que había escuchado Juárez viéndolo como hipnotizada.

Me di cuenta de inmediato que era un error haberla traído. Interrumpieron la plática para revisar milimétricamente a mi pobre vieja que estaba espantada. Me informé como le hacía para circular libremente ida y vuelta para dejar a mí chava. Por instrucciones de Juárez uno de los oaxacos que fue por mí en la mañana, lo tenía ahora como mi chalan. Azucena, ya repuesta de haber estado con mis cuates siniestros de apariencia, pero buenos conmigo, dijo quería comer mariscos de preferencia, iba como casi enredada de mí, esto no me estaba gustando por más billete que tuviera, cuando la conocí e intuí que era ricachona me latió para dejarla en la lista de espera y con gastos pagados. Me animé y dije que todos tenemos una segunda oportunidad. Y a tratarla como una princesa, por eso soy un feminista declarado, no puto. ¡Qué, una franquicia de Los Arcos! Uno de los más afamados restaurantes de mariscos de Sinaloa, sin dudarlo entramos y el lugar estaba hasta la madre, pero mi pinche oaxaco le dijo algo al capitán y éste literalmente nos llevó hasta la cocina ¡No madres, hasta la mera cocina! Esto nada más sucede en el norte, fuimos a dar a la mesa de los dueños y sirvientes un privilegio pocas veces sentido por este servidor. Sin embargo, Azucena lo tomó como un insulto después de media botella de vino banco entendió el placer del olor de especies, satisfacer el antojo de tantito de cada cosa que estaba saliendo de los sartenes y la atención personal del jefe de la cocina. Eso si es un privilegio. El lugar era estratégico los gritos de los meseros eran acallados por una pared de tablaroca. Azucena tenía vocación de judicial, interrogaba cada vez que abría la boca, era para preguntarme algo referente a mi persona. Les quiero advertir que estoy educado al estilo de la mafia

Sinaloa y Sonora. Para aflojar información que me incrimine solamente la acepto ante la banda para evitar la tortura y hasta eso, voy a decir nada más lo que me pregunten y la verdad...Sin darse cuenta ella empezó a hablar de sí misma. La conduje desde la infancia, adolescencia y madurez sin que se diera cuenta de que estaba sujeta a un discreto interrogatorio surrealista ejercido con influencia de contra inteligencia. Le dejé que hablara y hablara. Es la mejor terapia para una mujer y después meterle la macana. Después de un par de botellas de vino blanco, albóndigas de camarón, machaca de marlín, pecho de caguama y agua chile. *¡Uta!* La sucursal del cielo. Eso si la cuenta fue de 4500 pesotes, medio sueldo, quince días de trabajo. Mi vieja ni gesto para la firma de la tarjeta. Por sugerencia de mi vieja nos enfilamos a nuestro nido de amor. Estar viejo tiene sus ventajas, cuando llegamos la habitación en vez de aventarnos a la cama nos sentamos a conversar, bueno, le estaba dando rienda batos... en términos cabalísticos. El perfil lo tenía más o menos armado y el dictamen ya estaba en proceso, no cabía la menor duda que era una mujer educada en Irlanda, Francia y anexas. La herencia del consumo de las drogas era manifiesto en ella.

Sus padres según me había platicado que fueron drogos también y a los doce años se dio su primer chubirrín, no es necesario investigar más al ver que en estos momentos se mete hasta los dedos. Era un ejemplo clásico de la clase rica, por mi mente pasaron mujeres que conocía similares como ella, la lista no era muy larga pero sí. Llegando a la conclusión y la receta era: atención personalizada, cariño de amigo, compañero y padre, ya saben para los consejos, necesitaba considerable cuidado, donde no dudé en el diagnóstico: Qué solamente gozaba en orden indistinto. Macana o droga. Sobra decirles que antes de dormirnos nos amamos, pero ya como ruquitos sobre todo yo, cumplí con que mi divo se mantuviera firme y terco como aragonés analfabeta. Me sorprendió como chupaba la nena, la cogida fue dentro de un marco de pasión de Azucena, por ratos me emocionó, pero no mucho. Me condescendía bastante observando su bello rostro y más cuando se desvanecían sus mejillas mientras succionaba. En menos de tres cuartos de hora, Azucena se sirvió generosamente, yo, me reservé para otra ocasión. Serían la una de la mañana cuando me desconecté.

Unos golpes suaves en la puerta me alertaron. Como si estuviera en mi departamento me levanté, abrí la puerta valiendo madre que me vieran desnudo. Imaginé que era la recepcionista de Ángel o alguien parecido todos con capuchas son similares lo que estaba seguro que era mujer, me comunicó que su jefe lo quería ver urgentemente. Le dije que me bañaría de volada. Azucena despertó sobresaltada cuando estaba vistiéndome, preguntó qué onda, dije que esperará.

Ella vio que eran las nueve de la mañana dijo que se iba, caminó a su bolsa y me dio su celular dijo que esperara la llamada de ella. Le comenté que me podría poner su teléfono escrito en una pantaleta no era necesario el aparato.

Negó con la cabeza y ya descansada y bien cogida no estaba tan pior. El trayecto fue rápido di cuenta que la población había disminuido al ochenta por ciento mínimo, donde están como si nada eran con los borrachos, la fiesta continuaba, me dio risa y pregunté a la encapuchada que cuales eran los lugares más concurridos, me manifestó que en orden estricto: borrachos y Gays. Pasando la recepción despedí a la mujer, abrí la puerta después de tocar dos veces. Estaban Juárez y Ángel, éste estaba de excelente humor después de darme un vigoroso abrazo vi que Juárez que se veía madreado Ángel me enseñó una fotografía que venía enmarcada con madera pintada en oro. Al verla descubrí que era los dos Ángeles yo. Ángel chico estaba montado sobre mí y estábamos el Cara de rata y yo sentados un bote de veinte metros. Un pinche barcote que nos robamos en Veracruz. Por cierto, que la mitad de esa embarcación era mía. Le pregunté por la nave y dijo que su padre la tenía clavada tanto que nadie la encontró. Juárez me acusó de haberle dado un levantón por la lanchota y si era cierto. Cuando desapareció el Cara de rata, yo era el heredero natural del yate. Nos reímos y acepté que hubiera soltado una lana por la embarcación. Se me quedó mirando serio y me dijo:

—¿Te avientas un tiro?

—No.

—Está fácil y difícil.

—Menos.

—Vas por un cabrón al aeropuerto a Toluca y lo traes...

—¿Cuánto me dan?

—Para ti medio melón, para cualquier cabrón 100 lucas.

—¿Cuál es el riesgo?

—Te pueden dar piso, por andar con él... Es un personaje importante para nosotros, no niego que es un rife cabrón.

—¿Yo solo?

—No, dos carros de escolta y un Muro de la PFP.

—¿Se puede saber quién es?

—No lo conoces, no tiene caso. Juárez dice que te la sacas para manejar. Nuestro chofer estrella lo atoraron en el Distrito y no lo voy a sacar hasta que llegue al reclusorio y rinda la preparatoria. Anímate ¡Échale huevos un rato!

Por mi cabeza pasaban las deudas y si bien tenía un billete guardado, gracias al Barbitas en paz descanse y asociados. El medio millón de pesos tentaban hasta un santo de la contraloría de la función pública. Este dinero representaba irme a vivir a Zipolite a ver viejas encueradas un año o dos. Pero si me bajaban... iba a dejar mis novelas y cuentos en la oscuridad eterna. Esto preocupaba más que dejar mi perro, hijas y nietos. Pensé que todo empezó por un viernes trece, busqué una señal y me la dio el reloj: Faltaban trece minutos para las diez de la mañana. Si buscaba una señal ya la tenía, ahora era cuestión de morir como pinche pez. Mi cerebro, mi puto cerebro me estaba ordenando que le atorara y de ahí saldría material para escribir una novela como: Visitando al Diablo Una aventura que tuve el año pasado con los difuntos del Barbitas y el Ingeniero. Comía y vivía gracias a ellos y otros picudos. Ángel y Juárez miraban interrogantes esperando mi respuesta. Chasqué los labios, moví la cabeza y dije que si sin hablar. El que se alegró más fue Juárez, de inmediato me di cuenta que este puto estaba o ya me había embarcado. Algo me dijo que no iba ser tan fácil ganarme tanta lana por unas horas.

—¿A qué horas es el jale?

—El avión llega entre nueve y diez de la noche.

—¿El billete?

—Te damos la mitad en este momento y el resto cuando me entregues al ñero.

—¿Y si me dan para abajo?

—Pues es un jale de a 250,000 varos. Já, ja,.

Por la cara de Juárez, de mi dependía que no se aventara el tiro él. Me daban ganas de rajarme, ya estaba viejo para andar de cabrón. Pero la perspectiva de una lana, mmmm. Total, dije como mi personaje El Sinaloa: Chingue a su madre el mundo.

—Va jugando, batos.

—Está bien Rubio, Juárez te voy a poner al tanto de todo lo relacionado, vamos a que te presente a la gente que te va apoyar de los nuestros, los de la PFP se les avisa hasta el último momento para prever las fugas de información.

—¿Qué, no va ir conmigo el Juárez?

—No, le saca a la verga.

—A cabrón, pues ni modo.

—Te voy a dar billetes de a mil, ¿no hay problema?

—Ninguno, mejor.

El celular de Azucena empezó a repiquetear y no me dieron ganas de contestar, me di cuenta que era un *BlackBerry* eso ya me gustó pues era como de a 5,000 Varos.

Cuando levanté la vista ya tenía enfrente el billete no era gran bulto. Una paquita valía mi vida, la metí con seguridad en la bolsa de mi pantalón, sentí el confort del pendejo, saber que no alcanzaba a gastarlos, me dio un poco de preocupación. Ya estaba el compromiso ¿y yo batos?, no me dejaría agarrar fácil.

—¿Qué onda? ¿qué hacemos?

—Vamos a que escojas carro y conozcas a la gente.

—Pues vamos a darle, quiero hacer una petición.

—Dime, te escucho.

—Quiero que cuando venga a *Todos Felices* no me cobren ni madres.

—Mientras esté yo, es un hecho.

3

Lunes 16 ....11:00 Horas.

Ángel y Juárez caminaban delante de mí, bien me decía mi padre "Para sinvergüenza no se estudia, se nace" El acceso de salida estaba de inmediato cuando vi la luz le hice como vampiro de película y eso que estaba nublado batos. El estacionamiento era grande. Caminamos hasta donde estaba un tejaban metálico como almacén. Había guardia de dos tipos. Cuando vieron a Ángel casi se tiran al piso como alfombra, éste los saludó amable cuando entramos se escuchó un grito: ¡Atención! Estaban cuando menos unos ochenta hombres y mujeres que se formaron en secciones o grupos. Quién entrara en este momento se imaginaría o juraría que estaba en una guardia de agentes o un grupo de la milicia.

El mecanismo era el mismo había jefes de grupo, comandantes y un comandante general y Ángel. Le rindió novedades que entendí perfectamente sin saber sus putas claves. Ángel lo interrumpió y buscó con la mirada chifló como de barrio y unos changos feos, se acercaron como siameses. A simple vista estos cabrones eran como para salir corriendo viéndolos entrar a un banco o en una joyería. No soy racista y menos con mis paisanos, pero estos hijos de puta representaban la vileza andando. Salvo dos morenos con cara de mayas.

Ángel se les quedó mirando como si fueran de su familia, fue entonces cuando agarré la onda. El nepotismo es lo más socorrido en cualquier mafia. Pero con estos como dijo don Carlos Payán: "Con esos, ni a la esquina"

—¿Cómo los ves? Es mi banda personal. Son confiables todos.

Eso que se lo crea la madre Teresa, les recorrí el rostro estaban sacados de una película de Sariñana, me empezó a ganar la risa y dije a Ángel que si contábamos con casa de seguridad en Toluca. Con la mirada preguntó al comandante general y éste movió la cabeza afirmando. Volví a ver a la fauna de culeros y valiéndome madre pregunté si podía escoger la gente. Tardó unos segundos para decidir, Juárez le secreteó y dijo que sí. Para empezar, no ofendiendo pregunté quién mandaba la banda de Ángel. Levantó la mano un joven de aspecto con aire de azteca refinado, bronce y nácar tenía el tipo, fuerte y delgado con el pelo cortado casi al rape, vestido de negro con buena ropa estaba cerca del metro setenta de estatura, ojos grandes, negros. Daba buen aspecto quizás el mejor de todos, irradiaba seguridad.

Le pregunté cómo se llamaba y me dijo con desdén: Jabali1.

—¿Me puedes ayudar a escoger gente?

—Si señor. —Dijo riéndose viendo a su banda y a Ángel.

—Ordena por favor que den un paso al frente los que han trabajado de custodios de valores.

—No seas mamón Rubio, hazlo tú. —Ordenó Juárez.

Y si, tenía la razón, como dijo mi padre: "Que te ganen por pendejo y no por huevón". Debería de haber sido actor de cine porque sé actuar de varias maneras y la de jefe estaba en mi repertorio.

Con seguridad ordené un paso al frente los que laboraron alguna vez en la custodia de valores. Después de unos segundos de espera avanzaron seis tipos todos jóvenes salvo dos maduros de cuando menos cuarenta años. A los mismos les pregunté su antigüedad, no me sorprendió que los más maduros fueran los de mayor permanencia este ramo. Miré a Jabalí1 para su aprobación y desechó a uno de ellos al que parecía más vivo, indicándome que el otro era el gatillo de su grupo. Me fijé más a fondo y el perfil físico era bueno para lo que lo quería, era blanco, delgado con aspecto de clase media, de fácil sonrisa. A continuación, solicité oriundos de Guerrero y avanzaron bastantes, pregunté por los de Costa Grande. Salieron al frente casi la mayoría, pregunté por gatillos y cuatro no levantaron la mano. De nuevo dejé que escogiera jabalí1 a cuatro, dos por cada carro. De las mujeres pedí dos en este caso solicité voluntarias, en una demostración de solidaridad todas avanzaron, pregunté por las gatillo y tres levantaron la mano. Dos jóvenes y una flaca insignificante que se parecía monja. Sin dudarlo la escogí después de enterarme que llevaba más de veinte cristianos en su cuenta personal y escogí a una señora que tenía rostro apacible de unos cuarenta años cuando menos. Ángel me dijo que me faltaban una persona para a completar los ocho. Mi superstición me despertó en ese momento y solicité a jabalí3, comunicó el comandante general que estaba de descanso y entraba mañana, miré a Ángel como diciéndole que me respaldara en mi petición y ordenó que lo fueran a buscar, comentándome que estaba en corto su cantón. Nos dirigimos a ver los vehículos y había a lo cabrón, cuando iba a preguntar por los duros, Juárez ya me estaba señalando los blindados, había camionetas de lujo y deportivos chidos. Un *BMW 335i*, me estaba cerrando los ojos, negro con los vidrios ahumados casi claros, me informaron que tenía nivel seis sin pensarlo lo escogí, cuando me di cuenta que tenía cinco mil kilómetros de caminado. En cuanto a la escolta: Una *X5* preciosa gris nivel seis y un *Avenger* blanco de nivel siete de muro. Ya satisfecho por mis elecciones pedí ir a mi casa a bañarme y cambiarme. Ángel se despidió preguntó si quería una arma que se la pidiera a jabalí1.Cuando salimos a la calle me di cuenta a las pocas cuadras que estábamos en la Colonia Vallejo, marqué la poniente 128 y Norte 45, era lógico, solamente en esta parte de la ciudad había esta clase de terrenos, en cuestión de un par de minutos estábamos en la calzada Vallejo, el *BMW*, respondía según lo que quisiera, la primera velocidad daba los ochenta kilómetros sin forzarlo, la segunda los ciento veinte. Ya con esa demostración de poder. Dejé por la paz al carrito que se deslizara a sesenta kilómetros y en cuarta, después de unos minutos no vi ningún radio. Le pregunté a Jabali1 por la comunicación y me dijo que no la necesitaríamos. Con un brusco viraje me estacioné y terminante ordené que consiguiera radio para todos los elementos, de inmediato. Se atrevió a decirme que con los celulares bastaba. Negué serio viéndolo a los ojos, sentencié que no había ninguna operación sin comunicación. Pensé en darle una cátedra de lo que es una vigilancia, seguimiento, prevención y demás rollos que se me olvidan cuando anda uno de cabrón. Sacó su celular que era un Nextel. Vi el aparato como si estuviera idiota. Me quedé viendo a Jabalí1 apenado, pregunté qué, si todos traían lo mismo, movió la cabeza afirmando sonriendo. Para componer la cagada, dije que mandara a la casa de seguridad de Toluca a los elementos y que no se fueran juntos, espaciados por tres o cuatro minutos de diferencia. Algo me decía que estaba hundiéndome en un mar que ya no sabía nadar.

Arranqué con tremendo patinón que se me fue de lado el *BMW*. Controlé rápido, aventé la segunda y de nuevo las llantas se hicieron notar. Me dedique ver el tablero del carro tenía que no manejaba un carro del año varios años y blindado era como el tercero o cuarto en mi vida. Consideré que el peso del automóvil era fundamental para equilibrar la potencia de los frenos cuando casi me subo con todo y carro a un taxi se paró de súbito, para recoger a una vieja gorda. Ya superado el pedito, volví a manejar como lo hago siempre, despacio. Me enteré que Jabalí1 era hijo de la hermana del cara de ratita, no me extrañó que mencionara la Cerro Prieto. A primera impresión estaba tratando con mimado de la mafia, hay decenas de jóvenes que por inercia entran en las actividades ilícitas de parientes más cercanos, le pregunté su edad dijo que andaba en los veinticinco años. Y estaba a un año de convertirse en abogado. Como que no se la creí hasta que me comentó que estaba en la libre de derecho. Esto me dejó pensativo. Llegamos a la casa subí al abrir la puerta los lloriqueos del puto del Malik me pusieron de mal humor. De mala gana lo invité a que se sacara mucho a la chingada, mi noble perro no se animaba a salir a la calle sin mí. Su desesperación por salir me hizo claudicar e invité a jabali1 a que entrara y me esperará mientras paseaba al perro. Este me dijo que mejor me acompañaba, ya que sufría de cleptomanía, me dio risa, cerré la puerta y los ladridos retumbaban en el pasillo apurándome. Jabalí1 conservó distancia entre mi perro y yo. Mis pensamientos versaban sobre un asunto que no tenía mucha bronca o quién sabe, recordé otra frase de mi padre: "Uno no sabe por dónde brinca la liebre" pasamos más de quince minutos mientras el Malik meaba chido, Jabalí1 se dio cuenta que era del barrio gacho, tochos me saludaban a paso, preguntó cuántos años tenía de vivir en el barrio y me quedé pensando que era desde el 92 para acá, casi un ventilador de años.

Subimos y al agua Me bañé con parsimonia, no tenía prisa eran las doce. Me estaban dando ganas de rajarme pero en la mafia eso no se vale. Salí arrastrando los pies por la preocupación, en mi recamara estaba acostado el Jabalí1 jugando con el control de los canales, sin pudor me empecé a poner los calzones. Él joven me preguntó si se salía. Lo ignoré, saqué ropa oscura, sin duda el mejor traje que tenía, lo había comprado cuando entré a trabajar en aduanas. Dudé la camisa, decidí una blanca de lino, cuando terminé de vestirme parecía gachupín sin corbata, escogí una viejísima de antílope ¿Por qué?, sepa la chingada.

Era una corbata pasada de moda como unos treinta o más años. La ridiculez de la prenda me convenció. El espejo me sugirió que me parecía al *Hit Men* un personaje de un juego de video, que es un asesino que avanza el juego según mata personas. O ya sé, me parecía al papá del *Trasportador*, el inglés que maneja el *BMW* y pelea mejor que *Bruce Lee.*

Pues como dijo un pinche colombiano mafioso: "Tiene más reversa un avión que yo" Con esta filosofía negra me aresté a salir de la casa, pensé en el dinero. Fui al teléfono de la sala, marqué el número de la Totis, mi hija que vive en Toluca y pedí que esperara en el puente de Lerma. Ella se negó diciendo que estaba trabajando y su jefe no le daba permiso de salir. Endurecí el tono y le volví a repetir lo que quería y que me pasara a su jefe para hablar con él. Conociéndome mi hija dijo que a qué hora quería que estuviera. Convenimos a las dos y cuarto. Mi dinero ya tenía destino.

Cuando estábamos llegando a Constituyentes, el Nextel se activó y alguien avisó que ya estaba con ellos Jabali3, él joven me preguntó por qué había pedido a ese cabrón y le respondí que él era el que me atoró el viernes.

Por un principio no entendía nada el Jabalí1, hasta que le conté la historia de cuando me levantaron. El *BMW* pedía velocidad antes que llegáramos a Santa Fe, no soy nadie para negar una petición de este portento de automóvil, dije a mi compañero que se pusiera el cinturón de seguridad porque iba a probar en serio la nave. Regresé a tercera velocidad aceleré a fondo la manecilla del tacómetro llegó a las seis mil comprobé el velocímetro y estaba llegando a los ciento cuarenta, cuarta a las cuatro mil estaba en los ciento noventa, quinta doscientos diez y eso que estábamos de subida en eso estaba cuando descubrí que era de seis velocidades y cambié esa velocidad el tacómetro casi se murió cayó a dos mil quinientas revoluciones por minuto. jabalí1 se revolvió en el asiento, pero no pedía paz. Disminuí cuando ya estaba a un kilómetro de la caseta de pago. El carro ronroneaba le di un respiro en punto muerto, dejé que el aceite del motor lubricará por sí solo. Pagando en la caseta y viendo que el policía federal estaba papando moscas, la segunda se convirtió en tortuosa, tercera larga y de ahí me brinqué a la sexta de nuevo los doscientos kilómetros ya estaban. Así lo subí mientras jugaba con las estaciones de radio, por la Marquesa bajé a ciento cincuenta tranquilo. La recta de Salazar a doscientos treinta. Cuando tomé la curva de la Escondida a ciento setenta, Jabalí1 pidió que le bajara de velocidad. Yo estaba en lo mío, en la curva de la muerte, entré en tercera, el motor rezongó y cambié a cuarta acelerando salimos rozando el carril de extrema derecha y al ver que no disminuía la velocidad. Gritó fuerte. Volteé a ver divertido, comenté que conocía más o menos bien la carretera, lo mantuve a ciento noventa tranquilo rebasando carros a discreción, en nueve minutos estábamos llegando al puente de Lerma, mi hija estaba arriba de su araña de carro un bocho destartalado, al parecer estaba jugando o mandando mensajes con su celular. No se había dado cuenta que la estaba viendo como oprimía las minúsculas teclas. Se bajó dando un gritito de gusto y me abrazó con efusión, bueno, como son las hijas amorosas con su padre. Cuando le di el dinero dije que si me llegara pasar algo. Distribuyera equitativamente con sus hermanos y medios carnales que sumaban media docena en total. Ella arrugó la cara como Charpei, la abracé y dije al oído que se acordara que yo era el muñeco y tenía pacto con el diablo. Después de varias recomendaciones y un par de bendiciones me despedí consiente que era posible que no la volviera a ver. Me subí al carro aguitado, miré a jabali1, estaba con cara de enojado. Le pregunté qué onda y éste no dijo nada.

Después de unos minutos me dijo que si conocía el fraccionamiento Santa Elena. Le comenté que ya lo habíamos pasado que estaba casi a la entrada de San Mateo.

—Regrésate ahí está la caleta.

—¿Estas enojado?

—Manejas como loco o peor.

Yo creo que es tiempo que sepan que manejar es una de mis gracias. Empecé a la edad de trece años, un *Ford* 54, después le seguí con un *Mercury* 56 y a los diez y seis, un camión *GMC 53 Torthón* de nombre *El Pellegoso.* Mi etapa de camionero la terminé como suicida de volteos, construyendo una presa en Sinaloa. Cuando mi padre se cansó de mi persona a los 20 años me introdujo al mundo de la policía en el DF y debuté como patrullero de Tránsito, mi habilidad para manejar me colocó a los meses como chofer del coronel Mena Hurtado un hombre famoso en la policía. Por andar de pito suelto casi me mata este tipo y emigré a el estado de México donde me empleé como judicial al tiempo era chofer y escolta de Cuauhtémoc Hank Rhon, hijo del gobernador, con él aprendí a manejar como diablo, fue el mejor maestro para correr de verdad en donde fuera.

De ahí brinqué con el procurador del Estado Licenciado Carlos Curi Assad y a pesar de tener un excelente chofer en muchas ocasiones me pedía al volante mientras él dormía plácidamente. En la brigada era el tercer conductor designado después del Flaco y El Pinocho, unos ases del volante, además durante años me contrataban o invitaban a pillerías, donde había que imprimir velocidad para burlar a los patrulleros, ¿Cuántas veces? Muchas. Les manejé a varios personajes y a sus familias, que están en la historia de mi país, bueno para terminar.

Hasta a la esposa de un premio Nobel, le conduje una corta temporada. Manejo chido. Rápido y despacito es igual de seguro.

Llegamos al Fraccionamiento, me sentía excitado por la propuesta de poder del auto alemán, estaba seguro que al último esto valía para pura madre, las balas de un cuerno eran mucho más rápidas. Buscamos la calle de Hacienda Santa Rosa, no tardamos nada para encontrarla. Cuando llegamos casi me da un ataque de histeria al ver los dos autos para la operación frente al número. Era un anuncio para las autoridades que era una casa de seguridad, los lujosos autos no concordaban con la zona que era de clase media. Me seguí derecho y en la esquina estacioné mi bólido alemán. jabalí1no comentó nada al respecto. Caminamos rumbo a la casa que era de dos pisos, el exterior se veía descuidado, estaba casi pintada de azul y blanco por lo deslavado del tiempo. Activó su Nextel pidiendo que abrieran la puerta, ésta se abrió a unos pasos antes de llegar. Ordenó que movieran los carros de inmediato. La casa de seguridad cumplía con las especificaciones. Una sala desvencijada por el uso rudo, se parecía a la mía gracias al puto de mi perro, una televisión de plasma, estaban cuatro elementos de inmediato reconocí al Jabalí3, con la boca abierta a todo lo que podía, el aire estaba enrarecido por la baserola. Me guié por el olor, en la cocina estaban los cuatro guerrerenses atizándose quitados de la pena, se estaban pasando un Bote de TKT, volteé a ver a jabalí 1, para que pusiera orden.

Mi educación criminal se fundamentaba en cero drogas en horas de trabajo, de inmediato me arrepentí de haber escogido a estos pinches asesinos. Los viciosos no eran confiables para nada. jabalí1 con violencia, se apoderó del bote y lo arrojó al piso aplastándolo con su fino mocasín italiano, requirió las piedras restantes y cuando iba a arrojarlas a la basura yo intervine y comenté que más tarde les daríamos una ración para no tenerlos histéricos. Sabía de la adicción que causa esta chingadera. Los tipos miraron con rencor les regresé la mirada más fiera que tenía en mi repertorio, sobre todo a un pinche chaparro prieto, pelos parados, que al parecer era el más ladino y líder de los guerrerenses. Convoqué a una reunión de acercamiento. Eran cerca de las tres de la tarde. Faltaban cinco horas de espera, como pinches ratones los tipos desaparecieron de mi vista. jabalí1 comentó que el consumo de enervantes estaba permitido, aún en horas laborales. Me quedé viendo al techo buscando una respuesta, lo único que se me ocurrió fue decir que como responsable de esta operación, no iba a permitir de ninguna manera. Jabalí1 levantó los hombros como diciendo tú sabes tu pedo Ubiqué una silla del comedor y me senté en medio de la sala. Di un discurso sobre las labores de vigilancia. Empaté a las mujeres con los hombres. Al custodio con la monja y al jabalí3 con la otra mujer. No les dije que iban a estar de vigilancia a los alrededores del aeropuerto, sabía que iba a llegar el tipo en vuelo privado. Tenía planes para los putos de la PFP. A los escoltas les dicté que no se moverían de los autos o efectuarían labor de vigilancia, jabali1 permanecería a mi lado. El hambre llegó generalizada a las cinco de la tarde, invité a los Jabalíes que me acompañaran todos votaron por tacos, pedí las llaves de la *X5*. Salimos a la calle justo cuando pasaba una patrulla de judiciales que estaban al parecer checando una dirección. Esto me puso alerta, cuando vi que se pararon en la siguiente cuadra y uno de ellos se bajó a tocar en una casa, como que descansé, pero no me la tragué completa le saqué una foto al chango que miraba sin ver directamente. La camioneta estaba como seda olía a nuevo la vestidura se veía que era nueva, nueva. Tomamos El Paseo Tollocan jabali3 venía callado por el espejo retrovisor sentía su mirada. Se notaban que eran buenos amigos entre ellos, hablaban a ráfagas y remataban riéndose. Los conduje directo a los tacos de *Tránsito*, la boca se me hacía agua de sentir que los iba a saborear.

Por la hora casi no había gente, cuando pedí cincuenta tacos para llevar de: bistec, revolcados y maciza y para mi tres de bistec, dos de maciza para comer ahí mismo. Los Jabalíes me imitaron y a cada mordida aprobaban mi buena selección moviendo la cabeza afirmando que estaban sabrosos.

En este inter se acercó jabalí 3, La verdad que no me caía mal era el clásico ñero del DF, el canturreo los delata a madres. De alguna manera me estaba pidiendo una explicación por embarcarlo en este jale, por el tono que estaba hablándome con reproche, haciéndome notar que estaba equivocado rotundamente en la elección del personal. jabalí1 nada pendejo se acercó de inmediato a escuchar a su compañero:

—¿Qué onda guey?

—Le estoy diciendo al jefe, que se equivocó al escoger a la gente, no me laten nada el Zotoluco y Pánfilo, para mí que son dedos, me enteré a que venimos...

—¿A qué, compa? dije temblándome un poco la voz.

—A recoger una pinche bronca... a un desertor del Chapo, ese señor vale un buen billete. Parece que es el contador principal, este jale ya tiene rato, parece que lo tenían atorado en Estados Unidos, está caliente de por si la plaza, aquí tenemos enemigos, Toluca es una plaza caliente, que no es de nadie.

Jabalí1 en un arranque de buen cabrón me comunicó que él tenía órdenes estrictas, que en cuanto hiciera contacto con el bato, él se abría en el momento.

¡What! Me imagino que se siente cuando uno se vuelve diabético por qué me entró una angustia como de puto y las patas nada firmes, lo único vivo en mi cuerpo eran los huevos que subían como elevador de Pemex. Por lo visto esta historia se la iba a contar a San Pedro...

Me aterraba la idea de morir degollado, igual que mi hijo Juan Pablo y este evento no tenía más de seis meses de suceder. El puto taco se enfrío igual que yo...El color de mi rostro era cenizo, con cera de pábilo y los ojos... La seriedad del planteamiento de jabalí3, estaba dentro de la lógica. ¿Qué me convencía? Los pinches periódicos, las noticias en la televisión, la contabilidad de muertos eran el pan de cada día. Los pendejos, imbéciles, brutos, mensos, sumaban a diario y yo me iba a agregar a las cuentas. La camioneta caminaba por si solita a cinco kilómetros por hora, decidí frenarla un poco mientras encontraba una solución. jabalí1 miraba tranquilamente valiéndole para pura madre mi situación y jabali3 al parecer estaba en las mismas que yo, se veía aguitado el bato, me dio un chingo de risa los contaminé y se reían, pero de mi los putos. Este fue el detonante que necesitaba. La *X5* respondió a mi pata de fierro, limpiándome lágrimas y mocos, dije:

—Con el único que cuento es contigo, ¿o le sacas al

parche? —dirigiéndome a jabali3, con cara de cabrón y mafioso.

—Le entramos señor... voy a traer a mi banda.

—Tú sabias de lo que está hablando jabali3.

—No, la neta, no.

—¿Te vale madre que pasa con tú gente?

—No te calientes pinche abuelito, te puedo ponchar tu madre, háblame con respeto... Cómo yo lo hago.

—Tienes razón, no debí decirlo así, en serio te puedes ir nada más resuelvo y me ayudas con esos cabrones, ayúdame a tapar el hoyo.

—Vas Barrabás.

Con el silencio de nuevo me desconsolé, sin bajar la velocidad. Asustado era poco, por un lado y por el otro lado podría ver un piche mosquito a dos cuadras. Pendejo, pendejo, pendejo, lo repetí como hacen los *Hare Krisna*, hasta que lleguemos. Cuando les vi la cara, me ganó la risa. Saludé y comenté que eran unos tacos chidos. Le pregunté a Jabali3 si conocía esta casa, él afirmo con sonrisa siniestra,

—Vamos a darle un roll

Subimos y la primera impresión fue el olor a muerte y sangre, dos recámaras eran dormitorios, dos pinches camas chafas individuales, varios catres, un madral de cobijas de mercado de cuadros azul y blanco, papeles tirados, rollos de papel para el culo, un puto mugrero. El baño, no se diga, la taza del baño era dorada con café de los orines, el olor era penetrante, del lavabo se podía decir que era una imitación a mármol por las capas de mugre, ¡no mamen!, bajo la regadera rastros de sangre y en las paredes también. El tour se estaba poniendo como de película, y como me adelanto a todo los acontecimientos, el último cuarto era el de tortura, como dijo mi papá "Me la dejo mamar si no es cierto" Bueno, bueno hasta el más pendejo adivinaba; había un rastro de sangre. Abriendo la puerta y yo la boca. ¡Qué previsores estos hijos de su putisima madre! La primera impresión...Brutal, podría ser la primera palabra, la segunda Horror y la tercera Indignación. ¿Hasta dónde habíamos llegado? Lo que estaba mirando, tenía que dejar un testimonio de la arbitrariedad para quitarle la vida a un ser humano.

La pared de la puerta y a mi mano izquierda estaba una caja de cartón con serruchos, serruchitos, martillos, martillotes y dos mazos de 18 libras, pinzas perras, mecánicas, jardinería y de tallos, dos garrotes cuadrados con pelos y sangre pegados, cuerdas, vendas, con sangre todas y era un putazo de ellas. En el techo, dos argollotas con polea choncha. Una cuerda con el nudo tipo de la ahorca, ¡Uta! Una silla de comedor pesada con esposas integradas y una mesa para el manicure, tinto en sangre, de varios colores. La ventana estaba tapada con papel periódico y de remate una cobija clavada al chile pinto, cinta canela a discreción y bolsas Jumbo para la basura negras varios paquetes, tres tanquecitos portátiles de acetileno, tapabocas de las que se ponen en las películas porno de cuero con una pelota de buen tamaño por último un tripie con su cámara de video. Chale el impacto para mis huesitos fue cabrón. En el lugar se respiraba la muerte, pero más a fondo, la injusticia volvía a morirse. jabalí3 se había dedicado a observarme, estos largos minutos que me tomé para mí, no me importaba que notara mi curiosidad, tenía que vivir para contar...

—¿Qué onda?

—Sube a los putos. —No, mejor te acompañó.

Bajamos justo al tiempo que estaban dándole los últimos tragos a los refrescos o sodas para la raza. Pregunté quien, si había operadores del cuartito de diversión de arriba y los cuatro matachines guerrerenses levantaron la manopla, al cara de culero lo invité a que me mostrara el funcionamiento de tales artefactos, el pinche mono sonrió abiertamente. Con la panza llena hasta yo soy amable. jabalí3 invitó al otro pinche chango platanero. Se unió jabalí1 y el que escogí de custodio.

Como si estuviera con un guía de un museo lo empecé a interrogar al hijo de puta.

—¿Cómo es la mecánica cuando le traen uno o más paquetes, como se les dicen a los atorados?

—25 señor.

—Bueno a ver, demuéstreme con su compañero, como si fuera 25 pero en vivo.

—Bueno lo primero que se hace se registra, a conciencia.

—¿Como si estuviera entrando al reclusorio? — ¿Lo encuera?

—A si es, señor.

—Bueno, saltemos esa parte, ¿después?

—Se pasa al ablandador.

—¿Ese cuál es?

Me enseñó la polea de en medio, lo animé que la colocara y me mostrara cual era el fin, del ablandador. Mientras entre los dos putos colocaban una cuerda de nailon azul como de una pulgada de grueso que tenía como principio unas esposas, se las colocó al iluso de su compañero, al mismo tiempo me explicaba que normalmente se dejaba con las puntas de los pies rosando el suelo, como mínimo una hora y si no hay prisa hasta un día, relató rápidamente una lista de tipos ejecutados por sus manos, miraba su cara quería encontrar los signos de la perversidad por lo pronto veía a un hijo de su puta madre, feo y culero. Con una sonrisa esplendorosa pedí la cuerda y le di tremendo jaladon a la cuerda, provocando risas hasta el menso que estaba sin tentar el suelo, localicé el seguro para amarrar, nudo de camionero en milésimas de segundo, me le quedé viendo serio.

—Pon todas tus cosas, en la mesa.

Les quiero decir que tengo una preferencia especial por los tipos de Guerrero ya que son unos pinches coyotes, huelen el peligro, reaccionan como rayos, y son desalmados. Miró cuando ya iban en el aire los jabalíes. Lo redujeron en menos que lo que canta un gallo. De su ropa salieron dos armas cortas, dos celulares aparte del Nextel, dinero, más de 10,000 pesos y varias tarjetas de presentación, una imagen de mi patrón San Juditas. Lo sentaron en la silla de los recuerdos. jabalí3 no sé qué tanto le decía, pero se la estaba haciendo de jamón. Los celulares y el Nextel estaban apagados uno era rojo *BlackBerry* viejo de los primeros y el otro negro de los de a250 pesos. Le pregunté qué onda con el rojo enseñándoselo.

—¿Este para que lo usas?

—Para mi casa.

—¿Tú llamas o recibes llamadas?

—De las dos.

—¿Cuándo fue la última vez que funcionó esta chingadera?

—... No me acuerdo.

—A ver, yo te voy a decir.

En estos tiempos hasta yo sé exprimir de información a un celular. Consulté el menú, directo a llamadas recibidas. Trascribí los tres últimos números y cuando fueron recibidas, estas en este día.

—Quien te llamó a las diez y veinte.

—...No me acuerdo, viendo para el piso.

—Bueno, te la paso, de cuates.

—Quién te llamó a las once y media.

—No me acuerdo.

—¿Eres muy machín?

—No, ¿de qué se trata?

—Hablas y te mueres, te aferras, y van a usar todos los fierros que hay aquí y te mueres de todos modos, ya sabes cómo funciona esto.

Miré a jabali3 y éste me dijo con la cabeza que adelante, Jabali1 observaba serio, prendí el celular negro y curiosamente los números tres últimos coincidían con los del rojo. Un Mmmmm. Se me salió. Se los mostré a los jabalíes y el tres, se acomidió a darle unos mazapanes chidos, se le unió el uno. Era una sesión de tortura o de ajuste de cuentas. Lo que pasara, no era mi bronca.

Salí en busca de un cigarro de los que fueran. Estar cerca de la muerte es una sensación muy extraña, aunque uno esté del lado de los asesinos, no era la primera, pero estaba casi seguro que era la última. La vida es como quiera uno llevarla. Me daba gusto que me retiré muy a tiempo pocos años antes de las matazones que hay diario, la inseguridad me estaba chingando y verme inmiscuido en dos homicidios solamente un idiota no se preocupaba. Me senté en la sala, las mujeres estaban con cara de velorio. Un grito se escuchó, las mujeres se vieron entre sí.

Los dos guerrerenses miraban el piso y la puerta, como reflexionando si salían disparados del lugar y yo junto con ellos. Después de media hora bajaron los jabalíes con la cara de ya valió madre.

—Quemaron la caleta. Hay que salir de aquí.

—Lo más seguro que ya estén campaneando. Remató jabali3.

La imagen de los judiciales llegó a mi cabeza, era obvio que los putos de la mañana estaban al servicio de la mafia. Lógico era que nos dieran vida para agarrarnos con las manos en la maza. Le pedí a jabali1 su Nextel y pregunté la clave de Juárez, me dijo que era toro9, busqué menú ya saben la fauna toros, jabalíes, sirenas, centauros, lobos. Me pregunté por qué era tan pendeja la policía, seguí a continuación a marcarle a este cabrón. Cuando me contestó como que ya sabía que era yo porqué en cuanto escuchó mi voz se empezó a carcajear.

—Chinga tú puta madre, pinche bizco, pelón. —Dije desde el fondo de mi ser, sabía que era su peor ofensa, ya que lo estaba.

—No te pases de verga, ¿Qué onda?

—Esto es un desmadre, ¿No hay manera de posponerlo?, yo le atoró, sin falta para el otro... todo marca que andamos campaneados.

—Ya sé todo pendejo, me acaba de hablar jabalí3, su gente no tarda en llegar y el 25 viene en camino desde ya está en el aire... Lo único que te quiero decir que, si no te pones almeja, vas a valer madre, si le metes pata chido no hay bronca. Y creo que no se te ha olvidado rutas de rata y más que eres Toluco.

Para que veas que te voy ayudar llegando al Circuito Interior ya ganaste. Desde ahí te vamos a proteger chido.

—Suena ilógico por qué no venimos 100 cabrones para que llegue vivo el puto y yo también...

—Discreción Rubio, discreción. En este jale hay que darle vuelta a la ruedita chido y pata de fierro. Yo acabo de hacerlo y llegué tablas.

—Tá bueno puto.

Se iniciaron los preparativos para evacuar el cantón, jabali1 ordenó que filetearan a sus ex compañeros, yo esperaba que protestaran, ya que estos changos son muy unidos. Pero no, oh decepción, como pinches dóberman treparon las escaleras. Bien dice que la curiosidad mató al gato, no podía desperdiciar esta escena que se repite cuando menos unas veinte veces a diario en mi querida República. Le dije a jabali1, que me iba a echar un lente de volada. Movió la cabeza, morboso. Vi a jabalí1 que estaba hablando con las viejas, que ya se querían hincar. El ambiente era de guerra y terror no madres, yo para arriba. Hasta para salir a la calle hay pánico. Cuando entré los dos changos estaban con los ojos de plato, me imagino que estaban contentos de que a ellos no les tocó la muerte, por regla generalizada, toda la banda se va de un jalón al infierno. La escena era como me había imaginado:

El tipo que tenía la soga al cuello, con la lengua de fuera y los ojos abiertos y el gandallón, sin dos dedos y una bolsa de plástico sirvió para ahorrar una bala. El olor a muerte se siente, el surrealismo de ver dos personas todavía tibias deja un sabor de boca gacho. Me vieron recelosos, después, bajaron al ex compañero e iniciaron viaje al baño con un serrucho cada quién. Chacales era poco, la última mirada a la habitación fue generalizada. La impunidad y el abuso era la imagen que recogía mi cerebro y como remante; un cadáver sentado chorreando sangre de una mano. La verdad, no era la primera vez que veía esta escena. Pero hace años, muchos años atrás. Cuando bajé nada más estaba jabalí3 hablando por el Nextel, le estaban informando que al parecer no había campana sobre el cantón. Me miró a los ojos como si fuéramos amigos, medio sonrió.

—Vámonos abuelito.

—¿A dónde vamos?

—A donde sea, aquí está caliente.

Me dijo que nos habían dejado los *BMW*, me preguntó a donde nos iríamos a esperar a su gente, no pensé mucho y le dije que al Vips que estaba a camino del aeropuerto, sobre el Paseo Tollocan. El reloj estaba marcando cinco para las seis de la tarde. Quién lea este relato se ha de imaginar que todo saldrá bien, ya que parece que estoy escribiendo con impunidad. Lo que no saben es desde donde estoy haciendo estos menesteres.

Hay muchas cárceles en la República o escondites machines. Pueden empezar con sus deducciones. O si está chafa el texto, párele y cómprense una novela de Taibo2 o de Mendoza.

4

Lunes 16. 19:00 Horas.

Tenía más de una hora escuchando a los integrantes de la banda del jabali3, por principio me miraban extrañados, a menos de 72 horas de haberme atorado, estaba en su íntimo núcleo, las bromas fueron subiendo de color cuando jabali3 los puso al tanto de la chambita, qué iba a hacer. Se mofaron durante varios minutos hasta donde iba a llegar, él más pesimista, un joven delgado con cara parecida a Luis Aguilar, cuando estaba joven, de modales reposados y largas manos que movía cuando hablaba con voz o de barítono o de pinche marihuano que ya fumo más cien kilos en su vida, este mal ave de augurio pronosticó que no llegaba al paseo Tollocan, esto fue acallado por jabalí3, preguntándole a qué había venido, el bato arqueó las cejas y miró su café, jabali3 les echó un puto discurso, sobre las labores de apoyo que tendrían que realizar que estaba en juego la vida de algunos de nosotros y bla, bla, bla.

Los minutos se volvieron agradables fue como una presentación de las habilidades de estos changos. Una de las chavas que parecía ser la vieja del jabalí3, con la cautela, me introdujo a la plática y me forzó a que diera mi currículo criminal.

Acepté que fui tira y compañero chido del padre de toro1 cuando estábamos en la brigada y que sabía manejar chido. Sugerí que nos fuéramos a dar un volteón por el aeropuerto, para picar la salsa. jabalí3, le pareció buena idea ordenó que a discreción dieran un roll y se estacionarán separados viendo hacia la salida de Toluca a medio kilómetro cuando menos lo más tapiñados posible. Todos salieron menos la vieja de jabali3, éste le dijo que pagara la cuenta, nos levantamos y esperamos en el estacionamiento. La mujer era de patas delgadas y nalgas de víbora, esto se olvidaba con el pechugón que se cargaba, a lo mejor era de plástico y de facciones bonitas… de chunda. Se estaba estableciendo un trato afectivo y esto me agradaba ya que los ñeros son buena onda, cuando quieren. No voy a decir que conozco el aeropuerto muy bien, pero dos, tres sí. Hace tres años estuve en una unidad de disuasión de contrabando de dinero y droga en Aduanas, fue un tiempo muy corto ya que descubrieron que había sido rata de la DFS y PGR. Me mandaron al polígrafo y en cuestión de horas me dieron una patada en las nalgas. No importando que había decomisado con mi banda más de un millón de dólares y 20 kilos de heroína. Otras aventuras. Me enteré que la PFP nos daba la oportunidad de recoger al tipo al borde del avión y escoltarnos hasta las rejas de la salida, nada más. Y él con su gente haría el muro hasta México.

—¡Ha chingado! ¿Yo solo nada más?

—Si abuelito… No le vayas a meter mucha pata, no te nos vayas a perder, si te pierdes no te podemos hacer el paro.

Esto me lo dijo con la acidez de los cabrones que no les importa la vida, y menos la mía. Por poco me estampo detrás de un carro, los frenos de la *X5* eran más potentes que el *335i*, desde ese momento ya le empecé agarrar cariño.

Le dije acariciando el volante que iba ser su violador. Esta es otra de mis manías. Hablo con los carros. Dirán que estoy loco, pero a mí me da resultado, esto comenzó cuando me traje un camión de Hermosillo hasta Guasave en segunda. Hace más de cuarenta años le rogué al pinche camión que no me fuera a dejar tirado en la carretera, durante dieciocho horas.

Los integrantes de la banda marcaron a dos vehículos como sospechosos, sugerí a jabalí3 que le aventaran a la tira o a los tecolotes, esto parece que lo ofendió, me parece que esto no estaba en su código de honor. Antes que me diera un ataque de histeria pedí su Nextel y solicité la ubicación de los sospechosos informaron que estaban casi a la entrada del estacionamiento y los otros en la misma dirección de ellos, viendo hacía Toluca. La *X5* la hice zumbar En cuestión de dos minutos estaba viendo a tres tipos, dos estaban jetones y él del volante estaba a las vivas. El auto era un *Malibu* de modelo reciente, oscuro y sucio con placas del DF 335 RFA, apuntó las placas la chava que me enteré que se llamaba Vicky. Al avanzar y giré mi cabeza a la izquierda estaba una camioneta *Jeep*, con cuatro tipos que charlaban acaloradamente. El retorno estaba a más de un kilómetro la camioneta se vio forzada a cumplir con su ingeniería, cuando tuve a la vista de las placas de la Jeep placas 494 GRV estaba marcando al 066, con voz de espantado hablé apresuradamente mencionando que eran asesinos y secuestradores y que la policía los estaba protegiendo y di los datos de los vehículos. Le dije a jabalí3 que me dejara en una tienda que se dominaba el panorama y si, en cuestión de cinco minutos tenían rodeados a los dos vehículos. No hubo enfrentamiento, pero si dialogo feroz por las dos partes, por mientras se los llevaron. La experiencia me decía que serían remplazados inmediatamente por otros malandrines, jabali3 dijo que era un viejo mañoso. De nuevo le dimos vueltas al perímetro.

Me llamó la atención un hoyo en la alambrada al final de la pista, era claro que era un paso usado por los habitantes de Totoltepec. Decidí dejar la *X5* al lado del hoyo. Jabalí3 habló para que nos recogieran sobre la avenida El Cerrillo camino a San Pedro Totoltepec, el reloj marcaba las ocho y media. Me sentía acalambrado, estaba visto que no estaba en forma para arriesgar la vida como cuando era joven.

No había ni la más remota posibilidad de agarrar mi chivitas e irme mucho a la chingada. jabalí3 me preguntó por qué dejar la camioneta en ese lugar, le sonreí a medias y le dije que se daría cuenta al rato. Avisaron por el celular que en una hora estaba el hijo de su recontra putisima madre que lo echó a este mundo, que podríamos pasar con todo y carro y que los elementos de la PFP tripulaban la patrulla 1949. A la hora pactada llegamos a la puerta de entrada de vuelos privados. Los federales nos ubicaron de volada e indicaron que abrieran la puerta, nos guiaron a donde estaba el hangar correspondiente, nos metimos de volada y los federales dijeron que vendrían cuando llegara el avión de la muerte. Estaba seguro que nos vieron entrar, este pinche *BMW* se iba a hacer famoso cuando saliera, los compromisos de la policía muchas veces son doble. El lugar estaba escasamente iluminado, un velador o vigilante viendo la televisión, en un cubículo de gato, no se molestó en preguntar quienes éramos. El silencio entre jabali3 y yo era abismal. Mis pensamientos al fin raros como soy yo estaban desviando mi preocupación en no poder asistir a la feria internacional del libro del Zócalo a una mesa de conferencia en la que estaba invitado. Era mi debut en las ligas mayores con escritores reconocidos. Por principio estaba invitado el súper estrella Elmer Mendoza y Javier Valdez, dos escritores consagrados de la novela negra y como no soy de la altura de Elmer éste canceló y le entró al quite Federico Campbell, que es mi amigo. Me entró una paranoia por mis textos. Le llamé a mi amiga Ana maría Jaramillo escritora colombiana, con la que llevo una buena amistad, hable con Anita como me decimos los cuates, tratando de ser lo más ecuánime casi le hice jurar que en caso de mi muerte solicitaría el USB a mis parientes con mis textos y que publicara lo más rescatable de mis escritos que ya son dos, tres. Ella me preguntó repetidamente que, si estaba bien, yo me reía como si fuera Santa Claus tratando de no oírme como si estuviera cagandome. Cumplido este requisito ya podría morir contento. En un arranque de buena voluntad Jabali3 me ofreció su *MP5* calibre nueve milímetros, y cuatro cargadores. Esto me pareció un acto de magia ya que nunca me di cuenta que traía tremenda metralleta. En si la arma es pequeña y mortífera. Me dio risa, la acepté prometiéndole que se la devolvería. Preguntó que si sabía cómo funcionaba. La miré y localicé el cortador, la cargué colocándole tiro en la recámara y el seguro de inmediato. Le pregunté si traía perico afirmó como si fuera mi último deseo. La que me lo entregó fue su chava, como con piedad. Al tener el guatito consté que eran tres gramos como mínimo. Me dieron ganas de un jalón, pero no. El buen rata le mete hasta el último, pacheco vale para pura madre. El empleado se puso las pilas porqué prendió las luces del hangar y con parsimonia se fue hacia fuera. jabalí3 miraba como si estuviera con un próximo cadáver, mientras su banda reportaba que los batos que atoraron ya habían regresado y estaban de clavo en la salida. Jabalí3 ordenó que en cuanto se movieran les dieran en la madre y se fueran a la base en chinga, me dijo que por estos ñero*s* no me preocupara.

Nos miramos sonrientes los dos o más bien los tres. Me estaba sintiendo bien. El avión era un *Lear Jet* que se veía nuevo o bien cuidado, el ruido de las turbinas estaba fuerte, el empleado bloqueó las llantas y se abrió la puerta. Bajó un pinche güero como de dos metros o le faltaba nada para llegarlos, después otro del mismo estilo venía cómo andan los evangélicos o sea corbata y camisa nada más. El tercero sin duda era mi hombre. Un tipo joven casi cuarentón como de ratón de escritorio, blanco, complexión normal un poco panzón, con mata de pelo de intelectual y ojos grandes que miraban nerviosos. En eso apareció la patrulla de la PFP, esto me regresó la sangre al cuerpo. No se acercaron. Los güeros hablaban al mismo tiempo, el ratón de escritorio se metió la mano a su portafolio y les dio algo pequeño.

Para mi gusto que era un USB. Se dieron la mano y el tipo enfiló a donde estábamos nosotros su paso era como de corredor de maratón de caminata. Los güeros se metieron en el avión, creo para hacerse pendejos. Yo agarré al tipo del brazo y dije que me acompañara, con la mirada le di confianza. jabalí3 se me quedó mirando como chinito y siguió para saber que estaba tramando. Me acerqué a la patrulla y sin pedir permiso subí a mi encargo mortal, estos se revolvieron como víboras en peligro. Encaré a Jabalí3 y le dije:

—Se me hace que los dos tenemos la misma bronca.

—¿Por qué?

—Porque tú vas a salir por la puerta, yo me voy a donde está la camioneta y ahí por mi propia cuenta le llego.

—Te pasas de verga pinche abuelo.

—Tú tienes el apoyo de tu banda Nos vemos en *Todos Felices*.

—Está bien, cuídate viejito.

Nos dimos la mano de cuates, me subí a la patrulla, los dos changos plataneros, me miraban interrogantes y por supuesto mi encargo.

—Denos un raite al final de la pista, hay nos quedamos. Con las luces apagadas, son treinta segundos de jale…

Los patrulleros se miraron como si les hubiera hablando en francés o ruso, al apurarlos gritando ¡Vámonos, vámonos! El chofer aceleró como a mí me gusta. Yo creo que fueron menos de dos minutos de trayecto. Inconscientemente traía la *MP5* con el dedo en el gatillo, mi dedo gordo descansando en el seguro, Como decían los veteranos de Viet Nam "Lets Rock and Roll" Mirando alrededor como gato, abrí la puerta del tipo, con el ¡bájate! iba acompañada de mi mano, agarrándolo como si fuera detenido. Este parecía Labrador bien obediente el puto. La mano izquierda ya estaba oprimiendo la tecla del control y caminando un poco más rápido que Usain Bolt, nos subimos. Grité ¡cinturones!, terminamos empatados nos miramos. Él bato quiso hablar, con la mano le dije que callara. Éste se revolvió sobre el asiento y se puso en posición de copiloto de Rally. Me di cuenta que no era nada pendejo y que venía preocupado de a madres. Pues ya éramos dos. Había marcado una ruta la primera la segunda la tenía definida.

La velocidad empleada hasta este momento era de rata moderada, rápido, pero no exagerando, el bato, carro que veía estacionado o rebasábamos picaba la salsa. Sentí que la muerte me estaba llamando a gritos cuando el tipo empezó a repetir como disco rayado.

—Traigo chip, traigo chip, traigo chip.

—¿Qué dices, donde?

—Me lo pusieron los DEA en el avión, en una nalga...

No había duda de lo que escuché, eso quería decir que "Por más chiquita, no nos la íbamos a acabar" Esto cambió el panorama, el velocímetro avanzó a los ciento ochenta, la avenida que era una carretera vieja mientras escuchaba el rezo de: Traigo chip, traigo chip.

El destino me estaba indicando el camino. Sonó el Nextel era uno de los chalanes de Jabali3, avisándome que a las vivas; que iban tras nuestros huesos y ellos iban a atrás de ellos y me sugerían que me detuviera para provocar el enfrentamiento. No me latió la proposición, me sonaba como trampa. Vi la desviación a la autopista a México, no dudé en tomarla. ¿La velocidad? sobre los doscientos kilómetros, gracias a que el vehículo estaba nuevo no se sentía la velocidad, nosotros sí y gacho., los minutos contaban. Él pinche mono no dejaba de repetir

—Traigo chip, traigo chip. Me van a matar, me van a matar.

Y yo repetía: Trae chip, trae chip. Nos van a matar, nos van a matar.

Por la hora no había tráfico, encontramos un par de camiones y varios carros en nuestro veloz paso, la *X5* que estaba sintiendo el peso de mi pie. Cuando pasamos por Ocoyacac. Estaban dos carros con varios cabrones por fuera y al parecer estaban contando los carros cuando menos. No fue raro ver que se subieron. Nos miramos confirmando que estaban sobre nuestros huesos, el tipo sufría. Calculé que mientras se subían y arrancaban, nosotros ya iríamos varios kilómetros de ventaja, la disyuntiva estaba al llegar a Salazar. Mi intuición me indicó que le diera rumbo para Santiago Tianguistenco. Los topes del crucero me valieron para pura madre, la carretera era para expertos, varias veces la recorrimos mi querido patroncito Cuauhtémoc Hank con un *LTD* del año 75 yo con un *Maverick* como apache marihuano atrás de él. Estaba poniendo tierra de por medio, también me estaba poniendo solo. Sabía que los chips se implantaban sub cutáneos pero no mucho. Para salir bien librados cuando menos momentáneamente sería buscando un doctor que le abriera la nalga y conjurada la bronca, al pasar por una terracería que terminaba en un vallecito súper chido, de nuevo una corazonada, me metí hasta donde se necesitó la doble tracción y remontamos un cerrito donde se dominaba un tramo de carretera. Apagué el vehículo, bajé para planear algo. Los segundos pasaban y nada. Me entró una idea y le pedí al tipo que bajara, le pregunté por su nombre y me dijo que se llamaba Leobardo Galván.

—Ya tengo solución para tú chip.

—¿Cómo? lo tengo muy adentro.

—¿Qué tanto?

El bato abrió y cerró los dedos, me acerqué a ver la medida y calculé que eran de tres a cuatro centímetros, le pregunté si estaba seguro y me dijo que sí que a lo mejor era menos. Como si fuera mi vieja le di un buen agarrón de nalga, aguada de buen tamaño. Le enseñé deliberadamente la *MP5* y le pregunté:

—Me imagino que no te importa que te vuele un cachito, ¿O te mueres completito?

El tal Leobardo miró la metralleta, por el rostro estaba aterrado, imagino que pensaba que le iba a dar en la madre, pero no. Mi intención era darle un rafagazo en la nalga en cuestión, retrocedió unos metros yo avancé los mismos, mi oreja estaba al borde de la carretera, habíamos perdido unos tres o cuatro minutos y como son los putos GPS, por supuesto que nos tenían ubicados. Era cuestión de tiempo.

—Te sugiero que te bajes los pantalones...

—Es una solución bastante radical.

—No le veo otra opción, es cuestión de minutos en que nos caigan encima. ¿Tú dices? Y rapidito amigo.

Leobardo empezó a levantar los pies como si se estuviera meando, yo volteaba constantemente en busca de alguna luz de la carretera, afortunadamente el tipo llegó a la misma conclusión que yo. Con nada de ganas se empezó a desbrochar el pantalón y le detuve para indicarle que necesitaba luz para ser más certero. Abrí la puerta de la cajuela, lo invité a que se acercara mientras me sentaba en el piso de la camioneta. Observé que estaba lagrimeando y no se aproximaba con el rostro fiero le di a entender que le atorara de una vez.

Calculando que iba a ver sangre de por medio, con la velocidad de stripper me quité saco, camisa y camiseta, la puse en el piso de la camiona.

—¿Quieres un pericazo?

—No le hago a eso.

—Pues te sugiero que hoy hagas tu debut. Esto te va a dar algo de valor para soportar el dolor te prometo que te voy a llevar con un doctor lo más rápido que pueda.

—A ver, dame la droga.

No me había dado cuenta que estaba incontrolable de las manos parecía maraquero de conjunto tropical, casi tiro la coca, para conjurar esta anomalía me serví generosamente, le tendí el papel. Me pidió una tarjeta y lo mandé a la chingada. Dije que con los dedos. Lo hizo y bien, tanto que quedó como ratón de panadería. Se acercó con decisión a unos centímetros, bajó los pantalones con todo y calzón. Lo hice que se acostará sobre mis piernas como si fuera a inyectarlo como niño malcriado, le terció mi pie derecho para que no se moviera, con la mano izquierda le agarré la nalga, escuché un noooo, -es la otra. Gritando. Eso obligó a que se cambiara de posición. Sin darle tiempo de pensar estiré la pinche nalga y cuando medí a ojo de buen cubero, la *MP5* hizo su trabajo. Fueron unos seis u ocho disparos los que se escucharon, gracias al supresor fue mínimo el ruido y terminamos en el suelo. El compa se revolvía como ostión en limón. Lo obligué a que se levantara mientras aullaba el bato. Me empezó a arder la mano de a madres, me salió un chillido de puto, con la derecha constaté que la traía ensangrentada, la sensación era de ardor de quemada, mientras Leobardo se rodaba como perro atropellado.

Al fin rata, estaba como dice el refrán: "Un ojo al gato y el otro al garabato" Sentía que ya era hora de correr o esperar a ver que chingados. El bueno ratón espera paciente la salida y la verdad, me podía esperar una semana aquí tranquilamente.

Leobardo se quejaba más despacio, yo estaba controlando el dolor. Acostumbrado a la oscuridad, vi el pinche rajadón que le acomodé al bato. Como que no me daba risa, me preocupé, pero no mucho. Me inquietaba más la carretera. Para la próxima película de persecuciones que vea les voy a creer todo. Los tres pelos se me pararon en seco cuando vi: un carro, dos, tres. ¡Hijos de su puta madre!, por el paso que llevaban estaban picando la salsa. Me hice como el chapulín colorado. Y Leobardo más chiquito todavía. Nuestros lamentos eran de mudos la ventaja de ser viejo, es que deduces más rápido y por lo visto no sabían con certeza donde estamos porque los pinches chivas de los GPS. Fallan por metros y nosotros andábamos como en doscientos cincuenta metros o más, muchos más. Les había llamado la atención la vereda, se pararon estuvieron hablando... ¡Y me cagó en la madre del que inventó el GPS! Un puto carro agarró camino a donde estábamos.

Sería muy pendejo si los esperaba, pero tampoco iba abandonar la nave. Le dije a Leo que me siguiera, nos alejamos unos metros. Las luces del carro avanzaban, no encontraba otra solución que pelear y a muerte. O me dejaba agarrar y esto me conducía a que me torturaran o degollaran. Afortunadamente no estábamos en el rango visual, para llegar hasta dónde estábamos, tendrían que caminar, veía como felino. Donde le puse la doble tracción ahí ya no pudieron avanzar. Empezaron a tener problemas dos tipos se bajaron, empezaron a empujar. Escuché como estaban pidiendo ayuda para que les vinieran a auxiliar. El Leo estaba nervioso, yo también, la verdad que estar acorralado es de la chingada.

Y ya estaba con la idea de ponerles en su madre a los tres cabrones que estaban a un ciento de metros. Esta *MP5* está diseñada para la lucha urbana su efectividad es de treinta metros, cincuenta cuando mucho, encendí el láser, la luz roja me puso nervioso, mejor la apagué esperaría hasta el último momento. Cambié de cargador, el peso de éste me reconfortó. El clic de asegurarlo a la arma, sentí que había sido al equivalente de un disparo. Le vi la cara al Leo y él sufría como si estuviera escuchando una canción de la Amandititа. Los carros regresaron, para mí, que hablaban a gritos los putos montoneros. No había duda que eran paisanos de Sinaloa, el pinche sonsonete de sierra es inconfundible, pues como dijo mi padre: Para cabrón, cabrón y medio La mano me ardía me consoló que Leo estaba peor que yo, teníamos que ir con un doctor a que curara la lesión. No mentían mis ojos, cuando menos eran nueve putos. Estaban más ocupados en sacar el vehículo del atascadero. Los minutos pasaban y para nosotros equivalían a horas. Cuando lo sacaron, el timbre de un celular se escuchó y oí el "bueno" en unos segundos escuché que decía el bato que estábamos cerca, que buscaran. La disyuntiva era abandonar la camioneta y caminar, pero como estaba el Leo, no avanzaríamos mucho. Decidí subirnos a la camioneta, el blindaje nos daba algo de protección, ya adentro nuestra visión era nula, estábamos protegidos de un montículo. Los dos temblábamos como esquimales encuerados. Mi dedo estaba sobre el botón de encendido. Cabía la posibilidad de que no le hubiera dañado el chip. Pero no era posible casi le había arrancado media nalga al pobre bato. Tenía que haber otro localizador ¿O que onda? Mis reflexiones fueron interrumpidas por dos cabrones que aparecieron como siluetas, después dos más. Con la respiración detenida vimos cómo se pasaron de largo, pasaron otros segundos cuando se escuchó ¡Aquí estánnnn! Mi respuesta fue encender motor prender luces, bueno, éstas se encienden solas y pata a fondo. Los disparos no se hicieron esperar, la carrocería no acusaba ningún impacto o no los sentía, en la vereda encontré a varios cabrones como conejos lampareados, mientras quisieron pensarla, entre quitarse del camino y disparar, me fui como chofer chimeco donde estaban tres mensos que no tenían para donde hacerse. Clarito les vi los ojos de plato, Los gritos me sonaron como bendiciones que mandaba el diablo. Creo que se hicieron bola en la llanta que llegó el momento que se atoró la camioneta, para la enjundia de la doble tracción, los brincamos de volada. En ese momento sentí los primeros plomazos en mi vidrio y atrás, por instinto quise agacharme, me regañé por pendejo y puto. Casi llegaba a la carretera y de nuevo la duda ¿para a dónde? La rata decide siempre por la izquierda, escogí contrario, rumbo a Santiago Tianguistenco. Una parada obligatoria para destrabar la doble tracción, nos dio la oportunidad de no ver que nos seguían. Le dije a Leo que revisara la cajuela de guantes a ver que encontraba sospechoso o raro. Este cabrón era más obediente que mi perro, en los que les cuento esto, ya estaba revisando los papeles. Yo arribita de los ciento setenta, disminuí la velocidad al entrar a una mini sierrita que se pasaba en un par de minutos las curvas están pronunciadas.

Leo no encontró más que el manual, eso no lo detuvo, no había duda que conocía este carro, abría compartimientos bueno, hasta atrás se fue el compa. Y empezó a gritar: *Low Jack, Low Jack.* Eso me sonó como a música celestial si continuaba un segundo más arriba de esta pinche papa ardiendo motorizada. El crucigrama estaba resuelto por lo pronto, ahora encontrar al primer pendejo que se me cruzara en el camino. La camioneta corría a los ciento noventa, mi preocupación era volarme un carro. Lo más pronto posible. El reloj del tablero indicó que eran tres minutos para las doce. Y ni una pinche alma sobre la carretera en unos cuantos minutos, llegamos a Santiago, entré al trébol como corredor de la NASCAR.

Mi plan era agarrar para Toluca y ahí no me encuentra ni el SAT. El pueblo estaba dormido, tenía años que no andaba por este rumbo, la intuición de a donde iba la tenía muy fija. Sin problemas encontré la carretera a Mexicaltzingo

Y la bendición de San Juditas, santo patrono de ratas y tiras. Me mandó un pichoncito. Estaba un tipo colocándole la lona a una doble rodada, nuevecita, colorada y con mucho aluminio. Le pregunté cuánto dinero traía al Leo, me dijo que como quince mil dólares o más. Le pedí cuando menos cinco mil, ordené que se pasara al volante, le alenté diciéndole que estábamos ganándola. Medio sonrió y esperé a que bajara el tipo, cuando calculé que nos íbamos a sincronizar me bajé el me vio cuando estaba a dos metros de él. Le pregunté sonriente enseñándole la *MP5*, que estaba apuntando a la panza.

—Buenas noches, ¿Su camioneta está asegurada?

—Si señor.

—¿Cuánto es el deducible?

—El cinco por ciento del valor.

—¿Le alcanzan cinco mil dólares?

—Si, hasta para el enganche de la 2011.

Le avisé con la paca que le iba a ventar el billete, se puso como cácher, lancé con fuerza, atrapó hábil. Como buen comerciante, me pidió bajar la barbacoa que llevaba a entregar, negué rotundo, insistió que cuando menos una caja para su negocio, comentó que el año pasado le hicieron lo mismo, pero sin billete de por medio, pregunté qué cuanto traía en barbacoa. —Dieciocho borregos, se dejó escuchar, como resorte lo acompañé a la puerta de la redila y éste la abrió en chinga. Le ayudé a bajar las pesadas cajas casi estaba seguro que me había ganado un puta hernia cuando faltaba la última caja me negué riéndome.

—Si no está buena, vengo a reclamar, ¿quieres recuperar la troka?

—Si se puede sí, me ayuda bastante.

—La voy a dejar por el rumbo del Mogote, más adelante ¿Tiene alguna una mañita la troka?

—Si, le voy a explicar.

La camioneta estaba nueva, tenía quince mil kilómetros, los cambios le entraban sin el clutch, bueno, bueno, para mi es fácil, rebasé con facilidad al Leo y los dos tres poblados que pasamos. Cuando entramos en Mexicaltzingo, paré. Con la mano le dije que abandonara la nave. Como caricatura, cuando volteé ya estaba tocando la puerta. El ambiente era de fiesta y más cuando llegamos a la autopista Ixtapan de la Sal—Toluca, como veo muchas películas, mi racionamiento decía que *Todos Felices* no querían que llegáramos, la prueba era que nos estaban ubicando por la *BMW* y ni modo que los otros putos sepan donde andábamos, me entró la duda de una escaneada por satélite era posible. Por mientras el pinche Nextel se quedó sin saber para donde agarrábamos, porque voló por el vidrio. Le pregunté al Leo que traía electrónico, éste abrió su portafolio, sacó calculadora, se despojó de su reloj y de dos celulares.

Ante la cercanía de la autopista paré a que los tirara. Sin pensarlo, enfilé con rumbo a Ixtapan de la Sal, ahí tenía amigos y los dos eran doctores. A los pocos kilómetros ya libres, Leo se empezó a quejar y yo también, con más calma me di cuenta que tenía marcado el camino de una bala yo creo que este cabrón al sentir los putazos se movió violento y la pagué también, me daban ganas de lamerme como perro o gato. De nuevo me acordé del perico.

—¿Quieres un periquito?

—¡Cómo no amigo!

—Ya la brincamos, ya nos la pelaron.

—Así parece..., temporalmente.

—¡Ha chingado!, ¿Traes otro chip?

—No, ya traigo la calaca puesta desde hace rato.

—Si, estoy de acuerdo, pero yo no bato.

—Llévame con un doctor me duele mucho.

—En menos de una hora ya no te vas acordar del dolor, y como dijo mi padre.

—¿Cómo dijo tu padre?

—Mi Apá dijo: "Me la dejo mamar si no es cierto"

Eran la una y media de la mañana cuando entramos al Boulevard San Román, me acordé que conservaba el celular de Azucena, lo encendí y curiosamente me sé el número de Alberto de memoria con todo y clave lada. Marqué, después de unos timbrazos, la voz de mi amigo me confortó como si me hubiera contestado el Papa.

—Beto, habla ya sabes, necesito un favor grandote.

—Hola Memo, ¿Tienes problemas?

—Si y gacho. ¿Puedo llegar a los búngalos?, es más podrías, abrirme, le tengo miedo a tus perros.

—No te escuchas bien.

—En cinco minutos estamos por allá.

Que cinco, en tres minutos, estábamos llegando a la reja de la entrada a los búngalos, el silencio del lugar inspiraba confianza la noche estaba cálida empezaba ver la vida como cuando le dicen que no tiene sida. Leo no dejaba de quejarse. Mi amigo venía con cara de dormido y sin saludarme abrió la puerta, la doble rodada rugió y la metí hasta donde no había visibilidad. Beto se acercó observó el rostro y preguntó por mi inoportuno proceder.

—Beto traigo una persona herida de bala.

—Es delito atender pacientes baleados.

—No me digas eso, estoy pidiéndote un gran favor, un paro de cuates.

—Pásenle al primer departamento voy por mi maletín.

Ayudé a leo quién no quería caminar y menos apoyar la pierna, con la luz vi que estaba empapado de sangre el pantalón no me atreví a quitárselo, esperé que llegara el doctor, cuando llegó venía con cara de enojado. Cuando vimos los surcos y la carne entre quemada y reventada, se apreciaba grasa amarillenta. No soy afecto a ver heridas y mucho menos sangre, en esta ocasión no perdía detalle. Leo aulló cuando empezaron a limpiarlo con una solución blanca como Mertiolate, llegó el momento que me vi obligado a mantenerlo quieto mientras Beto hacía su trabajo. Leo paró la otra nalga para recibir la inyección. Mi amigo no hablaba nada como lo conozco de más de treinta años, y sabía que por el amparo de esta nuestra amistad estaba quebrantando la ley. Me dijo que había que suturar y en casa no tenía hilo para este menester, comentó que la herida era aparatosa, pero nada grave, no había daño a músculos

—El dolor tardará en ceder, te dejó esta inyección por si en la madrugada le duele, mañana hablamos, es seguro que va a pasar mala noche, tiene heridas y quemadas.

Era claro que no quería ni hablar ni media palabra conmigo, abusando de su amistad, le mostré mi mano que estaba hinchada y roja. Hasta el más pendejo deducía que era producto de arma de fuego.

—¿Tú le disparaste al señor?

—Si, es una larga historia.

Limpió delicado y dimos cuenta que estaba abierta la piel como medio centímetro, comentó que también me iba a suturar, unos puntos de cada lado y listo. Mientras Leo y yo lo mirábamos como perros agradecidos.

Mi amigo es un buen hombre dedicado a su familia y enemigo de buscarse problemas. Su aspiración más conocida; quería ser presidente municipal de Ixtapan, el último proceso electoral por poco lo logra, tiene su clínica que atiende con Beto chico quién por supuesto es doctor y es médico oficial del hotel Ixtapan, total todo un estuche de monerías, dijo que temprano iba a ir a su consultorio y estaría con nosotros a las nueve y media de la mañana para cosernos las heridas. Lo acompañé hasta la división de los búngalos.

—¿En qué andas metido?

—Es una bronca que me la gané por pendejo.

—¿Espero que no vengan a buscarte hasta acá?

—No, si cabría la posibilidad nos vamos en cuanto nos repares, pero te aseguro que no pueden dar con nosotros, ¿Por qué crees que le volé la nalga mi Beto?

—No juegues por poco lo dejas sin nada.

—Nel, él me dio la medida. Já, ja, Já.

—Ya me metiste la duda a ver si no lo trae todavía.

—¡Ah chingado! ya nos hubieran alcanzado, si los perdí en Mexicaltzingo, bueno mucho antes de Gualupita. La camioneta traía Low *Jack* y en Santiago realicé el trasplante forzado... ¿No quieres barbacoa?

—Solo un imbécil preguntaría que si te la robaste.

—Venía con la camioneta, al bato le di
para el deducible y algo más.

—Me acosté con hambre.

—Pues vamos a darle en la madre.

La barbacoa estaba ardiendo cuando sacamos una espaldilla que estaba al principio del cajón, donde había cuando menos tres animales. El primer bocado provocó que Beto a la velocidad del sonido creara una salsa roja de antología, yo por mientras calentaba tortillas. No cabía la menor duda que los habitantes de Santiago y un poblado que está pegado que no me acuerdo como se llama, son los mejores en Estado de México para la elaboración de este alimento. Leo desistió de tal placer le advertí que no se atreviera a salir por qué los pinches rodesianos le arrancaban la otra nalga. Beto me interrogó exhaustivamente le conté más o menos la verdad, pero no todo, los brazos del Chapo son más largos que los gabachos y totonacas. Hablamos de otras cosas aparte de mi bronquita. No teníamos mucho tiempo de haber hablado por teléfono, un problema que tenía con un tipo y por cierto que no pude solucionárselo. Esta buena amistad de Beto y yo surgió en el año del 81 Cuando fuimos desahuciados de la judicial, por el cambio de gobierno estatal, dos compañeros y yo nos mandaron como plaza Ixtapan de la Sal A los tres meses ya estábamos ambientados con un grupo de amigos gracias a Beto y Fernando su hermano las motocicletas nos unieron, nos introdujeron con los hoteleros que eran la élite del pueblo y vivimos aquí desterrados más de un año, jugando golf, montando motos, excursiones a sitios paradisiacos, en fin, unas largas vacaciones. Con la panza llena me entró un sueño y el cansancio del día me empezaron a pesar, nos despedimos, me dio un frasco con unas pastillas y me dijo que Leo se tomara dos y yo una. Me dio un abrazo fraternal, esto me confortó el alma.

Afortunadamente no andaban los perros a la vista, el terreno es como una hectárea o más. Leo estaba viendo la televisión con cara de perro apaleado, no era necesario preguntarle cómo se sentía, alargué el frasco y le dije:

—Tómate dos o tres, las que quieras.

—Gracias… Te pasaste de listo

—¿Por?

—Me arrancaste toda la nalga—

—Ni tanto, de por si ni tienes bato.

—Mañana que vamos hacer.

—Lo primero, que te curen bien y vamos a planear qué onda. Me late que los de *Todos Felices*, también te quieren dar para abajo. Pero mejor mañana platicamos tengo un chingo de sueño.

—¿Sabes quién soy yo?

—Mañana me dices.

—Es importante que lo sepas.

—¿Qué? ¿No quieres que duerma?

—Valgo mucho dinero.

—Está bien, mañana me prestas una lana. Y bájale a la tele.

5

MARTES 17.

09:10 Horas.

No dormí bien, Leo se quejó gacho, como a las cinco y media le puse la inyección. Al parecer durmió un poco, tuve dos pesadillas una que me seguían delincuentes como de película. Yo qué me burlaba del *Van Dam* y asociados, en esos churros donde los malos aparecían por todos lados y la otra era que me querían cortar la mano porque estaba gangrenada. Cuando desperté vi que Leo estaba viendo las noticias. Con un rugido di los buenos días.

—¿Lograste dormir?

—Casi nada.

—¿Qué horas son?

—Las nueve y media.

—Ya no tarda en llegar mi amigo.

—Tengo hambre.

—El problema son los perros, si salimos y no están amarrados, nos ponen en la madre. Me voy a bañar de volada.

Brinqué como si fuera adolecente, me dirigí a la regadera. El problema que no había agua caliente y eso desalienta hasta un africano rico, de inmediato me coloqué una toalla en la cintura y salí a prender el calentador. En esas estaba cuando llegó el hijo del Beto a quién conozco de corta edad y somos buenos amigos.

—¿Qué onda Memo?, ¡Cómo dieron lata!, uno cabrón se quejó toda la noche y en la mañana, gritabas: ¡Hay vienen, hay vienen! Y la otra me dio risa clarito escuché: ¡Me la cortan pura verga!, ¿Regresaste a la tira, o andas de mañoso?

—Ninguna de las dos, le ando haciendo al *Transporter* cuatro, o cinco ¿En qué número va?

—No mames, ¿neta?

—Más o menos es jale de *driver*. Voy ganando una feria. Y para mí, es un trabajo derecho.

—Hay viene mi papá.

Al parecer venía a huevo mi amigo, antes de saludarme le dio instrucciones al Mickey, éste arrancó a cumplir. Con media sonrisa me preguntó.

—¿Cómo está tú amigo?

—Ya le dio hambre.

—Esa es buena señal, me vas a ayudar a cerrar tu gracia.

Beto de inmediato lo puso de culo para arriba y quitó las gasas. No les quisiera relatar al pie de la letra porqué perdería a varios lectores en este momento, me gustaría que se conformarán de saber que la nalga estaba destrozada, imaginen como piel de cocodrilo peleonero. Después que anestesió Leo dijo que el hambre estaba cabrona y el Beto dijo que era malo para la digestión por lo que iba a pasar. Cuando empezó a suturar le ayudé a juntar la carne, se tardó más de media hora en pegar los pellejos. Por cada punto que ponía me veía y movía la cabeza, a mí, no me daba risa, pero la verdad, me valía madre. Podría haber sido al revés. Leo se veía animado, no cabía duda que vivir un día más, produce una euforia que yo también conozco, con el solo hecho de sentirse curado de sus heridas, le daba otro aspecto y si buscaba algo de narco en él. Pues nada. Es lo malo que todos somos más o menos iguales, y diferentes por dentro. A mí me coció en un par de minutos tardó más en hacerme la anestesia que los seis puntos que me hizo. Beto se disculpó y comentó que tenía que ir a la clínica, había pacientes en espera, le dije que si nos pasaba algo de barbacoa. Lo acompañé a la cocina. Estaba Olga o más bien Olguita como le decimos entre sus conocidos. Ella es de Sinaloa por el rumbo de Los Mochis. Me vio interrogadora a como estaban las noticias era bien sabido que el que ayuda, tienen la misma bronca. Para no entrar en conflictos les dije a los dos que en cuanto estuviera en condiciones Leo, nos íbamos de Ixtapan. Olguita es bastante práctica sugirió que nos fuéramos a la casa que tenían en un fraccionamiento de riquillos. No estaba mal la idea y así no quedaríamos algunos días mientras organizábamos la vida. Estaba decidido que a mi casa ni por el perro iba. Olguita que es una mujer de buen corazón dispuso varios kilos de la barbacoa para el asilo local y diferentes familias, era un chingo.

Con unos cuatro o cinco kilos y medio de costilla, pierna, espinazo, dos cocas, tortillas y salsa, entré a la cocina. Leo se aproximó arrastrando la pata. El hambre es cabrona y más él que la aguanta. Desayunamos en silencio y esto duró varios minutos. No soy experto en andar huyendo, pero tengo algo de experiencia, la última que me aventé duró más de dos años. Me buscaban la pgr, la federal militar, la dea y la maña todos al mismo tiempo, dos años sin tirarme un pedito. Esa podría ser una aventura que contarles, ya será en otra ocasión. Mis pensamientos estaban sobre *Todos Felices*. Mi reflexión era válida que nos pudieron reubicar ellos, pero también cabía la posibilidad que los changos de la dea o narcos poseen la técnica para detectar celulares y autos. Pues será el sereno y al último el de la bronca era el Leo, bueno, no tanto, los enemigos de este cabrón, temporalmente eran míos. Lo miré fijamente estaba pasando una báscula. Si lo valuara por la ropa claro que tenía dinero lo más chafa que traía eran los zapatos y estos eran *Caterpillar*, igual que yo. Me apena aceptar que tengo el alma de comerciante. Y andar con este puto es pasaporte directo al más allá. Todo tiene un precio y como soy un hombre pobre, con la mejor de mis sonrisas le dije:

—Anoche decías que eras un hombre muy rico...

—Así es

—Estoy cobrando medio kilo de pesos por llevarte a *Todos Felices*, me dieron doscientos cincuenta, siento que todos te quieren vivo o muerto ¿O vales como tú dices... una lana?

—¿Qué propones?

—Pues varias, la primera es que te puedes ir a la hora que quieras y no te cuesta, salvo los doscientos cincuenta mil que me deben y si me das un cheque te lo acepto. Son mentiras bato, quién venga por ti que traiga el dinero, si me quieres regalar un billete extra te lo agradezco. Y otra opción es que pagues una casa que están rentando, el lugar está amueblado y tapiñado, si me quedo contigo sube a mil dólares diarios. Otra opción, si caminamos juntos, mi compañía vale unos dólares el kilómetro, te estoy cobrando de cuates. Y en carro blindado...

—Te agarro la segunda por lo pronto, vámonos de aquí y en precio estas en tu razón, me late, de todos modos, te voy a dar más de lo que me pides.

—¿Será bato? Vamos a tomarlo con calma, vamos a dormir ¿Te late?

—Acabamos de despertar.

—Pues sí, aquí tenemos que dejar que pasen las horas y los días, por mínima seguridad no podemos salir ni a la esquina. Tenemos que dejar que pasen unos días. ¿O tienes algún plan?

—No, tengo que pensar cual es el mejor camino.

—El que te marca es el descanso eterno, si no te pones vivo.

—Necesitamos recursos económicos...

Esto me lo dijo como diciendo que yo me iba a chingar. Para ir por el billete, era un arma de dos filos, una podría caer a un lugar vigilado y traerlos como pichoncito a donde estaba este cabrón y la otra que me engolosinara con el dinero y lo mandara mucho a volar. La verdad que me sentía seguro donde estábamos.

También sabía de la persistencia de los pinches narcos, son mucho más apegados a su función de investigaciones que cualquier policía mexicano, japonés, argentino, ruso y francés. Por no decir que todos. Son chambiadores los batos.

—¿Qué sugieres?

—Que te lances a México, por dinero...

—¿El lugar está caliente?

—No, solamente yo lo conozco.

—Para empezar ¿Cuánto dinero traes?

—No sé, voy a contar.

Su portafolio estaba casi vacío, pero a simple vistazo traía cinco USB o más dos, tres directorios y el dinero era en euros y dólares. Con la facilidad de un cajero de banco contó el dinero y certificó que eran seis mil Euros, ocho mil dólares, y quince mil pesos. Eran más de cien mil, en Euros y dólares casi noventa mil, total doscientos mil pesos, con este dinero en economía de guerra me duraban para más de un año y en *Ixtapan*, mucho tiempo.

—Eso nos alcanza para no hacerla de pedo en unos quince días. Y así nos van a dar por desaparecidos, cuando menos a mi.

—Necesito una computadora.

—*Naranjas* dulces Bato, nos ubican de volada.

—No, tengo paredes de fuego de alta tecnología.

—Ya veremos en el trascurso del día. Tranquilo amigo lo de anoche fue un garbanzo de a libra, no volvemos a brincarla con otra llegada de estos putos. Esperemos a la tarde, tengo sueño.

Me recosté viéndolo, también él estaba evaluando a mi persona, no me cabía la menor duda que era un tipo talentoso para lo que se dedicara. Irradiaba seguridad en sus palabras y estaba cierto que la preocupación de que nos cayeran, era latente. Recordé que mi participación en la FIL del Zócalo. Que era dentro de un mes o menos me la iba a meter por el culo, después de esta bronquita tendría todo el tiempo del mundo para escribir. Es más, me iría, a España a Barcelona a poner mi editora, con este jale me retiraría ahora si por siempre, de los siempre.

—No creo que vas a dormir.

—No te vayas a salir… Y si lo haces, no regreses.

Dicen mis allegados que mi forma de evadir las obligaciones de la vida, la realizo durmiendo y no están equivocados. Dormir trasportarse a otro mundo si eres ducho como yo. Pueden estacionarse en algo agradable, y hacerlo durar durante el tiempo que esté uno dormido o haciéndose tonto. Desperté como a las dos de la tarde el clima estaba caluroso mientras despertaba, escuchaba las noticias no había nada de relevancia. Me entró desesperación por saber de mi perro, prendí el celular que me dio Azucena y vi que me había llamado catorce veces. Eso era un aviso de que la mandara muy lejos, y eso que todavía no le había aplicado una cogida "no me olvides", especialidad de la casa. Empezaba a marcar cuando entró la llamada de mi futura protectora. Después del bueno, lo que escuche fue que diera mi ubicación exacta para irme a ver, ¿por qué no había llamado?, ¿qué se me antojaba comer?, ¿que si la traía parada?, ¿Si la extrañaba? Y la repetición que: ¿nos veríamos hoy? Le manifesté que estaba en el final de un novela corta y que andana por el rumbo de Guerrero en la sierra. Por Chilpancingo. Y ya iba a colgar porque quería que me durará la batería. Me preguntó con insistencia de cuando nos veíamos, le dije que como quince días o menos y repetí que yo me comunicaría con ella, dijo que tenía helicóptero a su disposición y que en un par de horas estaríamos juntos. Decliné con la convicción que era un viejo sexy, también una señal de alarma se encendió. Estaba rompiendo con las reglas me despedí apunté el teléfono de Azucena y metí en agua el primer *Black Berry*, que era mío. Leo me miró interrogando o midiéndome como paranoico.

—¿Era tu mujer?

—No, una riquilla que conocí en *Todos Felices.*

—Ya son varias veces que mencionas *Todos Felices.*

¡Ah Chingado! ¿No sabes quiénes son esos putos? Son los que me mandaron por ti... Será mejor que me platiques tú qué onda. Por qué yo nada más soy el *Transporter* o el papá de ese Wey.

—Mira yo soy el contador principal del *Chapo*, conozco hasta donde está el último peso, dólar, euro, gramo, kilo o tonelada que se mueve.

De su organización conozco todo, los diseños de contabilidad son míos. Hay negocios que el *Chapo* sabe que existen, pero no los conoce físicamente, es más yo tampoco. El potencial económico es relevante. Lo que no entiendo, es quién me quiere matar. Siento que tú no te dejas preguntar, a lo mejor es gente que viene ayudar...

—Pues si quieres bato, para la próxima atorada, hablas con ellos para ver que quieren.

—No te digo, pareces de Guasave.

—¿Cómo sabes que soy hijo predilecto de ahí?

—¿Conoces Guasave?

—Quién no conoce Guasave, capital del mundo de los más abusados, del mundo.

—Ahora si me sorprendiste.

Una de las llaves para ser parte del narcotráfico es ser nativo de Sinaloa, Durango, Chihuahua, Sonora, Tamaulipas o Nuevo León. Después de superar este mínimo requisito, los negocios, se llevan con la debida cautela, y al preguntar referencias es muy fácil que den razones sobre cualquier cristiano en su población natal. Empezó a verme con más interés, también es doble filo conocer o tratar con gente de la tierra. Preguntar por un personaje puede ser sinónimo de escualidez o atributos. Más en estos tiempos que todos al parecer se odian. La plática nos llevó a Sinaloa, a los lugares de esparcimiento, ríos, playas, mujeres, mujeres y mujeres. El principal condimento del Estado.

Nos pasó el tiempo hasta que llegó el Beto, comentó que estaban gente extraña visitando los hoteles, que no sería extraño que fuera por nosotros, aceptó que más o menos era cotidiano esta mecánica practicada por autoridades y la mafia. Pregunté qué tanta probabilidad era que llegarán hasta aquí. Me contestó que, según el tipo de aferramiento de los interesados, nunca ha pasado...

Estaba bien un cambio de domicilio, Beto se comunicó con el Mickey, le preguntó como andaban las cosas por allá. Movió su cabeza afirmativo viéndome serio.

—¿Quieres que te preste ropa?

—Si gracias.

—Vámonos, es mejor que dejes la camioneta aquí.

—Ya dijiste, en el camino compramos comida.

—Hay un Tianguis en la colonia,
les va a quedar de pelos.

—¿Cómo se siente?

—No tengo dolor, molestia nada más.

—¿Puede caminar, le presto un bastón?

—No es necesario, ahí me voy de a brinquito.

—Me voy a llevar la Barbaca.

No me acordaba bien de la casa que había construido Beto hace años, entre sueños me acuerdo que en una peda que me puse con el Mickey habíamos pasado de carrera total, que llegamos y la colonia estaba semi abandonada por el problema del abasto del agua, lo cual se estaba convirtiendo en una colonia fantasma mientras no resolvieran este vital problema, eso era lo de menos con una pipa de ochocientos pesos teníamos agua para un mes o más. El lugar estaba polvoriento y como primera medida nuestra habitación fue limpiada y sacudida. Me aventuré a caminar a media tarde al mercado a comprar provisiones como para no salir en una semana o más. Cuando uno es rata o lo fue. Desarrolla un habilidad para ver a cuadras de distancia, lo primero que compré fueron gorras y lentes oscuros.

Me arrepentí de no traer la *MP5*, pero no, todo marcaba dentro de la tranquilidad después de media hora regresé. No se puede vivir con el delirio de persecución, porqué te delatas gacho. Estaba visto que el fin de semana tendría vida nuestros alrededores. La casa estaba amueblada sobriamente tenía todo lo necesario para hacerla habitable, lo que hacía falta era una computadora para que mi estancia de cárcel fuera completamente productiva. Leo era diligente, mientras yo estaba despatarrado en la terraza este acomodó todo en el refrigerador, preparó unas bebidas de melón, maceró unos gruesos bistecs que serían nuestra comida—cena se esmeró en la ensalada y como soy curioso me acerqué. Lo vi tan hacendoso que pensé que era puto el bato. No podría descartarse la evaluación y como dijo mi padre: "Después de muchas verijas les gustan las duras". No tenía nada en contra de los gays, incluso conocía a varios y en la familia había un par de sobrinos. En fin, mientras me ganara mil dólares diarios, hasta dejaría que me diera unos chivitos.

Estábamos idiotizados por una telenovela del canal de las estrellas. Cuando llegó el Mickey con cara de preocupación, no se anduvo con rodeos y soltó la información.

—Andan unos cabrones entrando a los hoteles, buscando a dos cabrones, uno con barba blanca y el otro joven, al parecer son padre e hijo, según ellos.

—¿Los viste?

—Si, varias veces son: tres en cada carro; dos camionetas y un *Passat*, están comiendo juntos en los Pirules. Parecen ser la ley o les vale madres, se ven las armas largas en los autos. Dos, tres narcos del pueblo ya se pelaron.

—Se nota de volada cuando llega un fuereño.

—Tú lo sabes Memo, tú eres de aquí.

—Pues sí y por eso no voy a salir, para nada, apropósito compra una computadora, una Lap Top.

—Aquí no venden, lo más cerca es Tenancingo.

—¿Mañana vas?

—A ver si al rato.

—Chido, ¿Ya comiste?

—Ya Memo, gracias, te voy a traer películas. Aquí no hay cable.

—Bueno, déjame darte dinero para la computadora y de una vez le compras el aparato de Internet satelital, ¿No es muy molesto, Micky?

—No, de ninguna manera Memo de da gusto verte, ¿Le digo a los cuates qué aquí estás?

—No, vamos a dejar que pasen los días, es mejor que no sepan. Ya después, nadie, nada más tu familia es más que suficiente.

—Ya me voy, ¿El billete para la Compu?

Miré a Leo, éste sacó de su portafolio dinero y se lo tendió a Miguel, le indiqué que no quería calidad si no pantalla, que fuera grande, la más grande posible. Cuando nos quedamos solos Leo me pidió que le contara como había conocido a Beto y su familia. Le extracté la historia en pocas palabras. Y nos dedicamos a cocinar la carne que le pertenecía a cada uno. Nos dieron las diez de la noche conversando de muchas cosas sobre todo de Sinaloa. Su mujer estaba en alguna parte de Europa y constantemente se movía desde que se declaró el problema con el Chapo. También me hablaba de fortunas en varias especies, sobre todo cuando hablaba de diamantes yo me colocaba como gato que ve al pajarito o al ratón moverse.

Era lógico que estaba con futuro cadáver, era cuestión de tiempo. Seguro que el bato necesitaba una terapia intensiva para nombrar herederos. Las noticias que se escuchaban de la televisión nos llevaron a una conversación en la que me convertí en interrogador.

—¿Cuánto tiempo tienes trabajando con El Señor?

—Voy para los diez años o más, empecé con su hermano

—¿Con el *Pollito*?

—¿Lo conociste?

—De vista y hablé con él un par de veces. Es cuando andaba día y noche con El Barbitas.

—También conociste a Don Arturo?

—Si pues, quién no conoció a esos distinguidos difuntos.

—Y como la llevas con Don Héctor.

—Ni bien, ni mal, no lo conozco.

—Pues no sé, el caso es que vales para los dos lados, ¿Por qué no te quedaste con los güeros?

—Les di lo que interesaba y me dieron chanza de arreglar mis asuntos, quieren que les ponga al Chapo.

—¿Me imagino que ya trataste de hablar con él?

—Varias veces, entregué la información al contador y precisamente fue él, el que me lo echó a andar.

—¿Cuánto estás pagando, por el paro?

—Ya pareces de la DEA.

—Chale bato, te estoy poniendo a las vivas y tú desconfías.

—Bastante dinero.

—¿Qué quieres hacer?

—Vivir, quiero vivir.

—Ahora sí qué pides mucho. Ja ja.

—No te burles, que mientras estés conmigo también te toca.

—Por eso te estoy preguntando, me agradan los mil dólares diarios, pero en el momento que quieras salir de esta casa. Creo que voy a renunciar. Tú eres como colesterol o triglicérido. Malo para la pinche salud.

—Necesito días para pensar...

—¿Y eres buscado, por la dea ?

—¿Tú qué crees?

—Que si ellos te buscan nada más. Ya la hiciste, son unos pendejos, si te busca la maña... ya valiste verga, estos cabrones le ponen un empeño digno de tomarse en cuenta.

—Tienes razón, mejor platiquemos de ti.

—Yo soy un venadito de esta serranía.
Tú eres caca grande.

—¿No se te antoja, una cervecita?

—Pues sí, y vamos comiendo algo.

La pasamos hasta la una y media de la mañana hablando como pericos, la verdad que los tipos del norte son encantadores y saben llevar la corriente hasta un sicótico. Por lo visto tenía la misma intención que yo, no mover ni una pestaña fuera donde estábamos. Como había habitaciones para la privacidad escogí quizás la principal. Leo al parecer no le gustó la idea de dormir separados, cosa que me valió madre. Me acompañó a que me metiera en la cama. De nuevo me atacó la duda si era puto. Se sentó en una mecedora, miraba hacia la ventana, estaba tan absorto que también dirigí la vista. Podría ser el último día del universo, no por eso me quitaría el sueño, empezó hablar de tesoros y casas repletas de dólares, oro, diamantes. Pareciera que me estaba contando una versión nueva del Conde de Montecristo. Un joven le dice del tesoro a un ruquito, está buena la trama. Me fui abandonando entre cofres de dólares y piedras preciosas a los minutos quedé dormido abrazado de la MP5. Mañana sería otro día, otros mil dólares.

6

Miércoles: 07:00 Horas

Me despertó la claridad del día, eran las siete de la mañana, no quería levantarme ni para hacer chis. Después de una hora, el olor a chorizo me convenció que ya era tiempo. Leo estaba afanado en la cocina, descubrí jugo de naranja. Di los buenos días. Leo comentó que me duermo como si fuera un bebé. En defensa alegué que había tardado bastante en pegar los ojos. Planeamos asolearnos todo la mañana. Me sentía feliz de la vida, ganarse más de diez mil pesos diarios, tomando en cuenta que había días que me gastaba 30 pesos en mi alimentación diaria. Imagínense como me sentía. El caso es que le cobrara a diario a este pinche puto. Estábamos terminando de desayunar, cuando llegó Mickey, con una computadora, de buen tamaño. Llegaba mi remanso de paz, estaba escribiendo una historia sobre los comicios del 2012, era una historia sobre el gobernador del Estado de México quién yo daba como virtual candidato por su partido para la presidencia de la república, la trama estaba en construcción ni yo sabía a donde me iba llevar el texto.

Mickey comentó que al parecer no había gatilleros a la vista y que su padre vendría más tarde a revisar a Leo. Nos dejó solos. Leo veía la computadora como si fuera su salvación, mientras yo estaba configurando el sistema y adaptando el Internet satelital, en cuestión de minutos estaba funcionado. Me vi tentado a ver mis correos, pero no, el delirio de persecución no me dejó. Lo cuestioné sobre la seguridad de comunicarse con su familia y me dijo que era infalible, no había ni el menor rastro que los delatara. Se la ofrecí con buen humor. Al tenerla en su posesión le agregó un sistema de intercomunicación que se denomina Skype, que también yo usaba. No tardó mucho en estar en contacto con su familia, consideré que era de persona decente dejar que hablara en privado y todo lo que quisiera. Salí al jardín y calculé que, si limpiábamos la alberca para el atardecer, tendríamos como refrescarnos y pasar más agradable el tiempo. Me daban ganas de ir al centro a comprar algo para leer, pero no, estábamos a media semana y el turismo desciende bastante y los fuereños se notan bastante. Me bañé con calma, lavé mi ropa, me acordé de Azucena, el pito, como que quiso despertar. Le dediqué unos minutos y estaba seguro que la buscaría, bueno, bueno si es que salía bien librado. Y la verdad es que, solamente que los putos narcos tuvieran una bolita mágica para saber dónde andábamos. Estaba absorto en mis pensamientos cuando entró Leo por la cara estaba preocupado en vez de estar alegre por haber hablado con su vieja e hijas.

—¿Qué onda te regañaron?

—No, pero ya están hasta la madre de viajar, y mi mujer quiere regresar a México.

—Eso es bronca, para tú familia.

—Ya lo sé, ¿cómo le hago?

—Habla con la verdad, dile que eres narco.

—No seas cabrón, ella no sabe gran cosa, bueno se imagina bastante.

—Perdona lo dije de muy mala manera. Te aconsejo que le digas a lo que se puede exponer. La gente no perdona y menos cuando los dejas ardidos.

—Eso lo sé desde hace mucho. No sabes cómo…

—¿Te arrepientes?

—Si, desde que estoy en este negocio. No tengo la vida completa.

—Ya mejor cámbienos de plática, vamos a limpiar la alberca para que traigan una pipa de agua y bañarnos como pinches peces.

—No tengo mucho humor, mejor le pagamos a alguien que lo haga.

—No juegues, ¡Ándale vamos!

—De verdad no tengo ganas.

—Bueno acompáñame, yo lo voy a hacer.

La mañana se pasó rápido, barrí y barrí, la alberca no era grande, unos doce metros de largo por tres o cuatro metros de ancho. A las dos de la tarde llegó Beto, invitó a Leo verle el culo, desaparecieron. Me entraron ganas de saber cómo estaba mi perro. Cómo es la vida, hace otros tiempos mi preocupación sería por una mujer, estaría enamorado, siempre enamorado de diferentes modelitos. Es cierto que con los años va disminuyendo el apetito sexual. En mi caso particular pasaban días y no mojaba mi pitito. Y en estos momentos me preocupaba por mi pinche perro, no por una panochita. Sabía que el Malik estaba bien, a medias, ese puto sufre sin su padre, ocho años que no se separa de mi salvo a mis correrías como esta. Llegaron y por la cara del Beto ya le había pagado algo de dinero, me arrepentí de no haber apadrinado ese detalle, porque le hubiera dado quinientos dólares y me hubiera quedado con lo demás, mi colmillo retorcido me decía que no habían hablado de la renta, eso sí estaba seguro que traía un par de miles en la bolsa.

—¿Cómo lo vez, mi Beto?

—Sigo pensando que te pasaste de listo.

—¿Tú crees?

Beto dijo que mañana temprano mandaría dos pipas para llenar la alberca, le pedí que comprara un celular pirata, libros, películas y chelas, contestó que después de comer, vendría el Mickey para esos menesteres. Me enteré que lo iban a operar de la nalga al bato, de Toluca iba a venir un cirujano plástico a ponerle la carne que le había arrancado. Llegamos al acuerdo de comer pollo y me ofrecí a cocinar, Habíamos comprado verduras a discreción y era el momento para usarlas y el resultado fue un delicioso pollo a la cacerola, no es por nada, pero quedó comible, además que no tiene gran ciencia hacerlo. Mientras Leo picaba lechuga, jícama y zanahorias. A menos de cuarenta y ocho horas conversábamos con gran fluidez, por lo visto Leo, gracias a su poder económico me ubicaba y bien. Era visto que era un rotundo chofer, no lo niego, es más, me gusta el título. Y que estaba también de pilmama de una pinche papa ardiendo, los mil dólares diarios lo valían, además; si no me ponía abusado los iba cobrar Satanás.

Por lo viejo, se vuelve más juicioso: ¿si fumara?, ni cigarros salía a comprar. Además ¿para qué? si estábamos cómodos en una casa chida. Comimos y festejamos brevemente mi sazón, podríamos decir que estaba en su punto el pollo y verduras. Vimos las noticias las pinches matazones de los narcos estaban a todo lo que daban. Estábamos a más de la mitad de2010 año del Bicentenario a poco tiempo de festejar nuestro segundo centenario de independencia. Yo creo que íbamos bien porque ya casi andábamos en los 28,000 muertos en este sexenio

La noticia del momento, era la ejecución de setenta y cuatro personas en un solo evento, esto fue en el estado de Tamaulipas. La organización de los Zetas se le había adjudicado este hecho espeluznante, tanto que los mismos jerarcas de esa mafia asesino a los responsables. Teníamos una teoría similar del porqué de esa matanza. Era la combinación de drogas e impunidad, rociada de estupidez y con poca madre. Este tema nos llevó toda la tarde. Su enfoque indiscutible eran los fríos números, los de un contador, estaba alejado de las ejecuciones que se ventilaban en esto de las cuentas claras, me ilustró sobre las funciones de un contador de contadores y como hablaba era un tipo súper inteligente o cuando menos para mí ya que sumar y multiplicar si aprendí bien. Pero a eso de dividir y sobre todo restar, hasta el momento, me hago bolas.

Reconoció que varios colaboradores se fueron a más allá por pasados de listos, aprovechando que se estaba poniendo de pechito, le ataqué, diciéndole que él había traicionado al *Chapo*.

Lo directo de la acusación causó el efecto esperado. Se me

quedó mirando con la furia sinaloense, mostrando sin duda que le había picado el culo. Por unos momentos midió de arriba abajo con ganas aparentes de venirse encima. Me descontroló la violencia de la mirada, era de asesino no me cabía la duda que este chango o ya mató o encargó. Si a miradas se vale, pues a lapidarlo con otra pregunta lógica y de policía. Mirándolo: frío, mafioso, culero y tira.

—¿Entonces, por qué andas corriendo, bato? No me vayas a salir que hay un mal entendido.

—Pues sí, hay un mal entendido.

—Si chucha, así dicen todos. Algo te comiste y te cacharon.

—No, amigo cuando no sabes lo que tienes y cuando llegas a saberlo, pierdes el piso. Es difícil explicarte que mi error no es de números es por otra cosa...

—Mejor cambiamos de plática, quiero decirte que ando queriendo ser escritor, publiqué un librito hace años, si te contara que el año pasado El Barbitas y asociados me regalaron más de un millón de Euros, mismos que me chingó una puta vieja.

—No tienes tipo de escritor, pareces gatillo jubilado o policía narco, me gusta leer a ver si me regalas un ejemplar, millón de euros, no es mucho dinero ¿cómo te ganaron el billete?

—Para ti no es nada, para mí era mi jubilación de toda la vida ya iba a poner mi editora para publicar mis obras, era eminente mi traslado a las playas de Oaxaca. ¿Cómo me chingaron? Cuando tienes ya tiempo con el dinero y según está bien clavado, crees que nunca te van a ganar, cometí un error de dejar a una pinche vieja un par de días en mi casa cuidando a mi perro y me ganó, hasta el momento no sé dónde anda.

—Yo te lo voy a regresar, si me llevas a donde yo quiero. Es más, vamos a tener que ir por dinero a un clavo que nada más yo conozco, pero eso será cuando se acabe lo que tenemos. No te preocupes por tú futuro, si me llevas a donde quiero llegar… Te vas a rayar.

Esto ya la había escuchado varias veces, no era el primer narco que me había endulzado el oído con esa cantaleta, me alertó en vez de alegrarme, curiosamente todos los que me habían entonado esta canción, eran calacas. Es el juego preferido de los mañosos, son más buenos para matar con la lengua que un cuerno de chivo. Algo me decía que si hablaba de más este pinche puto iba acarrear problemas. Leo sintió mi mirada escrutadora de ¿Qué onda? Me pregunté cuánto valdría este cabrón. También es común que, por medida de seguridad, se elimine al *driver* y más si no es conocido.

Era lógico que tratara de llegar con alguien de sus confianzas y a mí mandarme bien a la verga. Se perdió la magia, me daban ganas de decirle que me pagara por día. El ambiente de muerte se posesionó cuando menos en mi mente, aparecieron los guerrerenses que ejecutaron los Jabalíes, los putos que les pasé por encima con la camioneta. Asunto que empieza con muertes, es difícil que termine bien. Pasar tiempo en cautiverio ya sea voluntario o a huevo, es desgastante por las horas de encierro si está la libertad o la muerte de por medio, pues peor. Leo se veía incomodo, el acoso verbal de alguna manera fue un mal resultado, es peligroso jugar con preguntas. Tendría que volver a ganar puntos con este cabrón, sentía que me había desgastado a lo pendejo, llegué a la conclusión que obtendría mi pago con plomo, harto plomo. También nadie me detenía, en ese momento me podría ir hasta caminando. ¿Qué me contenía? Sepa la chingada. El dinero que me habían dado *Todos Felices* fácilmente pasaría un año o más si preocuparme. Y como casi soy un ermitaño, eso de escribir no deja muchas salidas sociales, menos cuando no se tiene dinero que gastar. Leo fue a la cocina a servirse agua, como perro faldero fui atrás de él. El silencio era notorio, le pregunté que, si ya tenía sueño, contestó que no y que esperaría a que dieran las doce de la noche para hablar con su mujer, indicando que se levantaba temprano y eso le calmaría los nervios, aparte le estaba molestando la nalga. Me retiré después de darle las buenas noches, con una jarra con agua, la recámara tenía como atractivo adicional su terraza, ésta me invitó a reposar, estaba refrescando busqué algo para taparme y ganó la colcha, me recosté. Tenía tiempo de no ver estrellas, bueno, muchas como en ese momento.

En el DF si acaso se aprecian unas cuantas y no todas las noches, era definitivo que no tocaría esa ciudad en varios años. Medité sobre: si los mañosos leían la sección de cultura de los periódicos. Me volví acordar de la mesa de la feria del libro del Zócalo, era mi debut con escritores de renombre y mira donde andaba. Si entrara por la puerta la policía de todos modos me iba mal porque entre chicas y grandes me aplicaban asociación delictuosa y mientras alegara que solamente era un chofer, pasarían varios años, no estaba para perder el tiempo en el crimen.

Pero pensándola bien ¿Dónde ganaría 1000 dólares diarios? Ni de artista o de vedeto. Quizás de gigoló, para eso tengo que agarrar pura pinche momia de las Lomas y unas diez diarias. Alguien dijo que las oportunidades hay que agarrarlas, porque no vuelven a pasar. Con esta filosofía me acurruqué y la mente voló a futuros planes. Qué rara es la vida; para miles o millones de seres humanos ni una mosca anda fuera de su ritmo ¿yo? Parece que nací para beber adrenalina o insulina, recuerdo mi primer encuentro con la muerte, cuando andaba sobre los catorce o quince años, un borracho me colocó una pistola en la cabeza en una cantina en Nogales Sonora. El primer homicidio frente a mí, fue en Guadalajara, sobre la Calzada Independencia. Un tipo le propinó varias puñaladas a otro que caminó varios pasos desplomándose frente a mí, la imagen del hombre sosteniendo sus intestinos nunca se me va a olvidar, no me reponía de la impresión, a los mese en el bar El Sarape, las balas pasaron a centímetros de mi cuerpo. En la mesa contigua del lugar dos cabrones se liaron a tiros, salí con la chamarra rota con un rozón y la sensación del aire de una bala. Mis encuentros con la calaca, fueron varios de policía y de ratón. Me pregunte si estaba asustado y la verdad, no mucho, la imagen de morir torturado y degollado, esa si me causaba inquietud. Estaba seguro que era mi última, última vez que andaba en estas broncas.

7

JUEVES 17.

08:30 Horas

Los moscos durante la noche me pusieron una buena chinga, desperté varias ocasiones para rascarme como chango, un cabrón me pico entre los dedos de mi pie derecho y ya sabrán como me la pasé. El ruido de un camión me puso más activo, asomé al jardín vi que era la pipa para la alberca, esto me alegró el día. Cuando iba saliendo me topé con Leo, con cara de enfermo. Comentó que había pasado mala noche, pregunté que si quería que viniera Beto. Movió la cabeza negando. Dudé en salir era más sano era esperar que hacía el chofer y ayudante y si por la ventana vi como colocaron la manguera sobre la alberca, en menos de un minuto la bomba de gasolina se escuchó y salieron. Leo había calentado agua para café estaba sirviendo mi taza, el olor dulzón me alegró el olfato y la lengua humedeció un poco. Después de soplar y soplar enfríe a lo tolerable, el primer encuentro su placentero con un poco de dolor por lo caliente. Vi a Leo que estaba cabizbajo, la cara era de preocupación, le daba vueltas al café con la cuchara lentamente sin quitarle la vista. Lo catalogué como un tipo depresivo y que no iba a aguantar mucho tiempo en cautiverio por experiencia de rata en fuga, estábamos en el lugar ideal, para pasar bastante tiempo. Hice de desayunar unos huevos a la mexicana que quedaron de antología, tenía tiempo que no me quedaba la salsa tan precisa para mi gusto, con la opción de más picante. Leo me celebró un par de veces el sabor del alimento y los frijoles con queso estaban chidos. Cuando terminamos, estábamos de mejor humor, puse atención para escuchar la bomba y nada comprobé que no estaba la pipa, salía a ver hasta donde había llegado. Estaba un poco más de la mitad y como para meterse darse una remojada. Empezaba arreciar el calor. La idea de echarle a la alcancía 1000 dólares por este día me sacó una sonrisa. La mano dolió, recordé que era hora de mi pastilla para el dolor. Cuando pasé por la sala pillé a Leo con la computadora ya estaba hablando con su esposa, me detuve a ver que estaba de buen semblante. Busqué la medicina y prendí la televisión por inercia en la búsqueda. Estaban las noticias de la televisión del estado y estaban pasando aspectos de una balacera que había sido en el aeropuerto de Toluca, por las escenas estas eran nocturnas y los muertos eran cuatro, grité a Leo que viniera de inmediato. Mientras escuchaba que el enfrentamiento había sido hace cuarenta y ocho horas en la avenida principal, cuando vi un cadáver juré que era uno de los hombres de Jabali3, la locutora, hablaba de una ejecución, después la fotografía del Leo muy sonriente está vestido de traje con corbata, al lado está una mujer guapa, me senté en la cama. Le grite como vieja desesperada a Leo que apareció con los ojos como plato, lo suficiente para que viera su fotografía, mientras la mujer, empezaba a dar datos dentro del mundo de la mafia apareciendo la foto del Chapo, hablaba de una fuga. Y era la de Leo, una sonrisa me apareció de maloso al ver que estaba con la boca abierta. Tremendo broncón para él: Cuatro muertos había costado sacarlo del aeropuerto, lo que no estaba claro ¿quién había matado a quién? Total, que estaba confirmado que el Leo era el principal financiero del Chapo. Por mi cabecita pasaron cientos de millones de dólares. Lo que estaba seguro era que por un lado la mafia y por el otro la ley quería su pellejo. Por los últimos no había pedo son bien pendejos. La mafia no, esos putos son más organizados.

Total, que el Leo era un pez gordo. La mirada cambió en vez de que se pusiera mansito le salió lo león de su nombre. Hasta la pinche nalga se le olvidó. Continuó hablando con su mujer, por el tono de voz no pasaba nada. Gracias a la experiencia, la casa me daba una seguridad sabrosona. Por eso se llamaban casa de seguridad. Con esto no saldríamos en varios miles de dólares, cuando menos unos cinco. A los minutos apareció Leo. Preguntó interesado.

—¿Ya no dijeron más?

—Naranjas.

— Como veo las cosas tendremos que pasarnos una temporada aquí, hay dos opciones: Una, que vengan aquí a traerme dinero y la otra es que tu vayas por el. Tengo contactos que no saben ni qué onda y nadie más que yo conozco. Y la entrega será de lo más tranquilo, no hay bronca.

—Esa cancioncita ya me la habían tocado. ¿Y ve donde ando bato?

—No seas exagerado. Esto es un jale sin bronca y va a hacer en donde usted quiera, tengo casas por varios puntos de la ciudad y el carrito que escojas te lo voy a regalar.

—¿Cómo esta eso?

— Fácil, me dice donde quieras, cito a la persona, que te va a entregar el carro que se le antoje y te vienes para acá, con mi billete...

La idea de salir de la casa me incomodaba. Conozco los mecanismos de la mafia para poner retenes. Pero también sabía cómo evadir y unos dólares por kilometraje no estaba mal y un carro nuevo… Mi *Estratos* ya estaba dado a la madre.

Palabra mágica como para ir a recogerlo a la PGR. Mi mente voló empezando por una *BMW X5* rápido deseché la idea, muy ostentoso y las tenencias son criminales, algo más pobre me decidí por la más jodida de la Land Rover. Nos veíamos a los ojos estaba respetando mi reflexión. Es buen síntoma cuando una persona no te adorna mucho las cosas y te mira de frente, era posible que este pinche mono fuera más rico que él mismo Chapo. Lo que era claro es que él era mi último trabajo de cualquiera de las dos maneras. No tenía otro camino esta chambita para este pinche muñeco de la tercera edad. Me empezó a temblar un poco las patas a pesar de tenerlas arriba de la cama. La codicia se da entre viejos y jóvenes.

—¿Me vas a regalar un carro, el que yo quiera?
- dije como ingenuo recluta del crimen

—Así es amigo, ¿cómo la ves, le atoras?

—Pues creo que sí, nada más vamos a planear chido.

—A ver dígame que se te ocurre.

—Me gustaría una casa por Santa Fe, Tecamachalco o Las Lomas.

—Ya esta, tengo varias.

—Bueno, pensándola bien ¿por qué no mejor nos vamos al DF?

—Quiero sanar de la herida no es igual andar todo madreado.

—¿Lo que tienes alcanza, para varios días?

—No, siempre hay que tener dinero para cualquier emergencia. No hay bronca a dónde vas por el dinero, no es gente relacionada con la mafia, es otro mundo.

—Pues serán de Marte, estoy seguro que con esta balconada que te dieron por la tele, ya eres más famoso de lo que te imaginas.

Leo soltó una risotada y me miró con ojos de que era un pobre pendejo que no sabía nada de este mundo.

—Pues lo que quieras hasta dentro de unos cinco días, después le atoro, no es bueno salir de la madriguera. Todos andan calientes, los buenos y los malos. Los primeros días son de riesgo, vamos a tomarla con calma.

El ruido de un carro me alertó, corrí a la ventana que dominaba la entrada y vi al Beto que venía con cara de encabronado o se venía cagando el bato, cuando tocó la puerta ya estaba abriendo, la mirada era de preocupación, miedo, coraje. De todo.

—Te pasas de listo. ¿Ya viste las noticias?

—Las de la tele ya, al rato voy a ver en el Internet.

—Quiero una buena explicación. Dijo mirando alternadamente.

Me arrastró a la sala y se sentó sin dejar de mirarme no sé si ya lo había descrito; hay les va de volada. Alto, delgado fuerte, güero quemado, bigote, facciones finas un poco desconcertante por las ojeras de perro sabueso él es más viejo que yo por meses, doctor en medicina general, acupunturista de buen nivel, atleta de la motocicleta, educado, buen padre y mejor amigo, Bueno el caso que estaba esperando una explicación. Fuimos interrumpidos por Leo y el Beto lo mandó a la verga con la mirada y éste sentó como gato en un silloncito chido de mimbre, esperando que yo hablara.

—No sé por dónde empezar, mejor desde el principio te la hecho es largo de contar, es una pinche historia de película de esas que le suelen suceder a cualquier cabrón como yo. El viernes pasado me secuestraron casi enfrente de mi casa y me llevaron a un lugar que no tenía madres un pinche secuestro de lujo, con una organización digna de mencionar a las horas de estar en ese lugar me ubicaron y el director de esa madre que se llama *Todos Felices* es hijo de un compañero de la Brigada, a quién conozco desde que era niño, al enterarse que estaba de era huésped, me mandaron buscar a mi nidito de amor, con Azucena una señora guapa que me había robado el corazón salvo lo pinche drogadicta, me puse pedos con ellos y bla, bla, bla, y el caso es que al día siguiente me ofrecieron una buena lana, por recoger en Toluca al bato.— señalando a Leo, con el dedo gordo

— Ya lo tenía previsto que iba ver bronca afuera del aeropuerto, por eso dejé la camioneta al final de la pista. No tengo nada que ver con la bronca del boulevard, es seguro que los muertos o los que los mataron, eran mi paro, mi muro, o sepa la chingada. El caso es que salimos sin pedo del lugar, nos ubicaron en Lerma y pusieron cola y además el compa traía un frijolito gabacho y la camioneta *Low Yak*, nos cercaron en Gualupita, es cuando le di los rozones y ya sabes. Como pudimos llegamos hasta aquí que era lo más cerca que tenía y sobre todo aprovechando que eres médico y la lesión del señor no sabía cómo resolverlo. Sé que es una bronca amigo, pero ya estamos aquí y danos la oportunidad de quedarnos unos días mientras se enfría el pedo. Movernos es mandarnos a la chingada.

— No tanto, podemos cambiar de casa, al lado vive un funcionario de la procuraduría y este viene todos los fines de semana. Es un personaje que se cree el buen vecino y no descansará hasta que los conozca.

— Donde sugieres.

—Saliendo de Tonatico hay una villa que estoy cuidado es de unos franceses que iban a venir esta semana… cancelaron hace dos días y de vez en cuando la rento y está escondida, para llegar está poco complicado,

—¿Tiene alberca?

—No seas mamón. No estoy de humor.

—Cuando tu digas nos vamos para allá.

—Mañana, está perfecto. La renta será de mil pesos diarios.

No, creo que mil dólares es justo y cuando mucho diez días, ¿Te late? Y aparte un regalo de parte de Leo.

—Si, estoy de acuerdo. A ver Leo, vamos a que te vea la poca nalga que te dejó este cabrón.

Beto era mi amigo, otro cabrón ya me hubiera corrido con mi bronca a la chingada, el ruido del motor de la pipa me sacó de mis pensamientos, apareció el Beto y dijo que la operación de la nalga quedaba cancelada que estaba evolucionando bien los puntos estaban de muy buena colocación. Se despidió y comentó que el Migue iba a venir después de la comida, salió por el jardín y habló con el chofer. Yo me fui al cuarto para ver al Leo, que estaba viendo la televisión, me recosté en la otra cama y le pregunté curioso:

—¿Eras de los más acercados del Chapo?

—En cuestión de números derechos, sí.

—¿Tiene mucho dinero el Chapito? Los de Forbes lo han sacado dos veces como de los más ricos del mundo.

— Pues tiene dinero.

—¿Me podrías platicar algo?

—¿Cómo qué?

—No sé cómo una entrevista o te doy una posoleada para que aflojes información.

—Ya veremos, ¿Qué vamos a comer?

—Unos tacos dorados de pollo, guacamole, con chicharrón.

— Y unas cervecitas.

—Si, vamos un rato a la alberca a tostarnos como iguanas.

Después de comer llegó el Migue y dijo que había de nuevo gente extraña en el pueblo, que no había duda que fueran mafiosos, apuntó que un conocido narco del lugar los acompañaba y estaban bebiendo en la cantina de Rutilo. Esto no nos preocupó en lo más mínimo. Con la panza llena no se alarma uno fácilmente.

Pedí que comprara otra computadora, el pinche del Leo no soltaba el aparato y tenía ganas de ver mis correos, recados en el Face Book, perder el tiempo viendo noticias o en el último de los casos ver algo de pornografía. Hablando de porno me pregunté como estaría Azucena. Había sido debut y despedida era seguro que nunca la volvería a ver y hablarle era peligroso los putos de *Todos Felices* era factible que le hayan preguntado qué onda con miguelito. Eso me puso pensar que a lo mejor estaba alucinando con que ellos también anduvieran sobre nuestros huesitos. Mejor le cambié de canal. La tarde estaba calurosa y por lo visto el Migue no tenía intención de irse por lo que armados con unas chelas fuimos a la alberca. El agua estaba sensacional, el sol la había calentado y estaba tibia quién me lo agradeció fue mi manita. Leo platicaba con Migue y se veían que estaban interesados en la plática, tanto que la curiosidad me hizo que me acercara. Estaban hablando de finanzas y por lo visto le estaba dando una cátedra de cómo mover poco dinero y obtener buenas ganancias. Mientras más pasaba el tiempo me daba cuenta que Leo era un estuche de monerías. Era inteligente, culto, amable, ahora sí que no parecía de Sinaloa. Alguna vez llegué a expresarme con un hombre decente y honesto a favor de cierto narco alegando que era un buen hombre y este señor me miró en silencio y con un movimiento negativo me dijo que no era posible que una buena persona vendiera drogas o que anduviera en algo ilícito. Y si tenía razón el dinero mal habido es mala onda. Mejor no entraba en conflictos mentales porque terminaría regresando el dinero mal habido... ¿Mal habido? Ni madres me la había ganado bien. La procedencia era innegable. Pero ya le puse blanqueador, es más la Totis era quién lo tenía, mejor tomé de un trago de mi cerveza que ya estaba caliente. Después de varias cervezas nos dimos cuenta que ya eran las diez de la noche, la pesadez del líquido me estaba haciendo efecto y me dio una hueva terrible. Migue se despidió achispado, prometiendo que vendría en la mañana, le pedí a Leo que le diera para otra computadora y le dije a Migue que me hiciera el favor de comprarla mañana. Me dieron ganas de irme a dormir, pasé a la cocina y un emparedado de jamón con queso quedó listo en menos de tres minutos, le grité a Leo que si quería uno y este me contestó que no. Cuando llegué a sentarme a la cama ya me lo había terminado y decidí que otro no me haría daño, volví a preguntar que, si no quería, Leo me contestó que no le gustaban los emparedados. Las noticias nos alertaron y atentos vimos que una masacre se había llevado a cabo en Tamaulipas; personas fueron ejecutadas, no cabía duda que la violencia estaba en su apogeo o más bien no paraba, este múltiple asesinato era prueba de desfachatez de los criminales. Todos los días eran las noticias de encontrar gente decapitada y no en una zona específica era en toda la república. Los muertos se contaban por miles, no me entraba en la cabeza como tanta gente estaba inmiscuida en el narcotráfico y sobre todo que no se hablaba del consumo nacional. Leo estaba impactado por la magnitud de la noticia, hablamos sobre la violencia existente, le pregunté si había estado presente en alguna ejecución. Me contestó que un par de veces presenció cómo ajustaban cuentas. Pregunté que si había sido el Chapo… Él dijo que no, emisarios del él. Y que hasta el momento estaba impresionado. Insistí si me podría contar algún caso, me contestó que mañana me relataba algo. Fueron suficientes diez minutos para dormirme.

8

Viernes 18.

07:00 HORAS.

Desperté como siempre a las siete, como no había perro que pasear, me di media vuelta y a tratar de dormir, el ruido de pájaros estaba cabrón parecía que estaban al lado de la recámara, busqué a Leo no habitaba en su cama, sabía dónde estaba, en Europa ya eran las dos de la tarde, De repente me entró la espinita de que ya se había ido y me levanté como si hubiera temblor defeño. El olor a café me tranquilizó, entré a la cocina y dicho y hecho Leo estaba hablando por Skype, cuando me vio, con la mano indicó a que me acercara.

Con curiosidad vi la pantalla de la computadora, una mujer que parecía artista de cine o reina de belleza. Estaba atenta a la cámara Web. Leo me presentó como su salvador, la señora esbozó una sonrisa esplendorosa, saludó, dio las gracias y preguntó cómo me llamaba, inmediato identifiqué el acento sonorense o sinaloense de riquilla. Los colores nítidos de la pantalla relevaban una mujer bella y encantadora sonrisa. Preguntó que, si tenía hijos, respondiéndole que cinco y varios nietos. Me preguntó que, si me gustaban los suéteres austriacos, moví la cabeza como caballo Lipizano. Estaba maravillado por la cara, los ojos se veían que eran claros, las cejas delineadas y gruesas, boca a la Joli y el pelo corto, rebelde, negro. Me despedí con la mano y ella imitó. Leo le hablaba con una dulzura que llegué a pensar que no era su esposa.

En fin, puse una taza con agua en el microondas, asomé a la ventana para ver cómo se veía la calle. Esta estaba tranquila ni un auto en mi campo visual. Ante la perspectiva de embolsarme otros mil dólares me alegraba el día. Me di cuenta que era viernes y casi completaba una semana de andar de cabrón, me atacó el hambre, fui al refrigerador a ver que me dispensaba, la cecina y el chorizo hicieron ojitos. Migue llegó a las once de la mañana para cambiar de domicilio, el trasporte era una camioneta de caja cerrada. Nuestro cargamento mayor era comida, en cuestión de minutos estábamos listos. Nos subimos en la caja y en cuestión de quince minutos estábamos llegando. Cuando abrió el Migue ya veníamos como pollos de rosticería, el calor estaba cabrón, siempre ha sido más caluroso este pinche pueblo de Tonatico. La primera impresión fue que estábamos en casa de ricos, esta era de dos plantas y de buen tamaño, pintada de blanco y ladrillo rojo dando un aspecto colonial. El estacionamiento era para varios autos, árboles frutales y jardín como de mil metros cuadrados o más quién sabe al parecer sin vecinos. Entramos después de estar en el porche donde había dos hamacas de las matrimoniales, el piso estaba reluciente como si acabaran de hacer el aseo. La sala estaba de pelos con varios muebles para sentarse con un gran ventanal donde se apreciaba parte del pueblo a la lejanía, continuamos el recorrido, el comedor era para doce personas con una mesa que posiblemente la construyeron ahí mismo porque estaba choncha de a madres. Pasamos a las recámaras, pero antes una sala de televisión, una pantalla de 50 pulgadas nos sacó una sonrisa y más cuando abrí un armario donde había cientos de películas, con esto, me podía quedar hasta que las viera todas. Migue abundando dijo que los dueños eran unos franceses, perfumeros de mucho billete y que venían a veces una vez al año o dos cuando mucho y se estaban dos semanas. Las recamaras disponibles eran cuatro, la principal estaba vedada, Migue nos señaló la que íbamos a ocupar y no le hicimos el feo. Dos camas matrimoniales, con baño, televisión, toca cintas y una ventana de piso a techo corrediza, la abrí era una terraza se veía la alberca de unos veinte o más metros de largo con dos trampolines, asoleadero, palapa con asador. Y un par de búngalos de buen tamaño. Ya con esto me quedaba un par de años y la cereza del pastel era una cancha de básquet. Leo no estaba impresionado yo creo que estaba acostumbrado a estas construcciones. Migue preguntó que se ofrecía y votamos por más cervezas y botanas para pasar el día al lado de la alberca. Cuando se fue, fuimos a la sala de cine. Tardamos en decidirnos que película íbamos a ver. Hasta que coincidimos ver una vieja película de Alain Delon que se llama tres hombres para matar. Cuando la terminamos fuimos a la alberca, Leo se incomodó un poco porque me metí desnudo, cosa que me valió madre, el contacto con el agua y el calorcito me animaron bastante. Me entro nostalgia por no saber cómo estaba mi perro, este puto cuando no estoy se dedica a aullar casi sin parar, mis vecinos se ponen histéricos porque no para el cabrón, pensé en mandar alguien para que me lo trajera, pero no, estaba trabajando para irnos al mar cuando menos un año. Las horas caminan algo lento, Leo se perdía para usar la computadora, yo, como chamaco de diez años, entraba y salía de la alberca, como ya no había cervezas, tomaba coca cola y le di en la madre a la barbacoa que quedaba. Leo se dejó ver, miré el reloj que marcaba las cuatro de la tarde.

—Nos vamos a ir de aquí en helicóptero a México.

—Eso está a toda madre, ¿Y mi carro?

—Te voy a dar una buena alivianada de lana, en México.

—¿Cuándo nos vamos?

—Voy a ver que dice el doctor, hasta que esté bien ¿y si no?, en un par de días o un poco más, tengo que afinar unos detalles.

—Como tú digas, yo aguanto vara a lo que digas.

—Con lo que te voy a dar en efectivo te podrás irte a donde te dé la gana, confía en mí, ya la hiciste.

—Pues tú tienes la palabra bato.

Vi cómo se dio la vuelta y me regañé por pinche igualado, reflexioné de inmediato que estaba hablando con un cabrón que podría ser igual de rico que el Chapo o más, son unas chuchas cuereras para llevar las cuentas y hacer negocios y como lo veía cojear, yo creo que se iba a acordar toda su vida de miguelito. Imaginé que valía más de mil millones de dólares. Me alegré tanto que me eché a la alberca de a bombita de la tercera edad, la idea de terminar el jale me gustaba. Yo creo que también era contador porque la pinche cabeza desde que salió del agua salió haciendo cuentas. Mínimo un millón de dólares o más batos, nadando fui a donde se veía como estaba cayendo el sol sobre un cerro que estaba a unos cuatro kilómetros o más. Una sonrisa estúpida afloró mientras veía a donde iba a comprar mi terreno, en Ixtapan estaba muy caro el metro cuadrado. No, mejor vivir en Oaxaca, Guerrero o Sinaloa. Cuando menos rentaría una buena casa, para lo que me quedaba de vida estaba a toda madre. Mi ángel de la guarda ya iba a descansar no lo ponía a trabajar desde hace más de seis meses que visité a los difuntitos del El Ingeniero y el Barbitas. Me acordé de los euros que me regalaron y me dio coraje. La pérdida de ese dinero todavía no la digería, al contrario, me agrió el carácter gacho ya tenía meses aguitado. Esa merma era memorable, en mi vida, me bailaron pocas veces, pero esta fue la mayor ya les platicaré algún día del pinche baile que me pegaron por pendejo. Por lo visto un calambre más y a gozarla mi muñecote. Mi vida era de película, algunas veces de pinche ratota, eso sí, de ganador. Pues a soñar despierto, a gastarme algo de dinero: Primero, crearía mi editora se iba a llamar "Ediciones El Muñeco Soñador", segundo le daría una buena pensión a mi madre, tercero arreglaría mi departamento chido, cuarto, cuarto...Chinguen a su madre todos. El ruido de la puerta eléctrica se escuchó gracias al silencio del lugar, vi que era el Beto y su hijo. Me puse el pantalón y me acerqué. Me alegré cuando vi la computadora y las cervezas y al parecer eran un chingo, el semblante de Beto era de fácil sonrisa. Entramos y vimos que estaba Leo con la pinche computadora, al vernos dio varios teclados y la cerró. Para empezar, le dijo que le iba a ver el culito, aproveché para ver la computadora y me percaté que era idéntica a la primera. Migue dijo que su padre tenía ganas de chingarse unas chelas sin saber que a mi más. Di las gracias por la compu y le di un abrazo dejamos las chelas en un refrigerador que parecía de restaurante, la alacena de tres metros o más. Una pierna de jamón serrano me cerró los ojos y la tomé como si fuera bandolina. Le pregunté que, si hacían fiestas para mucha gente, contestó que eran una tropa de mínimo de veinte gentes, cuarentones, que vienen con niños y dos tres modelos se ponía bien el ambiente hacían fiesta todos los días. Son buenas gentes, terminó de decir. Salió el Beto con una sonrisa tranquila cordial, pidió una cerveza y se trasladó a la terraza, lo siguió Leo y el Migue llevó las cervezas mientras yo como cocinero de Chilis o Vips, preparé un plato de botanas. Sentía que de hoy en adelante serían igual para todos los días de mi vida, que eran pocos, pero que importa si va ser de esta manera y me faltan pocos años.

Nos dieron la diez de la noche platicando sin parar, Beto se dedicó a hablar de mis aventuras cuando vivía aquí, por su parte Leo salpicaba la plática con consejos para invertir en zonas turísticas. Total, que pasamos muy buena tarde, noche. Me acordé que tenía periquito y por supuesto que lo saqué, nadie quiso y el que quería, no le podía dar que era al Migue. Era drogadicto anónimo y ahí la llevaba, tenía más de un año de no meterle a nada. Esto dio paso para que Leo tomara la palabra y espontáneamente inició una catarsis de cronología de sus últimos días.

> —"Hace días me atoró la DEA, en Nueva York, al salir de comprar sesenta millones de dólares en piedras diversas, la transacción de mano a mano tendríamos una ganancia muy lucrativa, tenía el comprador en Colombia y el pagaría con droga. Ese fue el motivo para hacer legal la detención después de ahí todo el tema sobre El Chapo, se imaginarán como estaba el interrogatorio, un par de bofetones bien plantados me los llevé… polígrafo, muchas horas de polígrafo, me fueron cercando con pruebas que eran nada, no sabían gran cosa, bueno, si sabían, pero menos del diez por ciento de todo el negocio que tenemos en el gabacho. Como medida de seguridad el Chapo y

yo habíamos acordado aceptar la contienda real y callarse lo que no sabían y negociar la traición de una manera convincente, aderezado con un par de decomisos de relevancia, todo esto se llevó a cabo en menos de quince días y bajo la amenaza de no verme El Chapo en menos de un mes, cambia y borran toda la información y el contador adjunto en mancuerna con otro colega elaboran otro diseño de información, proporcionada por la última encriptación y deja salir la solicitada con la encriptación antigua, es una manera de aceptar como se la ponen a uno y como son golosos se les ofrece un dos tres por ciento de lo real que hay y se volverán locos de codicia y así fue.—Los presioné con tiempo y con las detenciones programadas para la gente designada, cayeron dos tres amigos y estos tenían órdenes de aguantar y una bodega con varias toneladas...Sirvieron para que me soltaran y con la promesa que iba aponer al Chapo. Pues aquí ando, libre, sin una nalga, pero libre. Afortunadamente este hombre se cruzó en mi camino y el tiempo que me quede vivo, lo voy a agradecer toda la vida, salud"

—¿Y dónde entró yo?

—Somos accionistas de *Todos Felices*, y como esa empresa esta en la mira para darle en la madre, se pidió el trasporte por parte de ellos, traté que no conozcan a los verdaderos contactos, el destino te mandó.

—¿Ósea que me saque la lotería sin comprar billete? —Dije con ronroneo de gato de alcurnia.

—Definitivamente, amigo Guillermo, si tenía problemas económicos, eso no los vuelve a tener.

Todos nos miramos o más bien Beto y el Migue y yo, como guión de película de aventuras sin decir levantamos las chelas y un salud silencioso estaba atestiguando por próximo final a balazos, bote o con un putazo de dólares. Era notorio que Leo estaba agradecido y medio pedo pues hasta yo me conmuevo.

El Beto me veía con una sonrisa de oreja a oreja. Le preguntó a Leo qué impresión le dio conocerme, Leo se me quedó viendo con una sonrisa que se fue congelando y habló serio.

> —Cuando bajé del avión, imaginé que unos tres o cuatro carros de escolta hasta una casa designada. De la nada apareció este hombre con cara de loco, me sube a una patrulla sin nada de moderación y casi insulta al agente para se apurará, por principio pensé que me iban a ejecutar. Cuando ordenó que me bajara, no había la mínima amabilidad de parte del señor. Me di cuenta que estaba haciendo su trabajo. Me agradó de inmediato que quería evadir a quién fuera. Noté que manejaba con experiencia y lo hacía ver fácil. No cabe la duda que sabe cómo huir el señor, fue una aventura de la vida real, la de nosotros, la experiencia de sentir varios balazos en plena conciencia, es una barbarie digna del siglo en que estamos viviendo. Sacrificar carne de uno mismo para sobrevivir eso es una brutalidad... El señor Rubio me dio una clase de supervivencia de tipo intelectual que yo no había analizado y me recordó que tengo que volver a leer a Sun Tzu.

Los tres me veían con sonrisa franca, de nuevo levantamos nuestras bebidas y dimos los últimos tragos. La vida es de oportunidades para unos y para otros por más que la busquen, creo que soy la última coca del refri, la crema de la enchilada, el padrote de la mujer maravilla o como dicen en Jalisco ¡soy la pura pirinola!.

9

Sábado, 19.
1030 horas.

Desperté a las diez y media, la fiesta se prolongó hasta las tres y media de la mañana terminamos tomando mescal con cerveza, el caso es que hasta una pinche guacareada me aventé, después de ahí dormí como bebé, sentía hambre y sed eso quería decir que la cruda iba a ser leve y sabía que teníamos cervezas, mi paso era de huevón, no me extraño ver a Leo con la computadora. La cerveza entró a poner orden adentro de mi cuerpecito otoñal, al mismo tiempo buscaba que meterle a la panza, decidí por unas enchiladas con pollo en salsa verde y frijoles bayos, más cerveza, fui a preguntarle a don Leo que si quería. Afirmó con la cabeza, regresé y con la velocidad de un ama de casa con diez chamacos preparé un desayuno más en forma. Cuando estaba terminado de remojar en aceite la última tortilla, de volada el pollo, salsa, crema y queso batos y se apareció mi issste, seguro social o fonca. Los días que faltaban al lado de este santo benefactor, las pasaría a toda madre. Desayunamos hablando de Beto y de su hermano Fernando que todavía no conocía y era mi amigo. El destino no me había dejado verlo tenía un par de años que no lo veía. Leo comentó que quería un teléfono, eso equivalía que pronto nos iríamos. Pensé que si este relato fuera una película de aventuras pinta para un aburrido el final. De eso se trata exactamente en el ideal del rata chido: Ganar limpio.

Hay que tomar en cuenta que las historias las hicieron los

vencedores, además soy casi escritor imagínense lo que estaba soñando cada minuto que pasaba, no era el primer caso de un patrón agradecido que convertía a un pinche chango, muerto de hambre en súper millonario, eso sí son contados o más bien son pocos... pero si hay. Con mi computadora me fui a las sombrillas de la alberca, tenía ganas de ver que pedo, para llegar a mis correos a sabiendas de que pueden ser leídos los extraigo y los circulo por tres tipos de cuentas encriptados y está cabrón que me ubiquen la IP que estoy usando en este momento. En Gmail, tenía más de cien correos, el ochenta por ciento era basura de alguna manera, interesante poco muy poco. Estaba en tratos con un menso de una editora y estaba en tiempo de una respuesta, invitación a una presentación de un libro, tres, dos comidas y un desayuno este era el más interesante, con un personaje que respeto bastante que es don Lalo Huchim y por lo visto no iba a ir ya que era para mañana.

En el Face Book si tenía mensajes a lo cabrón, me pasé más de una hora leyendo de los amigos que tenían esta red. Me había perdido de dos tres pedas o comilonas. Todo pinta a toda madre, espero que no salga algo mal. Cuando llegué a la sala el reloj marcaba las tres y media, Leo estaba cerrando la computadora, pregunté qué comeríamos y decidimos hacernos unas hamburguesas a la gabacha, hacer cualquier cosa en la cocina era un placer todo estaba en su lugar limpio, amplio y cómodo, saqué la carne molida descongelé en el micro, mientras Leo me ponía al tanto de sus futuros planes. Él hablaba con una seguridad que se me antojaba que no sabía muy bien que es tapiñado. Tapiñado quiere decir oculto, no te dejas ver, evitas a la gente, total discreción. Rápidamente pregunté por sus medidas de seguridad para sus conexiones en Internet y dijo que tenía red encriptada con varios alias. Y se intercambiaban con varias IP al mismo tiempo.

Bromeamos un poco sobre mujeres, yo como queriendo que nos mandaran un par si seguía esta situación de sitio. Comimos como si estuviéramos en el Zulas de Nogales Arizona, fui a dormir llegué casi arrastrándome después de dos hamburguesas y tres chelas. Dormí pensando cuánto dinero me iba a dar el Leo, seguía conservador, un millón de dólares, o más. Imaginé que este cabrón tendría casas repletas con todos los cuartos llenos de dólares. Ya cuando menos había visto una casa así.

Me gusta dormirme soñando que me saco la lotería y todo a lo que le entro de juegos de azar. Desperté sobre las siete de la noche, con una sed cabrona, caminé a la cocina a paso redoblado, no vi a Leo y por el ruido estaba en la sala de cine. Tomé una cerveza la acabé en tres empinadas. Caminé rumbo a la sala vi que Leo estaba dormido de lado bueno y la pata mala le temblaba, me dio risa y sin hacer ruido me acomodé, estaba pasando una película de Richard Geer o más bien la de un perro Akita que es bien fiel, estaba terminando y me preparé para no llorar ya que el final es para eso. Y si, soporté ver como envejecía el perro y diario salía a esperar a la terminal del tren la llegada del amo, hasta que murió en el lugar donde lo esperaba, haciéndole un monumento la comunidad donde vivía. Voy a llorar.

Leo despertó, me miró como constatando que no era un sueño y dijo:

—Me estoy aburriendo, sin nada que hacer.

—Pues tómalo como unas vacaciones, porque saliendo de aquí te van a empezar a corretear gacho, bueno a donde vayas.

—No te preocupes que estoy aprendiendo desde que estuve en la cárcel, con eso de estar encerrado por horas en un lugar de tres metros cuadrados y a pan y agua.

Me urge terminar el ciclo de inteligencia de mi gente, necesito saber con veracidad quienes son leales. Estas horas van a servir de rastreo de información.

—¿A ver cómo está la cosa, tienes contra inteligencia de la banda?

—Es básico a estos niveles, mi caso en particular, mis manos derechas son parientes, pero no puedo responder por los que trabajan con ellos y así en lo sucesivo o para empezar… con mis mismos parientes.

— ¿De cuanta gente estamos hablando?

—Cómo unos cincuenta o sesenta personas. El problema es que se multiplica el trabajo.

—Está cabrón, ¿Tanta gente se ocupa?

—Según la importancia de la sospecha, normalmente hay un equipo disponible de 30 investigadores las veinticuatro horas. Hay, escuchas de grabaciones, seguimientos para entrevistas, gatilleros, contadores y un par de abogados. Hackers de buen nivel nos respaldan con un rastreo por palabras claves, es complicado que te explique al detalle, nos da buenos resultados. Cambiando el tema ¿No tienes hambre?

—Algodón con pus, ¿Qué cenamos?

—Lo que sea.

—Vamos a ver.

Unas salchichas alemanas y una caja de puré de papa nos hicieron ojitos, en el congelador había panes cocinar en el microondas, de inmediato me puse a trabajar que era de volada todo, Un sartén, pocillo pequeño, cuchillo, para no presumir en diez minutos estábamos comiendo en esta cocina acogedora, un ventanal dominaba el horizonte, prendí la televisión, estaba en el canal de la noticias, y esta news, era la captura de La Barbi, volteé a ver a Leo preguntándole con ojos pícaros que si no tenía nada que ver con ese hecho dentro de las negociaciones con la DEA.

Leo sonrió como diciendo que le valía para pura madre y esto estaba chido porque la atención de los medios olvida la bronca anterior, dicho y hecho de Leo ni sus luces. Platicamos de Sonora y Sinaloa. La personalidad de Leo se iba imponiendo, me daba la impresión que había tomado las riendas para decidir sobre mi vida. Si lo veía con ojos parciales. Estaba trabajando con un industrial de buen calado que cientos de negocios tenía registrados en la cabeza, todos con dinero del narcotráfico. Bueno la vida es corta y a gozarla. Salimos a la terraza, los ruidos de la noche en despoblado son notorios, por lo pronto estaban unas chicharras chingando de verdad, Leo estaba melancólico y platicó de su vida en familia, era padre de un par de niñas bonitas de siete y nueve años y la señora que era de Hermosillo. Según las fotos que me mostró en la computadora, tenía al parecer tenía plan de irse a vivir a Costa Rica donde tenía una cobertura de ciudadano de ese país. Pero algo me decía que me estaba choreando no sería tan tonto para decirme a donde se iba a esconder, cosa que me valía para pura madre a donde se iba a clavar.

Me enteré que era egresado de la Universidad de Guadalajara, contaba con maestría y doctorado, se notaba que era un apasionado de los números y aparte era decente, aceptablemente decente. A las diez de la noche decidimos ver una película. Nos decidimos por una de Jeff Bridges que se llama Loco Corazón, estuvo chida me identifiqué con el personaje, un viejo cantador y compositor de *Country*. Viviendo intensamente sus últimos días con su alcoholismo y posterior la regeneración y aparte con buen billete para terminar la vida. Cerca de la una de la mañana votamos por irnos a dormir, después de comentar la película. Cuando estábamos quitándonos la ropa, sin querer me di cuenta que traía morada la pierna gacho y un pinche parchezote. Me dio un poco de risa, no era un hombre fuerte más bien estaba escuálido de las piernas. Se notaba que no había sido deportista. Ya estas horas de la noche ya no quieres hablar mucho con tu compañero de cuarto. Me acurruqué abrazando la almohada y me concentré para dormir, pero no, pasaron diez minutos y nada. Pensaba en la película que había visto. La trama era que ya sabía él que iba a morir de cáncer y encuentra el amor con una mujer más joven y por su alcoholismo la pierde y esto le da pauta para hacer un par de buenas canciones y regresa al estrellato por última vez. Y por supuesto con su vieja y todos felices a sabiendas que va a morir pronto. Los últimos pensamientos para ahora si dormir, fueron como dedicados a gastar dinero, me dio antojo de ir a la calle de Masarick a ir de compras, ya saben batos, acá un tacuche Boss, unos papos Bali, una camisita Versase y cansado por las compras ir comer al El Cardenal. Uta, que pinche vida me espera.

10

Domingo 20. 07:45 Horas.

Biológicamente, mi organismo está programado para que domingo sea día de hueva total, desperté, miré a mi alrededor y para variar no estaba Leo. Pensé en ir a echar una miadita y si, la comodidad pudo más que la hueva, estaba tibio o más bien fresca la mañana, cuando entré al baño lo vi chico para dos personas, me estaba volviendo ya exigente, chale, y todavía no tenía mi jubilación. Un medio litro salió de mi invernal cuerpecito, mi pitito, fiel, saludador, invitándome a que le diera unos jalones para ayudarse también a estirar el órgano y se lo concedí. Lo agarré de medio cuerpo para atrás y ya saben, unas licuadoras dirigidas a la cabeza, jalando el pellejito alternativamente y en veinte segundos, el distinguido miembro de este cuerpo, respondió alcanzando unos dignos diez centímetros o más. Nos despedimos de mano apretada, me lavé, más despejado y para variar con hambre. El día estaba de un azul con negro, se veía raro. Pues vestí para no hacer enojar a Leo. Se me antojó un café negro y un cigarro, hasta caprichoso me estoy volviendo, dije convencido y divertido. Leo estaba sonriente frente a la computadora y se escuchaba la risa cristalina de su mujer. Me vio levantó la mano para que me acercara, estaba en la pantalla la señora con sus dos hijas que estaban a primera vista, vivas y bonitas.

Me enteré que se llamaban Julieta y Lucrecia y tenían nueve y siete años. Lucrecia, la menor, me preguntó cómo me llamaba y si me gustaban los números como su papá y que le enseñara la calculadora. Reímos con ganas, las preguntas fueron con una velocidad de interrogador acertado. Tomé tiempo para contestarle, mientras me deleitaba viendo a la señora, era del prototipo de reina de belleza nacional. Me pregunté si no fue estrella de cine o algo parecido. Era guapa, guapa, no madres. Me despedí, entre medio de risas de las niñas, madre y padre.

Buscando en la alacena que encuentro con una bolsa de machaca, ¡Machaca!, manjar norteño comible preferencia por la mañana. Por supuesto la secuestré, próximo paso, el refrigerador, un grandote que hacía hielos, de doble puerta. Sabía que contaba con jitomates, cebollas, chiles verdes y tortillas de harina. ¿Qué tal? Tomé un sartén tipo wok, puse agua, eché la carne, pasé a preparar, la cebolla, jitomate, se me olvido el ajo, fui de volada, dos dientes y ahora si a echar cuchillazos sobre una tabla chida de acrílico, encendí la tele y ya saben las noticias del Estado de México. Estaba un programa de un sobrino de mi compadre Víctor Yamín, conduciendo un programa culinario y turístico de cada municipio del estado de México. Él era hijo de un buen amigo mío, que mataron los escoltas del estado mayor presidencial, cuando era presidente De la Madrid, un hijo de él se hizo de palabras con Simón Yamín y Pedro Castañeda y estos putos mataron a Pedro a las afueras de una discoteca de moda en esos tiempos. Hace cuando menos veinte años o más.

Bueno en lo que estaba piqué todo bien, un sartén con aceite bien caliente recibió la cebolla a los instantes siguió el ajo y por último el jitomate, ajinomoto, cuando empezó a hervir, bajé el gas al mínimo, piqué tres chiles a reserva de consultar con el Leo. Puse atención al programa este era sobre el municipio de Tenango del Valle, un lugar chido que conozco bien ya que estuve comisionado cuando era judicial, estaban en las pirámides y cambió la escena y estaban en el mercado, en la zona de comidas y el lugar estaba hasta la madre de tragones de barbacoa. Se chingó un taco con un chango de cara sonriente y cambió la escena en el pasillo del mercado de legumbres, entrevistó a un vendedor y bla, bla y bla.

El olor a jitomate sazonado, me recordó secar la carne e incorpórala al sartén. Cuando estaba calentando la última tortilla apareció Leo guiado por el olor.

—¿Qué hay de desayunar?

—Hay vea, no lo va a creer.

—¡Puta, machaca! Ya tenía un rato que no comía.

—Me faltan los frijoles, para matar bien esto.

—Todo marcha bien, ya pronto se va a deshacer de mí, quiero que el doctor me vuelva a coser mejor y nos vamos en cuanto camine. Tírele a unos diez o quince días cuando mucho. Esto está chingón.

Hicimos burritos de frijol y de machaca, puta que delicia de guisado me quedó tirando a jugosa, no seca. Le dimos en la madre al medio kilo y eso es mucho, un par de cervezas bajaron este manjar norteño. Ya con la panza como de pulqueros fuimos a la terraza, eran más de las diez de la mañana. Sentamos sin protección contra el güero. Estaba tranquilo no quemaba nada, Leo festejaba la machaca y recordaba cual era la última digna de recordar llegando a la conclusión que la que hace su suegra, allá en Hermosillo competía con la que nos acabamos de tragar. Platicamos hasta que nos corrió el sol como a las doce, de ahí yo a la alberca y Leo a la computadora. Nada más estaba a solas y empezaba a gastar dinero en la cabeza, mi editora era la primera prioridad y un corrector de estilo con sueldo mensual, ropa, comprar llegando iba a tirar toda. Y el mar, el mar me esperaba.

Como a las tres de la tarde llegó el Beto, saludó con la mano y aproveché para meterme a la alberca, el agua estaba fría para mi gusto, pero al minuto ya estaba adaptado el día estaba chido, chido de a madres. Esa machaca me había alegrado el día, me prometí que haría la mía en mar, es fácil les voy a dar la genuina manera de hacer machaca de res : Se compra carne cortada para bistec, se impregna en sal y tiende como si fuera ropa, hasta que se seca, según le pegue el pinche sol, ya seca como una vieja o viejo de ochenta años, se guarda en una bolsa y cuando quiera comerse, seleccionas la cantidad destinada a tragar y se le da una putiza como puedas, lo común es un martillo de madera, el caso que el estado ideal de este manjar norteño tiene que estar como crin de caballo fino y hay varias maneras de cocinarse : Con huevos es lo más tradicional y la salsa que quieras, o cómo me gusta con limón y un poco de chile Tamazula o Yaqui. Cuando iba a Hermosillo a casa del Zurdo en las Quintas, había una expendedora de machaca que estaba chida. Era la primera que empleaba un sistema como de licuadora de carne y quedaba excelente la carne, con limón se deshacía... Tenía tiempo que no me daba unos días para mí. Cómo ahora, una casa de campo que envidiara cualquier riquillo, buena comida, billete en la alcancía. Eso sí, con una pinche bomba al lado que me puede llevar directo a descansar de por vida en cualquier reclusorio de alta seguridad.

Pero la vida se da solita y yo no soy nadie para cambiar lo que ya por derecho estaba para ti. Me dieron ganas de conocer el helipuerto que estaba en la parte alta. El blanco de pollo refrigerado que portaba en la mayor parte del cuerpo, estaba cediendo a los días de sol y para no discriminar andaba encuerado. El lugar estaba acondicionado para lo que era un buen circulo enladrillado con buen gusto, era una réplica del calendario azteca. Dudé si se veía bien desde arriba ya que era grabado, solamente muy bien ubicado se daba cuenta lo que era. Una caseta servía para vigilar la propiedad, la posición geográfica le daba un dominio de toda la propiedad, al acercarme y entrar. Encontré un catre pelón, una sucia almohada, cristal redondo como faro de puerto. Un medidor de viento, estaba a 300 metros por minuto, teléfono intercomunicador, directorio. Veinte números para llamar. El viento tenía una velocidad de nada, nada. Me imaginé tomando un helicóptero chido y bajarme en una casa chida. Cuando iba descubrí un tejaban, medio escondido o más bien parecía que era la bodega donde se concentraría toda la herramienta. No me equivoqué, era la bodega. Un par de flamantes KTM estaban colgadas a unos treinta centímetros de suelo, cuando menos eran doscientos cincuenta centímetros, no, eran ciento veinticinco, dos cuatrimotos en un trasportador. Lo que es el dinero, todos los vicios sanos son posibles. Cuando menos por aquí dentro de la propiedad me podría dar un rol. Poniendo más atención había tres porta trajes con equipo para treparse a estas chingaderas.

El silencio de lugar imponía y el olor a motor, me recordó la casa de del hermano del Beto, Fernando un excelente motociclista, junto con su esposa Rosa María, realizaban proezas del corte de las motos de campo traviesa, ellos usaban Husqvarna.

¿Hace cuantos años?... Puta madre en 1982, más de treinta años y yo tenía treinta y tantos años. Recordé a Lulú una bella y salerosa ingeniero agrónomo que conocí cuando vivía llegué a Ixtapan. Ella estaba a cargo de varias terrazas de plantación y producción de rosas de origen francés. Para los San Román casi dueños de Ixtapan, una mujer educada, hija de millonarios con ella viví un tórrido y fugaz romance de unos seis meses o más. Hubiera sido un buen braguetazo casarme con ella. Tiempos de borracheras y cogidas de a diario y con varias viejas. Un recuento rápido de las viejas cogidas en Ixtapan, unas veinte o más o más fácilmente. En dos años batos. Memorables, dos, tres: Lulú, Norma, la de Ciudad Juárez, la de Polanco, la judía, La de Coatepec de Harinas. Qué malo soy para recordar el nombre de las mujeres. Mi pensamiento se centró en Lulú Montes de Oca. Recordé la última vez que hablé con ella y felizmente me mandó a la verga, bien por ella. Una mujer con clase. Soy un cofre viejo de recuerdos.

Cuando llegué vi que estaban en la terraza, se me antojó un trago o varios de cerveza, lo bueno que el compa Barbi, se está tragando toda la publicidad. En fin, por mí que corran los días, aquí estamos a todo dar. Beto me vio con gusto nos saludamos y senté después de abastecer a mis amigos y yo de cerveza. Dejé el peso de la plática a Leo y Beto. Me dediqué a observarlos, los unía la pasión por los negocios. Beto lo consultaba como si fuera un Gurú. Comentó un proyecto para fraccionar un terreno de tres hectáreas, se enfrascaron en una serie de números que dije, —hay se ven batos. La computadora se puso los moños para entrar el Internet, después de unos minutos de pelea gané y me dieron ganas de ver mis correos, me preparé para diez minutos de teclados, para estos menesteres aprovecho el tiempo, veo y escucho TV Milenio, me late la información y por mientras estoy creando un correo nuevo, lo encripto de volada, lo mando a un servidor grande de gobierno, de ahí a otro servidor más grande en Hong Kong a una cuenta. ¿Todo esto para qué? Pues sencillamente para que no estén tumbando la puerta, a quién le interese los huesitos de miguelito. Revisé los correos no había nada de relevancia salvo en el Blog del Narco, una decapitación de un compa, en vivo, impresionante. La escena comienza un tipo a interrogar a un gordito que está amarrado y custodiado por dos encapuchados con cuernos a la vista, después de confesar con quién trabajaba y para variar un poco, gente de La Barbi, el interrogador saca un cuchillo de esos que dan en los restaurantes argentinos y con las palabras de: "Hasta aquí llegaste" se le abalanzó y el tipo que estaba vendado alcanzó a decir: "¿Qué me va a hacer señor?" El carnicero en cuestión, en un par de minutos o más, le arrancó la cabeza a huevo el pinche puto abusivo, ésta cayó al suelo. La escena me trasladó a mi pobre hijo, que sufrió lo mismo, que horror de escena. Mejor pasé a las cosas culturales chequé los concursos literarios, había uno de micro relato de doscientas palabras, me enteré que era del género negro, me animé a entrarle, pero no, sería para otra ocasión. Después me enfoqué a las noticias de la balacera del aeropuerto. La primera que apareció fue del Sol de Toluca, cuatro muertos. Por lo visto no eran de la gente de *Todos Felices* Según los testigos fueron sorprendidos, les dispararon ráfagas de cuernito, de Leo no hablaban nada. En el segundo día del suceso publicaron todos los periódicos sobre los muertos y se hablaba ya de Leo. Yo buscaba el cómo lo habían identificado. Un comunicado de la PGR detallaba que Leobardo Sánchez Zazueta, alias El Contador, El Bendito. El Doctor Venía procedente de Nueva York y desapareció en el hangar al llegar la inspección del aeropuerto, los pilotos estaban detenidos y ellos explicaban que los habían contratado por la sucursal a donde ellos laboraban. Los federales de la 1049 mismos que me dieron el raite, estaban poniendo a disposición a los pilotos, chale batos se ve que están amafiados con los putos deas, bueno el caso que no daban señas de cómo desapareció. Seguí buscando y ya nada. Ni una pinche letra, ni a nivel local o nacional. La detención de la Barbi, estaba chida. Se estaba llevando los titulares y la atención de todos, bueno cuando menos los de la opinión pública. La maña y las autoridades no o quién sabe. Estos putos trabajan de puro chisme, para saber a qué grado esté arreglado este hombre. Bueno a no preocuparme, cerré la compu y a ver que estaban haciendo los batos. Me di cuenta que pasó más de una hora, había varias botellas de chelas y estaban sonrientes, si les gustara la verga estarían listos para encamarse o irse a nadar encuerados, reí de mi ocurrencia y uní a la plática.

—¿Qué onda, cuantos millones se ganaron? — Pregunte en serio.

—Aunque no lo creas, Leo va a aportar el billete que se necesita para arrancar el proyecto del fraccionamiento. Se aclaró el panorama negro que me rondaba, gracias a este hombre. Gracias Rubio por presentarme a quién es ahora mi defensa central.

—O tu perdición mi Beto, ¿nos encuentran con este cabrón? y ni pelos dejamos de la piche ponchada que nos dan, nos andan encerrado un par de años o más… mientras demostramos que no tenemos nada que ver.

El silencio fue como sentencia, parece que vine a destrozar una planeación de negocio con ganancias o cuando menos avisarle a mi Beto, que el Leo era bronca a largo y corto plazo. Estamos hablando de un pez gordo, estaba de mí comprometerlo para que estuviera agradecido con el Beto, volví atacar ligeramente a Leo.

—¿O no es cierto?, Leo ¿Estás de acuerdo que, de los tres, tú eres el único que tiene bronca? ¿Y de las dos?

—¿Cuáles dos?

—Con la maña y la ley.

—Eso sí es cierto.

—Mientras tengas a mi Beto y a tu servidor ahí estamos. Si nos llegaran a atorar, como pinche reloj vas a declarar que nosotros no tenemos nada que ver con tus negocios y que es la primera vez que nos ves en toda tú vida. Todo es verdad, lo que no vamos a decir es que somos amigos. Y salud por lo que vaya a pasar.

Bebimos en silencio cada quien con sus pensamientos el ambiente lo convertí en denso y reflexivo, por dentro estaba riendo como pinche diablo tramando que el agradecimiento se hiciera en efectivo. Esta no se la sabía el pinche Leo era un tratamiento extra que se le da al secuestrado para que se sienta agradecido de a madres. ¿O quién sabe? con la maña no se sabe, son chuchas cuereras. Rompí el silencio para preguntarle al Beto que, si podía bajar una moto, para darme un roll dentro de la propiedad, afirmó con la cabeza, me dio gusto a ver si podía con ella. Pregunté que, si tenían hambre, no fue bien recibida mi propuesta, y yo sí, cuando iba enfilado a la cocina para ver que le daba en la madre, regresé para decirle al Beto que estaba disponiendo del congelador como me estaba dando la gana, movió la cabeza afirmativo. En la primera visita le había dado en la madre a un pedazo de jamón serrano, a ver que me encontraba. Unas colas de langosta me electrizaron, de inmediato deliré una crema de cola de langosta, saqué el paquete donde había cuatro que se traducía a un kilo, pero sería menos y no dudé que era la cantidad perfecta para un atracón de langosta. Puse agua a hervir eché las colas, busqué los ingredientes necesarios, lo primero era, leche, mantequilla, cebolla, pimienta, harina, nuez. Sal y cilantro más.

Prendí la televisión y jugué con los canales y me gusto un chef argentino que estaba haciendo una costilla de cordero, me ocupé de lo mío, las colas tardaron diez minutos en estar en el punto de darle la madre al caparazón, las partí con un cuchillo de antología especial para mariscos y pescados, corté en pequeñas proporciones y golpeé un poco ingresé pimienta y coñac, mientras con harina y leche hice una crema, a fuego lento. Mejor le cambié de canal a de las noticias y la noticia era La Barbi, las imágenes de este tipo, daban la impresión que se estaba burlando, me dio la espinita de que este cabrón era infiltrado de los gabachos, se veía tranquilo el bato. Cuando estaba espesando la crema, puse sal e ingresé la carne de langosta, el espectáculo de ver los trozos bailando con la crema me hizo ir a buscar al Beto y Leo, esto estaba dentro de unos minutos. De nuevo los encontré enfrascados en una plática de intereses comerciales, el olor a la comida llegó junto conmigo. Les dije que, si querían crema de langosta, los dos se levantaron y pidieron más cerveza, yo, como era el más jodido de los tres pues acaté la orden, era un gato de 1000 dólares diarios.

Al calor de la cocina, la crema que quedó al último al gusto de cada quién con un último toque de aderezo, Beto con una pincelada de mostaza, Leo aceite de oliva y miguelito con chile chipotle un poema batos de cena, las chelas, y platica, sobre Ixtapan de la Sal y Leo contándonos sobre fastuosos negocios pasamos las horas, yo permanecía mudo por espacios largos. Me desconectaba para pensar en mi mundo, me estaba preparando mentalmente para hacer una novelita de esta aventura que estaba pasando, una historia inverosímil de mi vida. Un episodio, nada más batos.

}

11

Lunes 21.
07:15 Horas.

Desperté como reloj suizo, abrí los ojitos y volteé para ver si había luz, estaba claro, miré si estaba Leo, milagro, ahí estaba durmiendo a todo lo que daba, las ganas de miar me activaron y sin hacer ruido, me levanté. Vi en el espejo que estaba más viejo, la verdad me sentía bien, chido. Mear en las mañanas debería estar dentro de los placeres. Una buena miada a esta edad y si quiero hasta puedo salpicar, le di los buenos días a mi pitito dándole unos cabezazos contra el lavabo, este reaccionó a mi vieja broma, creo que era la primera que aprendí, se creció al castigo desenrollándose algo. Lavé los dientes y cuando salí ya no estaba el cabrón del Leo. Cuando iba para la cocina lo vi salir del baño de la sala, venía cojeando un poco, con cara de dormido y me saludó con un hola y no me hables y así lo hice, saqué agua la puse en el micro, le puse cuatro minutos ` preparé la cafetera, saqué dos tazas, lave los platos sucios, serví tres cucharadas de café de altura, vacíe el agua hirviendo presioné la tapa y el café salió humeante a la trompa de miguelito. Con la taza de Leo entré a la sala, estaba en espera que contestara su señora, le acerqué la taza y me gruñó un gracias, por lo visto había amanecido peinado y conmigo. Creo que fue por lo que dije ayer que era una pinche bronca andando, también cuando pasan los días los que están en constante roce se llegan a conflictual, el antídoto yo lo tenía y lo iba a ejercer de inmediato, le trabajé una ley de hielo, lo que dudé si se la hacía con todo y comida. No mejor cumplía con mis deberes, pero a sus horas, por lo que me preparé un emparedado a la velocidad del sonido y como chamaco corrí a la alberca, el agua invitaba a que me aventara y nadara unos metros y así fue. Cerca de las once de la mañana desperté con la idea de que tenía que revisar algo de mis textos o más bien, terminar un texto del 2012, son tres relatos de cada partido que es susceptible a ganar la presidencia ya tengo el del pan y prd, me falta el del pri que se titula "El primer día" en honor a Luis Spota un escritor que admiro desde los catorce o quince años y la trama es medio parecida a la novela con este nombre. Como dijo don Carlos Payán: "Todo está escrito, lo que no, es como se cuenta".

También estaba tomando en cuenta que serían a lo mejor mis últimos relatos y si muero rafageado pues a lo mejor me creen la mitad. O los edito estando en el bote pues se la van a creer y no mucho, me entró la inquietud de morir y no publicar lo que ya tenía más o menos terminado, Pero eso no sería el caso batos. Lo primero, lo primero sería limpiar mis textos chido, lo que costaran y después a pagar la publicación y ya saben a esperar las críticas de que si valgo madre o no. Recordé que era escritor y que tenía todo para una segunda novela como personaje ya saben a miguelito. Entré de nuevo en la alberca y nadé ida y vuelta me fui a sentar donde a la parte baja y así me daba el sol chido, la hambre se apareció como a los veinte minutos, recordé en mi emparedado, tenía sed también. Sin otra opción me enfilé a la cocina se podía entrar por el jardín preferí esa ruta, así evitaba al Leo. Se me antojó una coca con algo de botana. La alacena era como un súper chiquito, un mousse de ostión me dijo trágame y una bolsa de Sabritas pidió ser violada y ahí estaba la droga de la cola esperándome y si, ni modo dos latas salieron para nunca más volver. Aaaaa, me estoy poniendo poético.

Estaba preparando mi botana cuando apareció Leo interrogando con la mirada de que estaba haciendo, le tendí una papa preparada, se relamió y dijo que estaba bueno, que también le pusiera jamón serrano, le añadí queso y mortadela y cambié por cervezas. Nos dieron las cuatro de la tarde platicando,

La Barbi se llevó, una buena parte de las noticias, Leo me dio datos que me dejaron pensativo, sobre todo los arreglos con las autoridades, comentamos la muerte del Barbitas, de don Nacho, como que no me creía que los había conocido Leo se interesó sobre mi inclinación a la literatura y me preguntó cómo se llamaba el libro que había editado, se empezó a importar de mi persona hasta que le puse freno. A Leo le cayó en gracia mi desplante de rebelión.

—¿Para qué se enoja compa? pregunto para saber más de usted, su vida ha sido de muchas variantes.

—Ni madres, dos variantes nada más.

—¿Cuáles dos?

—La de policía y la de gente decente.

—Pues de esas estoy preguntando.

—Mira patrón Leonardo, si yo te pregunto la mitad de lo que llevas ya me hubieras mandado lejos, casi me pides el Curp. Ya te dije que fui tira más de veinte años, donde pasé por varias corporaciones y la última era el Cisen y tengo más de diez años de gente decente, la maña que conocía está muerta o en cananea, voy a ser un escritor famoso, cuando menos en el género negro. Cuando esté muerto o más viejo, material tengo para que no pasar desapercibido, me falta una inversión y es posible que escriba mi mejor novela, después de publicar lo que tengo.

Leo dijo que iba a ver unos correos y dormí en una hamaca que estaba con madre, desperté a las siete, acalorado y como riquillo me metí en la alberca estaba pensando que hacer de comer, se antojaba una pasta o ya vería que hay. No me extraño ver a Leo en la computadora, pregunté qué, si tenía hambre y me dijo que, si con la cabeza sin despegar los ojos de lo que estaba viendo, se me antojó poner música busqué la tableta de control y con ella entre las manos me preparé para hacerle como había visto en la televisión.

En cuestión de minutos ya estaba familiarizado con el control de todo lo eléctrico de esta construcción, pasé un buen rato divertido haciendo funcionar diferentes aplicaciones. Con música de los ochentas, noventas y con una canción cachonda de Donna Summers entré a la alacena, encontré latas de salsa para espagueti, escogí una de tres quesos, en las pastas había de todas, me llamó la atención unos ravioles que parecían empanadas potosinas, sin pensarlo los agarré. De reojo vi una crema de elote y la pesqué para finalizar la excursión. Al ritmo frenético de ZzTop abrí el refrigerador, una ensalada estaba de pelos, la lechuga ya estaba poniéndose como yo, jitomates, hongos, ajos, cebolla, sartenes, agua, estufa, baile con Elton John y así trascurrió la elaboración de a comida después de media hora estaba lista para servir, la música me había puesto de buen humor, prometí hacer una canción pegajosa para cumplir con una promesa que me hice, desde hace años. Llamé a Leo, este acudió de volada, con la computadora, al ver los platos prefirió suspender la compu y comimos alegres. Cuando terminamos hice café y nos fuimos a la terraza a echar hueva. La música nos acompañaba a donde anduviéramos, pidió el control y seleccionó música mexicana o en español. Atacó de nuevo preguntándome de mi vida pasada. Después de un monologo como de una media hora me rendí, pero al parecer no se daba por satisfecho, una pregunta tras u otra. Me había dejado conducir dócilmente a relatar parte de mi infancia, adolescencia, como policía y vida intelectual.

—¡Uta, párele! Me doy.

—No me la vas a creer, pero me dan ganas de hacerte famoso, tenemos un corporativo que produce películas, series; estamos a buen nivel. Te voy a dar los datos y cuando te presentes, ya sabrán que van hacer contigo.

—Así de plano, no estés metiendo pajaritos en la cabeza, como dicen en Sonora: Me voy a volar.

—No amigo te digo en serio, con mi recomendación te van a prestar total atención, tenemos un equipo de producción agresivo y recuperamos la inversión rápido. Espero que te viva mucho tiempo para que te entre billete limpio.

—Pues no lo vas a creer, pero eso que estás diciendo desde la primaria me están cantando esa cancioncita y la verdad que la última vez si la cumplieron en corto, de ahí puros cuentos. Si me va alivianar... váyame depositando un billete para no soñar despierto. Si nos atoran en este momento, en primera, después de la madriza que nos acomoden juntos, te vuelvo a ver en las preparatorias y después cuando nos sentencien y si bien me va a mí, me van a mandar a una cárcel de medio pelo, ósea, que el año de la chingada nos volvemos a ver. Y yo a pan y verga, porque salvo los diez mil pesos que tengo ahorrados, que no me van a servir mucho para que no me la metan gacho.

—Tienes razón, ¿neta, estás muy jodido?

—No digo mentiras, es más, debo más de lo que tengo guardado. Hace unos meses estaba cargado, gracias a un regalito de la banda pesada, pero me ganaron con el billete. De eso no quiero hablar.

—Pues tienes razón voy a depositar un billete, es nada en comparación a lo que te voy a dar, pero serán diez millones de pesos. ¿Me podrías dar el número de cuenta bancaria?

—Con esa cantidad que pregunten en la sucursal de Victoria del SHBC y me encuentran con mi nombre de volada.

—Te dejo esa tarea y mientras más rápido mejor. Para que no estés cantando también tú cancioncita. Yo soy de las personas que aprendo desde la primera y si no en la segunda. ¿Estamos?

—Ni más ni menos. Creo también que no estoy mal en pegar de gritos, dicen que la burra no era arisca.

—Vamos a ver una película.

—Vamos, patroncito querido, lo que tú digas.

—No me gusta que me cotorreen.

—No te peines, que es poco lo que me vas a aguantar.

—La verdad sí, pero me voy a acordar de ti, toda la vida.

—No creo, no te metí la macana.

Vimos una película de una gorda fea con cara de King Kong, que sufrió de todo, la película se llama *Presiusus*. Qué vida de chamaca, la viola el padrastro cada vez que le da gana, la madre la odia por que la prefiere ella porque está más joven, sale embarazada, la madre la corre, después se entera que tiene sida, total una tragedia es poco y la cara de orangután marihuano para acabarla de rechingar. Nos dejó mudos la pinche peliculita. En eso llegó el Beto saludó, salieron, creo que a verle el culito al Leo., salí a la terraza para saborear el paisaje. Las palabras de Leo me taladraban la cabeza, los diez millones me sonaban como a un sueño que podría ser realidad, esa cantidad era suficiente para ahora si irme mucho a la chingada. Gozar de la vida por diez años, un millón por año y después dormir para no despertar. Bueno ya vería que iba a pasar, por lo pronto a conseguir el número de cuenta, con ese dinero en el banco me puedo ir a dormir afuera de PGR. Me dieron ganas de unas brazadas y si, nadé casi toda la alberca por debajo sin respirar, el agua estaba a todo dar. Floté de muertito y dejé que se relajara el cuerpo. Rentaría una casa con alberca o más bien un búngalo con alberca. Dos tres meses en Puerto Ángel, dos, tres en Puerto escondido, dos tres en Acapulco. Iba ser el viejo de la piel dorada. Salí y me animé a tirarme un clavado del trampolín bajito, me coloqué como si fuera Joaquín Capilla, después de unos segundos de concentración me lancé con una pésima técnica, salvando la panza, el impacto del agua lo sentí, como pasaban los años, hasta tirarse un clavado tiene que ver con la vejez, la solución estaba a la mano, no volver hacerlo, nadé hasta el otro extremo, con patadas que hacían espuma, me gustaba la vida de rico. Diez años de escritura serían unos tres o cuatro libros, que rico es soñar despierto.

Llegaron sonrientes Leo y Beto me dijo Leo que no era necesario el injerto, que había evolucionado muy bien las suturas con el tiempo se suavizarían.

Sugerí unas chelas para festejar, fui como sirviente de penal al refrigerador, Leo comentó que nos iríamos el próximo fin de semana, esas palabras alegraron el corazón. Mañana me aplicaría para conseguir el número de cuenta. Nos fuimos a la terraza, Leo pidió la tableta de mando, manejó luces del jardín, alberca, terraza y camino del estacionamiento a la entrada, música ranchera de bolero, para ser más exactos el hijo de Vicente Fernández, de nuevo la plática fue de negocios, proyectos, inversiones, su puta madre financiera. De nuevo al agua, no saben que delicia sentir el agua templada a tibia, la noche estaba silenciosa, milagro porque es una serie de ruidos que a veces saca de onda, hay putos grillos que no paran y cuando menos dejan uno de guardia para estar molestando. Ya saben, aquellos compas con sus cuentas y yo con la mía. Fui a sentarme al chapoteadero a ver las estrellas que se veían, sabía lo de la osa mayor y varias figuras, era un enamorado de ellas, mirando en el infinito de esas estrellas. La pinche calculadora empezó a funcionar, repartí cinco millones de pesos de alguna manera equitativa con mi familia, no podía embolsarme todo el dinero, no es de ratero quedarse con todo el botín. Además, que contaba que cuando menos Leo me diera otros diez varos o más. No me imaginaba cuanto apreciaba la pinche desnalgada que le metí al compa. De nuevo la idea de mi editora desvió la atención de todo no estaba muy de acuerdo con lo de "Muñeco soñador". De alguna manera tenía razón Leo de hacer una película de miguelito. Si tomara en cuenta de donde salí, lo que pasé, cuantas veces la brinqué, me redimí y en paz con todo el mundo. Pues sí, sería un relato más de un cabrón que no fue aburrida su vida. Beto me sacó de mis pensamientos,

—Ya me voy Memo.

—¿Y eso mi Beto?

—Tengo pendientes varias actividades, no termino de trabajar, te quería decir que ya Leo pagó hasta la risa. No tienes idea de la alivianada que me dio este hombre, tanto, que me siento comprometido a darte parte del dinero que me dio… Creo que es lo justo.

—No mi Beto, ese dinero te lo estás ganando a pulso y no se te olvide que ese guey es bronca segura, estamos arriesgando el pellejo por dos lados, lo bueno es que no lo vas a operar y ya camina más chido. Quiere decir que nos vamos a ir pronto. El que me alivianó fuiste tú con esta pinche bronca. Bueno el caso que hasta el momento todo va bien y lo que quiera el destino por lo pronto nosotros no vamos a sacar las narices de este lugar. A propósito, mi Beto. Le estoy dando en la madre a la despensa a discreción, para que cuando nos vayamos repongas lo que nos chingamos.

—No hay problema, mejor los franceses, se fueron a Dubái. Ya me voy, Memo.

—Te voy a dejar.

—Ponte el pantalón, no mames.

—A chingado, ¿Qué no puedo andar así?

—En la alberca sí, pero para andar caminando, vestido con algo.

—No hay justicia para los de la tercera edad.

Vi como salía el Beto, ni curiosidad me dio para ver hacia afuera, solamente en las películas se ven estas jaladas que le adivinen donde está uno, si da cara uno, eso es otro pedo batos. La música continuaba ahora era Thalía con una vieja balada localicé a Leo en la barra de la cantina que estaba no impresionante, pero era para seis bancos, cuando menos tres metros de largo, me llamó la atención que había destapado una botella de Champagne y me estaba esperando una copa. Eso se traduce a buenas noticias, ¡Yupi! ¡yupi!

—¿Ahora que vamos a festejar?

—Nada, andaba de curioso y vi esta botella esplendida botella del 99 en el refrigerador y pues se me antojó, un gusto exquisito dentro de los Champanes, no creo que volvamos a tomar tal vino, salud.

—Mmmmm. Pues como han sido muy pocas las botellas que me he chingado, pues no noto nada en especial, salvo las almendras, chocolate blanco, flores y caramelo.

—Sorprendes con tu paladar, me imagino que ya sabes cuánto vale esta botella, ésta particularmente es más o menos cara.

—A ver dijo un ciego, es Cristal buen champagne, lo normal son de trescientos cuatrocientos dólares la botella, pero esta podría ser de 2500 o3000, un par de veces he tragado de esta agüita, esta es la tercera.

—No te digo cómo me sorprendes, la puta botella cuesta 3000 dólares, pareces tasador del monte de piedad.

—Hay para el gasto patrón.

12

. Martes 23
.09:30 Horas

Desperté con un tremendo dolor de cabeza, el camino al baño fue complicado, creí que nunca iba a pasar la tortura de la cruda del champagne, las burbujas partían de la panza y reventaban en la cabeza, chalé el ruido de lavarme los dientes no lo aguanté, sentía que me taladraban la cabeza, mi camino era incierto: Cama o cocina a ver que me tragaba, decidí cocina, Leo estaba con cara de desmañando, saludó con la mano y continuó hablando con su mujer. Me acordé que teníamos naranjas de a madres, busqué en aparatos eléctricos, un exprimidor me dijo aquí estoy. Exprimí hasta llenar una jarra de dos litros. Después a inventar un desayuno instantáneo. Vi totopos, salsa verde de frasco, sartén a calentar vaciar la salsa sazonar un poco con Magi, echar los totopos, buscar queso y crema, bajarle al fuego, tomar un trago de naranja, buscar una botella de champagne, en menos de media hora estaba sirviendo los dos platos y le llevé el suyo a Leo quién me vio como perro agradecido cuando vio el jugo de naranja y la copa lanzó una risa espontanea, llamó para que saludara a la familia y de nuevo era la misma fotografía, los mismos lugares y lo que estaban haciendo la niñas igual. La señora traía el pelo recogido y se veía guapa encantadora, sensual, virginal, un portento de cara bella, además con un encanto natural que desarmaba hasta un misógino. Hablé con las niñas y les dije que me trajeran un reloj del ejército suizo de los baratos. La mujer sonrió y prometió comprarlo, Leo pidió que fuera de los mejores, yo me alegré, aun sabiendo que nunca lo tendría. El desayuno fue la clave para conjurar las pinches burbujas que cesaron al segundo cucharazo de chilaquiles verdes sin picar nada, bueno un poquito, la naranja con el vino espumoso francés conjuraron la pinche rebelión que traía, cuando terminé el primer plato y con ganas de servirme cuando menos la mitad y una cerveza, calculando que Leo quisiera champagne, lo fui a ver y estaba dándole el último trago a todo, le pregunté que si quería más y me dijo que si, que estaba sabroso, levanté todo, rellené la misma proporción que yo. La botella se fue de volada y el jugo de naranja, miré un rato la televisión, el calor estaba arreciando, agarré una cerveza y ya saben a la alberca. El agua fue la cura perfecta, mi calculadora mente registró que esta vida me esperaba en la costa. Mar, viejas, pedas y literatura.

Ahora si cumpliría mi sueño anhelado, por un principio mi destino final San Thomas, en el Caribe, iba bien con el billete, ya tenía juntado más de doscientos mil dólares y me cayó la bronca de unos putos narcos de Monterrey y me quedé sin un quinto, pero si hubiera tenido el entendimiento que tengo ahora me hubiera retirado con el primer tiro bueno que me chingue... Hubiera sido suficiente para vivir tranquilo con un negocio decente. Bueno eso ya estaba enterrado en el pasado. El caso es el presente y futuro. Miré que mi cuerpo estaba pasando del camarón ardiente a un tono más decente, todavía no era el tono deseado, manos y brazos, estaban a como quería, me tendí culo para arriba, dejando que el güero me diera otra mano. Bueno pensándola bien uno de los mejores disfraces es cuando cambias de color. Si buscas a un güero y te lo encuentras bien quemado por el sol, hasta platicas con él. La cruda estaba cediendo, estaba pensando a quién cogerme, me gustaría una vieja como Azucena de físico y billete, de droga ni madres, con billete es más fácil escoger vieja, me la conseguiría en un crucero del amor, mi pitito dio muestras de vida, valiéndole madre lo rugoso del piso. La mañana pasó rápidamente dormité en la terraza, escuché que Leo puso música, di cuenta que eran las dos, vestí y lo encontré en la cocina, estaba sazonado unos cortes de carne, cuatro y como de 300 gramos cada uno, para esto no hay gran ciencia, pregunté si quería una ensalada de lechuga y demás cosas, movió la cabeza afirmando, se me quedó viendo cuando estaba lavando las legumbres y dijo:

—¿Quieres ver la nalga?

— No, ¿Para qué?

—Hoy amaneció un dolor por dentro
y estoy espantando.

—Bueno, le voy a hacer al Beto, bájate los pantalones.

Leo se bajó el pantalón y la primera impresión fue que seguía igual de morado o menos y los verdugones eran tres, me acerqué y recorrí las heridas y si bien había una que se veía hinchada, pero al último no se veía mal, como al principio. Con el dedo índice le presione un verdugón y no la izo de pedo después el que me parecía inflamado y rugió el bato.

—Aquí está la bronca, ¿te duele, aquí?

—Si hay mero.

—Para mi gusto yo creo que se infectó una
de las suturas, ¿Tienes antibiótico?

—Si, voy por el.

Me entró angustia de saber que se prolongaría más tiempo con él.

La tarde pasó con una película de Girad Depardiu, donde es un inspector de la policía muy cabrón, la trama es por el poder policiaco francés, estuvo chida, estábamos en que hacíamos y llegó el Beto y de volada el Leo dijo que le estaba pasando se fueron a verse las nalgas o más bien la de Leo. Cuando la iba a hacer de pedo que no había cervezas que me encuentro con Millers, batos, *Millers* de ampolleta, puta madre eso era un evento digno de recordar, la cerveza más coqueta de todo el mundo, particularmente a mí me gustaba, pues al congelador una bandeja de veinticuatro chelas, están son de dos tragos o tres cuando mucho y frías la gloria de sabrosura. Debía advertirle al Beto de la arrasada que estaba dando a la comida. Eso me animó a buscar un antojo, levanté la vista y recorrí y avancé lento escrutando los estantes, cuando, ay, que vi, bacalao noruego, la caja contenedora marcaba que eran dos kilos. El olor a mujer ardiente salió cuando acerqué la narizota, en mi mente surgió un bacalao a la veracruzana, y vino blanco frio. Lo primero que hice fue lavar platos ya se habían juntado los de anoche, mañana y comida metí dos hojas de pescado a desalar, terminé de lavar, cambié de agua y me fui a ver que hacían las alegres comadres de los números. Y no me equivoque estaban sentados en la barra tomando cerveza y Leo garrapateaba algo, cuando me acerqué como buen impertinente a ver que era y por supuesto que eran números. Interrumpí y pregunté si apetecían el bacalao a la veracruzana. Casi me aplauden y yo, como buen cocinero a lo mío. Probé el agua, estaba salada, cambié líquido, prendí la estufa y a fuego máximo y puse varias papas. Otro sartén, ahí fueron a dar aceite de olivo, chiles largos verdes, ajo, cebolla y jitomate picado, sal, pimienta y fuego lento.

Prendí la tele, estaban las noticias de cajón eran para el compa Barbi, el piche güero cuida chivas se veía muy quitado de la pena o es un sicótico que no entiende como es el mundo normal o el puto trae un as en la manga. Todo el café cargado para este guey, cuando regresa del corte. La pinche Adela empieza hablar sobre un centro de perversión, drogadicción, en todas su modalidades y pasaron la fachada de *Todos Felices*. Empecé a ladrar a Leo que llegó rápido, señalé la tele y éste puso atención a la señora que relataba que habían encontrado un lugar de secuestrados de a mentiras, había 1300 detenidos, pasaron diferentes aspectos de los detenidos y ya sabrán a quién vi, al cara de ratita, al bizco del Juárez, Ja, ja, ja, a Jabalí 1 y ja, ja, ja. Momento, momento, faltaban dos changos el compa de Sinaloa y el puto de la DEA, Cambian la toma y en el estacionamiento el ejército tiene a cuatrocientos cabrones sentados en el suelo, Ja, ja, ja y clientes mil doscientos cuarenta y nueve. Encontraron una lana: treinta y ocho millones de pesos, enfocaron al cara de ratita, hijo de mí querido amigo Ángel lo acusaban de trabajar en Estado Mayor Presidencial y ser el líder de esta organización que se llamaba: "Todos Felices" Adela estaba con el ojo cuadrado y a mí se me estaba haciendo redondo. Era la mejor noticia que me podían dar, absuelto señores, acababa de ser absuelto por la maña, con el pedo que se cargaban toda la banda del Juárez y compañía yo pasaba al último de sus pensamientos, lo máximo que me pasaría es que me citaran a declarar porque tienen datos míos como socio. Eso vale para pura madre, pensé convencido. Para empezar mi encierro pasaba a ser discrecional y tanto que hoy mismo me iba por las mejores putas de Ixtapan, estaba respirando al doble de lo normal, esto es un equivalente a ganar el melate o la lotería batos, una vez más había ganado bien, como dicen los ratas: Limpio compas, estaba más blanco que una paloma de catedral. El viernes pasado claro que era mi día de suerte, más bien el antepasado, los doscientos cincuenta varos quedaban nítidos de todo pecado. ¡Puta madre! y en puerta 10 melones a mi cuenta, más lo que se acumule, no cabe duda que la suerte me acompaña batos. Me empecé a reír primero por lo bajo, después a carcajadas y por último se salían las lágrimas, llegó el Beto y. Leo miraba extrañado. Tardé unos minutos para reponerme, cuando ya pude les dije:

> —Estos weyes fueron los que me contrataron para que fuera por don Leo, por lo tanto, quedo exento de cualquier amago que me quieran dar en la madre. Nadie sabe de mí, salvo las cámaras de video de las casetas de cobro, y como iba tapiñado Leo. No me pueden ubicar nadie según yo, estoy muy contento de verdad, ya tenía años que no me sentía igual. chido de a madres. Vamos a chingarnos una botellita de buen vino yo invito.

Beto miró a Leo y con una sonrisa franca, dijo:

> —La verdad, no te creía lo que me contaste y que cuando estabas secuestrado y que bien marihuano y con vieja, después que conocías

a los jefes, pensé y hasta lo comenté con mi familia, que eran cuentos para enredarme con tus tranzas que al parecer nunca has dejado.

—Casi no miento mi Beto y cuando lo hago, es con mujeres por delate, Ja, ja, ja. ¿No se te antoja una chavita de unos cuarenta kilos?, me comprometo a que no se quite las vendas de la cabeza y despedirla en cuanto tú digas.

Leo como que le agradaba la idea, preguntó cómo le haría, para conseguir las mujeres.

—Fácil, para empezar, le preguntaría al Beto, al Migue, después me iría a la disco y reclutaría por mil pesos o más dos paisanas de aquí, si eso me falla, paro a un taxista y lo engancho a él para que las busque.

—¿Y los condones?

—Incluidos hasta condón para mujer.

—No me tientes diablo.

—Pues me imagino que es mejor que una puñeta.

—Eso si ya estoy hasta la madre de jalar el gallo en seco. Vamos a tomarnos un trago por esa buena estrella que te está alumbrando, me da gusto que te sientas liberado, yo estoy al revés, les aviso que estoy en tratos para entregarme…Lo que ahora necesito es tiempo para arreglar mis asuntos, para no dejar pendiente nada o cuando menos lo esencial que son mi familia y las personas que me ayudaron. Hay la opción de irme a una cárcel de mediana seguridad por diez años, como lo mío son los negocios, pues estamos negociando. Vamos a la barra a tomarnos algo.

Caminaba como si trajera tenis de 200 dólares flotaba como el Jordán, me dejaron el lugar del cantinero, penetré con ganas de beber, pregunté que querían, Beto votó por una cuba de Bacardí, Leo lo asegundó y yo opté por vino, les preparé sus bebidas, con la maldad que se los hice con 151 Prof. en el viaje por los hielos preparé una botana a la velocidad del rayo que fueron: aceitunas negras, verdes, espárragos, queso y paté de ganso puto.

Vi la tableta de control y se la llevé a Leo. Le cayó bien, de volada ya saben, luces, música. Busqué una botella de vino había sobretodo franceses, pocos españoles, la suerte estaba conmigo había una botella de mi gusto. Un Cune de reserva del 2003, es mejor del que consumo yo el que compro es de crianza y 2009. Y la plática se centró en *Todos Felices*

Beto se interesó que hiciera una reseña y ya sabrán a miguelito. Monté un monologo que solamente interrumpía para tragar vino como si tuviera veinte años, les conté tal y cual, como fue la historia. Beto interrogaba severo como ministerio público y yo medio pedo soy agudo y como iba relatando, le arrancaba a Leo información para saber que ésta bronca sacrificaron a *Todos Felices* ya que le encontraron datos sobre la empresa que dejaba dividendos nunca vistos en la historia del hampa, salvo varios de función pública mexicana. Nos platicó sobre este negocio que tenían, las autoridades, participaban activamente mi hizo notar que no hablaban de los demás centros, hasta momento apuntó es indudablemente tardaría días o se acallaba el pedo y continuaba funcionando, pero a él ya no le correspondía de alguna manera ocultar información, declarando que Leo contestó por lo que le preguntaban ellos estaban enterados de ese negocio. Relaté la peda que me puse con el cara de ratita, a quién le achacan ser el jefe de *Todos Felices*, me presentó con el puto del DEA quién tenía que ver algo porque ahí lo conocí. Leo, no supo que contestarme o más bien me mandó lejos con un: Yo me encargo de los números. Beto no creía lo que escuchaba, no creo haber omitido desde el principio que mi amigo doctor es un tipo decente en toda la extensión de la palabra. Y se horrorizaba al escuchar mi aventura en *Todos Felices*.

No se explicaba cómo había aceptado el trabajo de venir por Leo, cuestionó teatralmente, por un momento el sermón de Beto me desconcertó, lo miré a los ojos profundamente y encontré la respuesta rápido, era un tratamiento adicional aflojador para

Leo. En cuanto empezaron hablar entre ellos, por mi parte, la desconexión fue inmediata mis pensamientos estaban sobre miguelito, por principio se me prendió una grabación que decía: La brincaste, la brincaste, la brincaste, segundo reforzar el apoyo económico a mi madre, tenía unos meses que estaba atrasandon con el billete, tercero, mi editora iba ser prioridad, cuarto, cuarto, chinguen a su madre todos. Creo que había recuperado mi capacidad pulmonar al ciento diez por ciento, jalaba aire como si fuera alpinista, esta buena noticia, a un cabrón diabético hay que dársela con tiento. Pensé en San Juditas y mi ángel guardián quienes se aparecieron viéndome piadosos. Mi ángel de la guarda yo creo que fue el que cuidó a Matusalén, bueno que salió para cuidarme y San Juditas, Él sabe más que nadie como pienso. Tenía que madurar mi proyecto de la literatura, pasarían por corrección y edición, cinco textos. Gastaría una lana en publicidad. Envejecería plácidamente, sin problemas económicos, crearía una fundación para ex policías o ex ratas que se dedicaran a la literatura... Pinches sueños de un ex ratero sexagenario se estaban por cumplir. El mar donde tendría mi residencia estaba por decidirse, Puerto Ángel, estaba como finalista. Tendría el poder de escoger mi última compañera, ya con billete sería fácil y con una dotación de pastillas amarillas el mundo era mío batos. Ya agotados mis temas de mayor importancia me integré a la plática.

Estaban hablando sobre qué Beto se encargara de los negocios lícitos que tenían en el Estado de México. Al parecer había de todo, restaurantes, hoteles, gasolineras, cines, fabricas, balnearios, ferreterías, comida rápida. Era el Grupo Agrevaly estaba representado por una sociedad anónima.

Beto llegó a la conclusión que su mundo estaba en Ixtapan, estaba tentadora la oferta, pero prefería la vida que estaba llevando, para eso ya llevaban tres copas cada uno el tiempo se había pasado con una velocidad supersónica eran las once. La comida se convirtió en una deliciosa cena el bacalao salvo lo salado estaba delicioso, los vegetales combatían la sal efectivamente al Beto no se le veía las ganas de irse, la personalidad de Leo era embrujadora, era un tipo con una carisma especial, de conversación ágil y reflexiva, yo con confianza avisé que me iba a dormir, di las buenas noches, Beto me dio un abrazo como si fuera mi cumpleaños, Leo miró como si fuera su padre o su abuelo y sonrió. Sentía que volaba. En cuanto llegué a la cama prendí la compu, ya pueden deducir que busqué, los bigotes me los relamía como tigre que ya comió, faltaba la botana, ya saben lo mismo hasta para abrir un portal lo hacía a nombre de otra persona, en este caso estaba en el nivel naranja de seguridad o más bien hice uno de volada, la paranoia es un hábito que se hace ser muy paciente. Bueno pues a buscar. Teclazos para escribir: *Todos Felices* y le voy a poner: y yo también batos.

Por lo visto la ola de información en este momento era exigua, daban lo esencial de los detenidos, exaltaban el número de los detenidos, me dio risa de pensar no le daban la dimensión que iba ocasionar, para mañana si, los titulares del todo el mundo, no mamen casi mil quinientos cabrones a ver, voy a multiplicar: a 3000 pesos por cabeza… son cuatro millones doscientos mil pesos de puro cover, más las drogas, ¡Viva México! puse alertas a este asunto en varias rutas, lo más relevante era un video en You Tube. ¡No mamen!, un detallado o recorrido del lugar, estaba bien editado el video, primero la entrada que parecía una gran bodega por lo alto de los portones después un tráiler con todo el caja en medio, dándole la vuelta, estaba la construcción circular de dos pisos, la recepción de los chivos, dentro un recorrido de los lugares vacíos se veían que eran unos lugares de sano esparcimiento, detallaron las habitaciones, primero los que parecían cogederos de la *Merced* y los donde le llegué que eran de riquillos, los restaurantes que estaban desolados mostraban orgullosos sus franquicias, , una fábrica hidropónica de mota, pasillos secretos y centro de cámaras donde captaban todo el pedo, no jueguen había como treinta pantallas y consolas como de grabación profesional de disquera, informando sobre la marcha del video que había trescientas treinta y cinco cámaras,, seiscientas camas, cincuenta kilos de mota, tres de cocaína, cinco mil pastillas sicotrópicas, condones 50,000, enseñaron las cajas, tres mil videos editados de tres horas. Bueno la locura. Los ojos del mundo opinarían algo de nosotros en los próximos días. Un cansancio de esos ricos de dormir como bebe de seis meses, me entró curiosidad de ver que estaban haciendo mis cuates y pues fui, estaban embebidos con una libreta en la cual escribía y explicaba y el Beto con cara de cansado lo veía atento y al cuaderno. Me dio risa y ahora si a la cama, que rico iba a dormir. Abracé mi almohada y me prometí que mañana cogería, tenía ganitas, me acordé de azucena. Mejor dormir, me acurruqué y adiós temporalmente... Alguna pinche alarma se me prendió porque estaba más despierto que una lechuza empezado su turno. Estaba evaluando mi bronca con el Leo, si mañana agarraba mis chivitas y me despedía no había bronca, pero la codicia es cabrona y mala consejera. Después de haber visto casas llenas de dólares, camionetas y carros repletos, entierros de cajas fuertes. Cuando un bato es agradecido de a madres, puede decir que te lleves lo que quieras de billete o de droga en un solo viaje, yo no sería el primero en gozar de este singular privilegio. Son pocos los beneficiados en este rublo, pero los hay, ser amigo de un delincuente puede haber un genuino afecto y si los agarras de ladito pues mejor. Pensaran que soy metalizado y la neta, la pura neta...Si.

La solución temeraria era irme hasta México con el Leo, La sensata sería quedarme aquí después de ver que estuvieran los diez melones en mi cuenta, mañana a primera hora voy al banco y saco mi número. Bueno ahora si a dormir, mañana me gustaría para salir a la calle a ver que chingados veo.

13

Miércoles 07:15 Horas.

Abrí los ojos y el pitito se dio un levantón de aquellos, quienes piensen que la macana no se les va a parar solita a los sesenta años, les aseguró que si batos, en recompensa en este voto de solidaridad, le tomé con la derecha, apreté, recorrí hasta el tronco, para llegar a esto tienen que pasar varios centímetros de grasa, cuando ya no había más para atrás, la derecha la tomó con igual fuerza, mi pitito vibró chido, donde falló la cosa es que debería de salir la cabeza y no, nada más se le vía la pelona, para la edad y las horas de servicio, todavía estaba para competencia de película porno de la tercera edad, dediqué un par de minutos de jalones a discreción, cuando ya estaba alerta al noventa y tres por ciento, lo abandoné a su suerte. Levanté el cuerpo, las protestas seductoras surgieron no las escuché, para variar no estaba Leo. Frente a la taza, mi consentido aventaba un chorro de adolecente, chequé el color y estaba en el rango de oro y plata, los refrescos estaban desapareciendo de mi vida y si me tomaba uno chico, pagaba un litro y medio de agua. Cuando salí escuché música y plática, con los ojos de plato avancé guiado por el ruido y descubrí a Leo, Beto y Migue, bien pedos, no madres. Cuando llegué los tres me atacaron a preguntas,, como hablaban al mismo tiempo, me empezó a dar risa y levanté las manos, hice el tradicional tiempo y lo acataron para darle un trago a sus bebidas, pregunté qué onda y de nuevo empezaron a hablar al mismo tiempo, se trataba de mi vida pasada, las dos preguntas de padre e hijo, las cuales contesté y la de Leo era confirmar su actuación cuando salimos del aeropuerto, sonreí, les di un buen abrazo y les pregunté que si querían un desayuno chido, se miraron entre ellos afirmando que sí, el Migue me acompañó para ayudarme.

—¿A qué hora llegaste?

—Como a la una y media, es a toda madre Leo.

—Nos tomamos, dos botellas de ron

—¡No mamen!, ¿del 150?

—¿Qué es eso?

—Es un ron que cada botella equivale a dos en grados de alcohol. Vamos a hacer una carne a la mexicana, picosa desde hace días quería hacer esto, tú has jugo y platícame de que han cotorreado.

—De varias cosas; de ti, de las personalidades que conoce mi papá que vienen a curarse con él o con mi tío, de la afición a las motos, de mujeres, negocios, un chingo de negocios.

—Hablando de mujeres ¿Puedes contactar, cuando menos unas tres? Para un reventón de veinticuatro horas, y que se lleven buen billete.

—Si, ya sabes que el pueblo es chico, hay una nueva bandita de seis chavas que están dos tres, son reventadas ya empezaron a putear, las puedo convencer por mil pesos a cada una.

—No, ofréceles tres mil pesos, por si queremos chiquito, mameluco, ya sabes, todo lo que se ocurra.

—Tas cabrón Memo.

El desayuno calmó los ánimos de la fiesta y de sabor de carne y caldo estaba en grado de sabroso, Beto y Leo seguían con la fiesta hasta que entró un llamada por el celular de Beto y después de varios sí, sí, sí. Se levantó comentó que su vieja ya estaba en grado de encabronada, se despidió y decidió tomarse otra cerveza antes de irse.

Le volví a preguntar al Migue sobre las niñas, me dijo que se iba a dormir y en la tarde las ubicaría o a lo mejor le hablaba a una de ellas, pregunté a Leo que, si iba a querer vieja para la noche, movió la cabeza como toro y me dijo que se iba a dormir. Acompañé a padre e hijo al estacionamiento, estaba casi seguro que este evento de verlo con copas de más y a esta hora, tenía muchos años que no veía, creo que nunca. Nos dimos abrazo y dije que nos veíamos en la noche para una fiestecita. Beto negó rotundo, alegó que no volvía a tomar en una buena temporada, Vi como salieron, después del desayuno me sentía a toda madre, entré a lavarme los dientes, Leo estaba culo para arriba roncando a toda madre, lave los dientes, me acordé del número de cuenta y empecé a buscar un control de la puerta eléctrica, la lógica me llevó por principio a la entrada, no vi colgadas las llaves, recorrí la vista para localizar, nada en una cajonera de una mesa—silla de teléfono, recordé que había un renegado en el estacionamiento, caminé al lugar, Eureka, encontré el control de la puerta eléctrica, vi que estaban las llaves pegadas, me iba a subir, no mejor la KTM. Abrí la puerta y empecé a hablar a la moto, le estaba avisando que yo era su nuevo padre y que le iba a meter la verga por un rato, la descolgué, después de purgar los carburadores y dejar la llave de paso de la gasolina flecha abajo, la maquina tosió y al segundo patadón encendió, busqué un casco me gustó un negro con micas bicolor, subí y sentí la magnitud de la motocicleta las puntas de los dedos gordos conservaban el equilibrio, primera velocidad hacia abajo y pata o más bien mano, rumbo a Ixtapan. La moto se adaptó a mí de volada o yo a ella, la velocidad era cautelosa, haciendo además pruebas de frenado y manubrio para allá y para acá. Cuando salí puse mi GPS humano a funcionar mi sentido de orientación decía que era hacía abajo, a los escasos minutos encontré casas y divisé la cúpula de la iglesia y a metros, calle pavimentada, me detuve, marqué el lugar en mi memoria, pregunté cómo se llamaba la colonia y me dijeron que era la hormiguera, para no fallar me regresé y di de volada con la casa, regresé a toda prisa, la moto estaba sintiendo que no la traía cualquier pendejo, en la hormiguera, pregunté a una señora ya mayor por el camino a Ixtapan, me señaló para donde yo pensaba. Caminé poco cuando reconocí el camino que es para el Mogote, le di a la derecha, sabía que en minutos estaría en Tonatico e Ixtapan. Llegué de volada llegué al banco, entrevisté a un cabrón quién en cosa de cinco minutos estaba entregando el número de cuenta. Ya con ese papel cerca de mi corazón, dudé a donde iba. Si empezaba a dar cara tendría que hacer vida social, mejor voté por las normas de la inteligencia policiaca y una de ellas es conservar el bajo perfil y buscaría una librería, Ja, ja, ja, estaba seguro que no había, pero a ver que encontraba, merodeé por el centro, en una caseta vendían revistas, periódicos, libros de Paolo Coelho, de superación personal. Nada atractivo a mis ojos, proceso, y mileno los llevé, en el periódico estaba la noticia en primera plana, con su respectiva fotografía y el cara de ratita estaba con cara de yo que pedo.

Se me antojó una agua de alfalfa del quisco, la misma juguera de hace treinta años estaba en el lugar cuando la conocí era una jovencita, que le ayudaba a su madre, no me acordaba como se llamaba, ella de inmediato me ubicó le dio gusto verme y la plática se prolongó por espacio de casi una hora, me enteré que se llamaba Rosario y qué tenía tres hijos, que se había casado con Zacarías el hijo del lechero, amigo mío, total que me puso al tanto de mis amigos los más desmadrosos. Compré un celular. La sensación de libertad no la tenía plena, lo más sano era refugiarme y trabajar de empleado del Leo, hay estaba el billete, pasé por una tienda de videojuegos me latió pararme y me encontré con un juego que se llama The Hitman y era el volumen 5 ya había jugado el 1, 2,3, estaba chido y se manejaba con el tablero de números y del mouse. Sin pensarlo lo compré, los ochocientos pesos que pagué no me dolieron nada, en Tepito lo habría conseguido por cincuenta pesos. Bueno pues a casita, vi un restaurante de mariscos y metí freno, casi me metí hasta las mesas y ahí le ordené al mesero una campechana de ostión y camarón, bajé de la moto pedí una cerveza y a ver pasar los carros. Y abrí el Milenio, la noticia de *Todos Felices* me capturó, estaba igual de escueta, busqué entre los articulistas y nada, puta le daban más publicidad a unos descuartizados en Michoacán. Llegó lo que pedí ataqué con ferocidad, estaba chido lo que comí y ordené una de camarón grande para Leo.

Mirar pasar los carros me daba gusto de estar en contacto con la gente, pasaron un par de turistas que andaban lejos de los centros de diversión estaban maduronas, esto me puso alerta, al ver que los cuerpos eran de veinte años, y nada feas, a primer vistazo, parecían canadienses o francesas, mi pitito oteó el ambiente y despertó para aconsejarme mejor y tomar una rápida decisión, hay veces que soy tímido. Pagué, me dieron una bolsa de papel la hice de pedo por una de plástico para amarrarla al manubrio, salí para ver donde habían quedado las güeras, estaban a unos metros por lo visto andaban perdidas, mi pitito aconsejó insistentemente el abordaje, una de ellas una güera, buenona de cuerpo fuerte, nariz como de pinocho me clavo la mirada y yo también. Siempre he sido un descarado para ver el cuerpo de una mujer, barrí a las dos, la otra era un pinche hueso parado, de cara bonita de treinta a cuarenta años.

Me acerqué decidido a conocerlas después de haber amarrado la bolsa y tomado el casco, con una sonrisa las abordé.

—Hola, ¿están perdidas?

La cara de pinocho se me quedó viendo a los ojos, como pudo dijo hotel Ixtapan, me di cuenta que hablaban inglés, ya saben batos, metí el traductor y con un ligero acento británico dije.

—If wants to walk, is fifteen minutes more
or, in taxi, three to four minutes.

—¿You can do a favor to me?

—Yes.

—My friend wants to go bathroom.

—Come, with me.

Las mujeres me siguieron al restaurant antes de llegar tomé de la mano a la que traía apretadito el culito, pregunté al mesero donde estaba el baño de mujeres y la encaminé hasta que ella identifico la figura de una vieja, regresé a donde estaba la otra güera la que nos interesaba, me recibió con una sonrisa, ya saben un interrogatorio básico y me enteré que venían de Nueva York a la acupuntura, le pregunté que si venían con Fernando y ella sacó una tarjeta de presentación y me la mostró. Efectivamente ahí estaba el nombre de Fernando, hermano de Beto, le dije que él era mi amigo, le dio gusto, los ojos que me echaba era una invitación a llevarla a coger ratones, los minutos estaban en contra, tenía que seducirla en velocidad de ya.

Después de hablar con Kimberley y Laura, más de una hora, y tomarnos dos cervezas me enteré que eran dueñas de una cafetería y venían por recomendación del padre de Laura, ambas padecían de stress y ansiedad, me porté encantador, antes de despedirnos les invité a una cena preparada por miguelito.

Para esto Kimberley ya estaba propensa para la cama y Laura también podría aflojar. Les platiqué que estaba pasando unos días con un amigo, que se estaba reponiendo de las heridas de un perro. Aceptaron gustosas, quedamos que pasaría por ellas a las siete de la noche, indiqué que llevaran traje de baño para nadar un poco, les agradó la idea. Paré un taxi, indiqué a donde las llevara y quedamos formalmente vernos en la entrada del hotel a las siete de la noche, la despedida fue de besito. Cuando llegué Leo estaba roncando a todo lo que daba, puse el coctel de camarones en el refrigerador. Fui a la terraza con mi compu, pensé en los candados de seguridad para ver mis correos y decidí por disciplina efectuar la conexión segura e infalible, tenía todo el tiempo del mundo. Mi pensamiento era como dar de alta una editora, eso se lo encargaría a un abogado o los que entienden estos menesteres. El reloj marcaba las dos y media decidí meterme en la alberca, nadé por espacio de unos minutos, la hambre de tragón goloso me hizo ir a la cocina, por lo pronto le di un bajón al jamón serrano y corté queso manchego y tres Millers. Al filo de las cuatro de la tarde se dejó ver Leo, traía cara de que ya había descansado y casi no cojeaba y la pata no la estiraba tanto. Le comenté mi salida a Ixtapan, mañosamente le recalqué que fui al banco para sacar el número de cuenta y lo principal, que había ligado a dos viejas de Nueva York y venían en la noche, para cenar y tomar una botella de vino, estiró la mano y pidió el número de cuenta, como mago apareció el papel en milésimas de segundo. A las seis de la tarde me bañé y di cuenta que no tenía nada de ropa, interior sí, pero una camisa decente nada.

Como pinche pariente baquetón empecé a abrir closet y en el de nosotros nada, entré a otra recamara y nada en los cajones, en otra había varias cajas de cartón fino ahulado, abro la primera y eran juegos de pants, no sé, pero había unos veinte juegos. De volada tomé un verde y calculé que me podía quedar, la chamarra me quedaba como para no subirle el zíper y el pantalón estaba súper chido me quedaba como de torero o bailarín del bolchoi, los huevotes y mi pitito resaltaban cabrón, puta, iba causar que hablar a mis nuevas amigas, saqué más y fijándome me di cuenta que eran de diferentes tallas, ya sobre eso llegué a mi talla, eran tres uno, beige, blanco y amarillo. El que me quedó más sugestivo era el blanco, por lo igual el pantalón se me pegaba a la piel y la chaqueta me sentaba bien, descubrí que era Lacoste, la marca, eran pants de más de cien dólares, ya armado, busqué para Leo que era más delgado, mejor dejé que él buscara por su cuenta, la siguiente caja tenía camisetas de a madres, escogí una de Manhattan, para impresionar a las güeras, otra caja con camisas vi que eran de riquillo casi todas estampadas, ya vería mañana, otra caja con tenis, casi nuevos encontré medio número más grande pero no me importó. Otra caja calcetines y calzones, agarré dos pares, contento me fui a bañar, Leo estaba acostado manipulando la compu, me acordé de los camarones, fui por ellos y una cuchara. Se los tendí, vio que era y los atacó chido.

—Me voy a bañar voy por las viejas, la que te toca esta chida, vas a ver que no miento y lo mejor que no hay bronca son extranjeras.

—No tengo mucho humor, ya veremos si no me late, no le entro.

—Pues me das la posibilidad de cogerme a las dos, apropósito ¿Has tomado Cialis?

Salí en el renegado a las seis y media, mi primer paso fue pasar a una farmacia y compré diez pastillas amarillas y para combatir el mal aliento, llegué al cinco para las siete al Lobby del hotel y ya estaban las güeras, se revelaban guapas con afeites en la cara. La edad estaba definida más o menos Kim cuando mucho cuarenta y cinco y Laura quien sabe, menos de cuarenta, estaba ayudándoles a subir cuando llegó un carro de lujo y se bajó una cara conocida, de inmediato pronunció mi nombre, acercándose a mí; Ricardo San Román, dueño del hotel o de los dueños, me preguntó que si estaba hospedado aquí y le señalé a las güeras, reí pícaro, entendió de volada, me volvió a abrazar y dijo que pasara mañana a desayunar con él, me acompañó hasta el pie del renegado, amablemente se presentó con ellas y les dijo en ingles perfecto que eran bienvenidas al hotel. Las güeras estaban emocionadas que un hombre atractivo que irradiaba dinero y personalidad fuera amable con ellas, me felicitó por mi buen gusto en inglés. Otro abrazo y subí al jeep, arranqué las mujeres estaban emocionadas, déjeme decirles que Ricardo tiene como cuarenta y tantos años y se parece al príncipe Guillermo o es de ese estilo de cabrones, para que le midan que tipo de hombre es en su aspecto y decencia y con muchos millones de dólares en la bolsa. Bueno pues para no entorpecer la narración con diálogos en otro idioma, les voy a traducir lo que dicen o van a decir estas pinches viejas.

Kim preguntó o más bien dijo que era el dueño del hotel, tenían días viéndolo en los horarios de comidas, pregunté cuantos días llevaban y me dijeron que ocho y que pensaban estar más días, esto sirvió para agarrarle la mano a Kim. Cuando tomamos la terracería y todo oscuro como que se sacaron de onda, pero no mucho ya que era cuestión de un poco más de un minuto de camino, cuando abrí la puerta eléctrica y vieron las luces que estaban, prendidas casi en su totalidad, la casita se veía bien, las mujeres se vieron entre si y movieron la cabezas aprobando. Estacioné frente a la puerta, Leo en ese momento abrió la puerta y venía también guapetón con pants y tenis. Cuando se dio cuenta que no hablaban nada de español empezó a mascar el gabacho bien, la pronunciación era del sur de Estados Unidos. Pasamos y Leo preguntó dónde querían estar, mostró la sala, el bar, o la terraza. Escogieron la barra, Leo le tendió a Laura la tableta de control para que escogiera la música, ella por principio se negó al segundo intento le tomó la palabra no tardo por decidirse por un viejo disco de Fleet Wood Mac El de Rumores o Mentiras. Curiosamente estuve ligado a ese disco durante un viaje sicodélico de Ciudad Juárez — México. Pregunté que querían tomar, votaron por Tequila encontré varios pero una reserva del patrón me dijo aquí toy. Serví el primer trago y no estaba para tragar Tequila, busqué una botella de rojo, otro Cune de reserva, serví una copa y me uní al siguiente brindis. Después de media hora de platicar alternadamente pregunté que querían cenar o más bien que me dieran el menú. Ensalada, arroz, pescado, vino blanco. Me levanté y Kim igual con ojos de voy papito, Leo y Laura, ja, ja, ja, L y L, comenté esto con Kim, ella no entendió hasta la segunda explicación y ellos habían hecho clic la plática era entre ellos. Caminamos casi agarrados de las manos mi pitito me aviso que ya era hora de tragarme la pastilla, en la cocina a Kim le salió un wau, la dirección era el congelador, busque en los congelados de mariscos y apareció un huachinango de unos cuatro kilos o más estaba perfecto para cuatro personas, prendí el horno a máxima temperatura, saqué las legumbres, decidí tatemar los jitomates, prendí todas las hornillas y Kim miraba sin atreverse a decir te ayudo bato, mientras yo en chinga, me enteré que era divorciada, que tenía un hijo que estaba en la guerra de Irak, enseñó la foto donde está con su tanque, el pinche güero tiene una cara de demente que no podía con ella, comentó que este pinche loco se puede regresar el día que él quiera desde hace dos años y que no, continua a toda madre allá, lavé arroz blanco con agua de presión, escurrí, arrocera a calentar, un poco de aceite de oliva despellejar los jitomates, sartén para los jitomates y demás hierbas que se acumulen, revisar el huachinango, colocar cilantro en rama, todavía estaba una parte congelada, mientras Kim hablaba y hablaba batos. Mi inglés es al sesenta por ciento efectivo es a bajas revoluciones, esta pinche vieja hablaba rápido, sabía que me estaba hablando del hijo, de la cafetería, de su padre y el ejercicio que hacía diario, su afición a la lectura, confesó que si no tenía nada que leer a la mano antes de dormir es un problema serio, le pregunté que estaba leyendo actualmente este momento, me dijo que estaba leyendo el último de Harry Potter, me dio risa, pregunté por novelas policiacas y género negro, contestó que sí y me dio una lista encabezada por : Hammett, Chandler, Spilane, varios cabrones, juzgué que no era prudente decirle que yo era aprendiz de escritor, la plática se desvió de nuevo hacía su hijo, padre y cafetería, me di cuenta que era una mujer de lo más manejable o eso aparentaba, las americanas me gustan ya que hay una genuina candidez para todo. Como tiburón empecé a rozarla y no rehuía al contacto, me dio sed y saqué una Miller, ella se sorprendió de ver la ampolleta, me pidió una, confesó que era su cerveza preferida, la mirada estaba cambiando y el tono de voz, traje la compu para que viera sus correos, ella agradeció la atención de inmediato a dar teclazos con esto forcé algún silencio, a la comida debe prestarse atención. Sobra decir que la cena quedó sugestiva, el arroz blanco y plátanos machos con un sabor a ajo, fue festejado, la ensalada de lechuga, jitomate, espárragos, brócoli, zanahoria y huevo cocido, bien, se acabó y el pescado al horno bañado por una salsa de jitomate, cebolla, ajo, perejil, pimienta, aceitunas, un par de botellas de vino blanco, comimos tranquilos la plática la llevaron Laura y Leo, quienes pintaban también para darse una buena cogida, era de edad similar quizás un poco más mayor Leo, hablaron de lugares comunes de Nueva York, ya saben restaurantes, teatros, parques, nos enteramos que vivían en Manhattan, Kim me preguntó si conocía Nueva York dije con una verdadera humildad dije:

—Si conozco, casi nada, algo de Manhattan.

—Qué conoces, —dijo Leo interesado (Kim más)

— Un par de galerías de arte, una japonesa de la calle32 y la otra de un cubano, muy cerca del Soho, museos: El metropolitano, el arte moderno, un pinche parquesote, Central Park, librerías tres, restaurantes varios el más famoso donde se inventó el *cheese cake*, cerca del Madison, el barrio chino a comer pato laqueado y un par de teatros a ver Cats y Los Miserables. Me puse pacheco en el parque Washington, fui al Soho a casa de un artista, Brian Nilssen, quién tenía de vecina a Laura Esquivel, una escritora mexicana, una buena fiesta que hicieron en honor de Leonora Carrington…Y una peda en la calle con los drogos de la calle 42. Nada más.

El mensaje que había mandado hasta un pendejo lo entendía que mi viaje relámpago, era cien por ciento intelectual y si, fue un fin de semana con mi amigo y patrón el pintor y grabador Emilio Payán.

Él fue invitado a la exposición de doña Leonora Carrington, me vine de pegoste. El efecto deseado dio resultado, Laura se interesó como había estado en un lugar famoso por su peligro en la calle 42, a Kim me preguntó que librerías conocía, le dije que ST. MARK'S BOOKS, en la 3ª Avenida entre las calles 8th y 9th, la quijada se le cayó,¿ yo?, sonreía irradiando modestia, le tomé la mano y le dije que también conocía Barnes & Noble y Borders , creo que le provoqué un orgasmo escuchar sus librerías favoritas en su mera tierra, la pupila se dilató cabrón pero cabrón , tanto batos que sentí que ya estaba lista para meterle la macana, pregunté si quería caminar por el jardín, dijo que si, como perrito que sabe que va a salir, caminamos y a los metros, regresé sin decirle nada a Kim y le pregunté a Leo si quería una amarillita, negó con la cabeza, le dije que se iba a arrepentir.
El camino a la alberca era corto unos cincuenta metros, el clima estaba para estar en los mejores del mundo, rodeamos la alberca, no alababa para nada la pinche casa, eso quería decir que era de billete la mujer, nos sentamos en el trampolín y a mi si me gustaba como se veía las siluetas de la construcción, la alberca, las luces del jardín, las que limitaban la propiedad, mi muslo estaba pegado al de Kim y mi pitito estaba pendiente

de la plática incluso empezaba a interrumpir. Se levantó, tocó el agua, dijo que estaba tibia y que se le antojaba meterse, pidió que le trajera algo de beber, obediente di la vuelta, con el pito bien, bien parado batos. Leo y Laura, estaban platicando casi para acaramelados, pregunté que, si querían champagne, dudaron, pero al último movieron la cabeza afirmando. Con cubeta con hielos, botella y dos copas largas, llegué al pie de la alberca, Kim estaba nadando de a perrito, desnuda, con un dedo ordenó, yo cumplí, afortunadamente el color de pollo refrigerado ya había desaparecido de mi cuerpo, uno que otro musculo se estaba dejando ver no tan jodido sin el menor pudor me quité todo, conocedor de las dimensiones de la alberca, cuando me sumergí sabía que iba a salir justo al lado.

—¿Esta casa es tuya?

—No, la renté a un amigo. Por unos días.

— ¿Podríamos hablar un poco de ti?

—¿Cómo qué?...

Acercándome al contacto directo no madres, mi pitito quedó a centímetros de su lugar predilecto, la obligué a que me abrazara, el beso fue inevitable, corto, rápido, las manos no, como garras de águila se posesionaron de las nalgas duras, duras, duras, que buen comienzo, sentí que la respiración se alteraba, me zafé ahora yo, del abrazo de oso que me estaba aplicando, descubrí que era pecosa, ojo azul oscuro, boca carnosa, bonito labio superior, el pelo mojado daba paso a los rasgos de la cara bonita en conjunto, nariz, orejas, dentadura todo perfecto, una mujer para enamorarse. La empujé adonde nos mantuviéramos pisando o cuando menos yo, eso sí, las manos se turnaban para no soltarla. Le pregunté de una manera divertida que si habían pasado más de seis meses sin hacer el amor y ella explotó a carcajadas y dijo con alguna jerga de palabras que era mucho más de seis meses, riéndose. La atraje por la cintura, ahora si iba a levantar su inventario. Por principio las nalgas del cero al diez, tenían 9.5, cintura estrecha, caja torácica delgada y reducida, pechuga 36 b, pezón chiquito. Nueve de calificación y lo demás diez. El único defecto es que casi estaba de mi estatura unos dos, tres centímetros cuando mucho le llevaba desventaja. El segundo beso ya fue más acá de lengua de tirabuzón, casi un minuto de contacto, el histérico, estaba empujando hacía adelante, el muslo izquierdo se encargó de darle la bienvenida al oso, detectamos pelo bravo como de escobeta, o de japonesa pelos bravos, por lo visto la puerta estaba abierta para cuando lo dispusiera, dejé que corrieran los minutos besándola y tocando su cuerpo, como hacen las changuitas cuando quieren coger así le hizo Kim. Se volteó, tomó a mi consentido y lo presento con su oso yo colaboré dando un paso al frente y como dicen en Sinaloa, pa dentro chile mugriento. Y no batos, no entró mi águila real, pero cómo, tomé cartas en el asunto y chequé que estuviera dónde iba, pensando que le había dado al chimuelo y no estaba en el lugar correcto, eso indicaba casi virgen, me afiancé mejor la tome de la cintura le jugué con su hoyito y tómala barbón que va para adentro lo sentí apretado de verdad, no me moví, se quejó, permanecí estático, el manual del seductor indica que no hay que provocar daño innecesario, besé el cuello, mordí el pelo que olía rico, mi mano derecha a trabajar con orden de ser gentil en sus movimientos, el índice fue el ganón encontró al clítoris con trabajo, este era una pinche espinilla, nada batos, a esta vieja no le gustaba coger, o tenía años de no saber de nada de nada, mi pitito se estaba desesperando quería mecerse, pero la estreches del asunto era inusitado, como si fuera guitarra electica le di una rascada de cinco dedos de la tonada de ZzTop, “La granja” Kim se revolvió como víbora pisada, movimiento que aprovechó el encajoso de mi compañero y entró la cabecita como el último colado en hora pico en el metro de Hidalgo, seguí con el ritmo de nuevo la misma tonada pero ahora como requinto, la magistral presión del dedo gordo le brindaba el cien por ciento de lo que había de clítoris al índice que empezó a tocar como si fuera banjo, Kim empezó a carburar, las caderas se prendieron, sentimos un chorro caliente mi pitito habló ahogándose en leche de mariscos diciendo que estaba a toda madre, el cerebro también confirmó que sentía vibraciones de recepción de cuatro palitos, como los celulares, que sensación, extraña tenía detenido algo o bastante de líquido el caso que había que sacar la macana, las protestas no se hicieron esperar pito, oso y vieja renegaron, Giró la cabeza una mujer muy distinta se me apareció, había rejuvenecido, estaba hermosa la mujer un rostro sereno, bello, perfecto y como miraba, era el remate de oro. Las nalgas estaban llegando al grado de incontrolables, prueba de ello los tallones que se daban con mis muslos, era tiempo de la mano izquierda en entrar en acción a la pechuga a conocerla bien, talla treinta y seis copa a—b pezón de película, minúsculo estaba seguro que mañana estaría de tamaño normal por aquí empezaría mi tratamiento, aquí estaba una llave, para mi gusto el tamaño de Kim era alta, un poco más baja que yo, no lo ideal y por consiguiente mayor peso, Los dedos encargados del clítoris demandaron labios para afinar un poco más y así lo hice, Kim ladró algo en otro idioma, me latió que era judío, dedos, lengua y labios hicieron que vibrara el agua, los dedos y uñas se enterraron en mi espalda mientras el oso ya había invitado al dedo gordo a que pasara y lo apretaba como si fuera chupón, lo sentía que estaba en gelatina caliente, los demás dedos protestaron, cosa que ignoré, deje de lamer, chupar, mini morder la espinilla y me fui a la boca, esta parecía que quería entrar en acción la lengua se dio cuenta de mis tremendas caries, creo que no le importó, se trenzó con mi lengua, el beso era de aspiradora, por precaución mínima recomendada por los brujos, me retiré para romper esa operación de chuparle a uno el alma, pregunté que si quería cama, ella se movió como perrito que le dicen que va a dormir. Pidió de beber, la botella que estaba como beso de suegra o muerto de veinte horas.

Bebimos un par de copas nos besamos largamente, acariciamos, una mujer recién cogida es bella y si es bonita entonces es preciosa, nuestra platica se volvió simple, de sexo y literatura.

Desperté a las siete y veinte, miré a mi izquierda Kim dormía, confirmé que era una belleza, pero no tenía la chispa de la mujer que a mí me gusta, al cuarto orgasmo se negó a tener más sexo y confesó que tenía más de ocho años sin coger y que no se metía nada al oso, si caso una que otra masturbada, espaciadas en meses. Fui a lavarme la boca, así lo marca el manual, del amante agradecido. Decidí hacer jugo de naranja, tomando en cuenta la hora, tardé unos quince minutos para hacer dos litros, cuando llegué Kim se estaba estirando como gato.

Le tendí su vaso, lo llené y me recosté en su regazo esperando alguna recompensa por ejemplo una buena mamada. Pasaron los minutos y el silencio reinaba, cuando una mujer no le intereso, practico la técnica del silencio, Kim estaba dormitando o se hacía, por mi parte empecé a tener sueño, dormí. Desperté con un beso en el cuello después otro en la chichi, con chupetón, mientras estaba agarrando a mi empleado consentido, quién al quinto pasón estaba listo para lo que fuera, en contra de cualquier pronostico Kim me estaba dando unos tímidos chivitos, ya entrados en gastos me convenció y entré en acción a ponerle sal y pimienta a este preludio. La moví para quedar en la posición 69, la espinilla ya parecía un arroz, eso era ganancia para el poco uso de anoche, le pasé la lengua para ver si funcionaba en automático, una pasada de lengua, dos, tres, cuatro, este pinche arroz, no se inflaba, se estaba humedeciendo, fui a donde estaba saliendo el líquido tibio—caliente y a meter la lengua dentro una guillotina de carne, estaba chida, cada tres segundos se abría y cerraba, descubrí que el chiquito era virgen, no lo creía eso es raro, raro. El dedo índice fue el indicado para certificar el estado y con ojo de joyero de Madero o del monte. Sonreí Mmmmm.

Se enteró mi pitito y elaboró reclamo legal para obtener ese privilegio, la lengua exploró y si como dicen en la policía, afirmativo, todo indicaba que me había encontrado un pieza del cuerpo femenino sin usar, Forcé la memoria para recordar la última virgen anal... De las que recuerdo bien son las de dieciséis y veinte años. Está cabrón, no me acuerdo. Por lo pronto le daré una bienvenida.

Kim me dejó hablando solo, se durmió con una sonrisa agarrada de un brazo, sentía como un diablo que se había ganado una alma, la experiencia que acababa de pasar mi pitito era tan memorable que juré que a nadie le contaría, sería un secreto senil entre mi águila real y el culo maduro que se acababa de reventar, esa sensación de pasar el pito por una liga gruesa, gruesa, chiquita, bien chiquita. Es una sensación muy singular. ¿Será eso que hay tanto puto? Le aposté a Kim que lograba diez orgasmos, prueba de ello estaban dos sabanas que estaba empapadas por ella. Fiel a su palabra después de darle un concierto de diferentes maneras amatorias. Bueno les voy a contar un poquito lo que pasó a grandes rasgos. Cuando descubrí la joya antropológica, le presenté a mi dedo el más cordial, cariñoso, fraternal, sensible, empecé a sembrar la confianza en esta puerta que nada más abría de un solo lado, pulsando la resistencia de este anillo de carne, dentro del ritual, se traslada la gelatina que esté acumulada del oso y lo mío y se introduce poco a poco, hasta que esté lubricado y no moverle hasta que esté bien caliente.

Bueno, quiero decir que la apuesta tenía término de tiempo y este era en hora y media. A la voz de arrancan, tomando en cuenta que eran las once y treinta minutos, me fui a lavar las manos y la boca regresé y me fui despiadado a la pechuga y al pezón conducto directo a todo el sistema nervioso sexual, el pasaporte más visible hasta el momento, la respuesta fue visible cuando se abrieron la piernas, la lengua experta entró en acción disfrazó el ataque con la puerta del oso durante un minuto, hasta que sentí que la temperatura subía, después al arroz inflado, este me dio la sorpresa y parecía un frijolito, al parecer ya había logrado que llegara la sangre normalmente a este privilegiado órgano, el contacto fue creciendo, a los segundos el vientre estaba incontrolable, el frijolito corría y se escondía juguetón lo atrapé con la lengua se convirtió en un capullo envolví al frijolito y a darle masaje y a succionarlo. Según yo con este tratamiento de lengua de gato mañoso, vendría el primer orgasmo y si, antes de dos minutos la primera bañada en serio, se manchó la güera aventó liquido con presión, entre risas y marcando el número de la casa, me limpié la cara, un trago de jugo, para quitarme el sabor a pescado. Kim miraba con cara de quiero más, respirando como profundo y seguido, fui a la boca a besarla levemente, la respiración se fue normalizando, mantenía los ojos cerrados, cuando los abrió fue la señal para lamer su pezón y a los minutos ya estaba prendida otra vez, mi mano se acercó al oso, primero un dedo el explorador, tardó menos de diez segundos para ubicar al G quién reaccionó violento, casi me rompe el dedo, cuando giró incontrolable. Me hinqué introduje dos dedos, los de en medio y con la otra mano inmovilicé el vientre, las yemas le dieron una implacable bienvenida a este mundo del placer al pobre e inexperto G, abusé de su entrega plena, cuatro orgasmos en serie con intervalos de segundos dejaron la sabana empapada y yo estaba salpicado hasta los tobillos de su líquido. Había aplicado una técnica japonesa, que es infalible batos Una risa incontrolable y temblores involuntarios Kim me abrazó, besó, decía una especie de poema, quitamos la sabana ante el asombro de ella, se disculpaba pensando que se había meado, yo le decía que no importaba, nos cambiamos a la cama de Leo, vi el reloj y le dije que faltaba una hora que descansáramos un poco, mi pitito estaba algo frustrado, estaba consiente que era el estelar de esta función. Se desplomó en la cama reconoció que estaba exhausta, pasaron los minutos y yo conversaba exaltando sus cualidades físicas y la fui llevando a un terreno sentimental, le dije que no era feliz y bla, bla, bla. Cuando ella vio el reloj y faltaban treinta minutos para el límite de tiempo esto me dio pauta para recordarle de la apuesta y como estaba es marcador y este era 5—0 a favor de miguelito. Ella se río y dijo que no le podría arrancar nada, que estaba seca. Le pregunté si ya estaba lista para la segunda sesión y ella con una cara angelical movió la cabeza, sus ojos me miraron profundamente invitándome que me atascara en Manhattan.

A trabajar para conquistar un chimuelo con cero centímetros.

Besé la cara, toda, la mano derecha estaba en lo suyo entre clítoris y pezón viajaba aprendiéndome el camino más sensible.

Pasé a las orejitas con mis labios vi que también era zona de desembarco, le puse la piel de gallina, primer requisito que pide una mujer, le programé tres oleadas de chicken girl continué a las nalgas duras bien formadas, las masajeé de dos maneras: con manos de seda, sintiendo hasta los pelitos que había en el camino y de revisor de reclusorio la exploración era pesada y hasta donde alcanzara el dedo se metía. Kim empezó a carburar chido. La invité a que le diera unos chupetones a mi socio, no le agradó la idea, La coloqué a lo misionero y sobre de ella con movimiento calculados con eso de la tercera edad hay que andarse con cuidado en estos menesteres. La penetré y le pedí que ejercitara su aparato sexual y me aplicara la guillotina de carne y sí, no saben qué sensación, como un guante me apretaba el oso, hice la prueba de ajuste di para atrás las piernas, el mejor certificado de calidad que hay se la dejé caer hasta el tronco y le saqué una voz gutural, se la dejé ahí y pedí guillotina, esto fue una prueba de fuego para mi compañero de armas. Kim me estaba moliendo la macana con su oso quien estaba tomando una temperatura digna de tomar en cuenta y el agua de gelatina apareció de nuevo, no tenía mucha coordinación de movimientos cuando quería tomar la iniciativa perdía el ritmo de inmediato, le tenía programada unas "patitas al hombro", que no olvidaría jamás. La besé inmóvil mientras ella trabajaba la guillotina moviéndose circular, pa tras y pa delante, de nuevo sentía que se aviva el fuego donde andaba mi escudero, le pedí un reporte y me dijo que si se dejaba ir a cabezazos le sacaba fácil un par de orgasmos, decidí darle tratamiento especial, giré y ella quedó en posición de mandar, la motive con unas nalgaditas que hicieron ruido y un orgasmo apareció con una severa salpicada, no la deje descansar, moví la cintura y cadera a que continuara, siguió y no duro más de un par de minutos más que la última vez, la risa me estaba ganando ya llevaba siete y no le ponía la estelar, mientras agarraba su ritmo cardiaco y respiración le recité la canción de John Lennon *Imagina*, después de terminados los versos le pedí que pusiera a funcionar la guillotina, se negó riéndose, le enseñé el reloj y le mostré que faltaban diez y ocho minutos, cuando me coloqué en posición de te voy a desmadrar güera bonita, me detuve impresionado por la vista que ofrecía el oso, no mamen, estaba inflamado parecía vagina de sex shop, el frijolito ya parecía alubia, miré a mi consentido que estaba igual de viejo que yo, gracias a la bendita pastilla amarilla estaba muy decoroso desafiando al oso que aparte estaba sabroso, con tiento coloqué a mi brother para que hiciera camino a la alubia, el roce fue milimétricos, de diez micras de presión. Para no exagerar mucho. Después de una veintena de pasones, lo recargué pesadamente y mis labios a la pechuga sexi y cachonda para esto, ahora era un chícharo besitos lengüetazos y mi brother, masajeando al oso por fuera como tiburón, besos y besos y una almohada bajo sus nalguitas, ya saben las manos en sus tobillos y a bailar el oso. Los ritmos serían un vals, balada, merengue y quien sabe si aguante una lambida. Cuando entramos al cuerpo ¡puta madre! Qué sensación, sentía que empujaba carne ardiendo, el líquido estaba igual de temperatura, mi pitito se impresionó del recibimiento, por poco se le van los frenos como colegial. Corregimos y a mecerme como bailarín de hawaiano, buscamos por diferentes ángulos y donde frunció las cejas Ahí estaba el control. Y apliqué el taladro neumático más viejo que nada, pero en funcionamiento, levantándole más las piernas, el daño se notó a los segundos empezó a decir nooooooooooo, conté: Uno, dos, tres, cuatro, cinco, seis y la manguera del oso sacó a presión liquido del que quieran, seguí insistiendo y el segundo alcanzó al primero y como no estaba para aguantar mucho más tiempo y me faltaba uno, le avisé que le faltaba uno, ella tenía los ojos en blanco, aun con espasmos.

Miré el reloj como vil prostituto y faltaban once minutos para el plazo, un par de minutos de tregua, mientras comentamos en la proeza de ella para esta demostración tan participativa, mi pitito estaba descansando en serio, pero a la expectativa, cuando faltaban seis minutos le enseñé el reloj y le dije sorry, un chimuelo sin rodar, con poco pelo, sin arrugas, va a ser mío. Y si, de nuevo sus piernas se fueron al aire tres cuatro piquetes de reconocimiento y atacar donde sabía que no aguantaba cinco o seis empujones, al tercero se prendió la caldera, tercero y cuarto se unió la guillotina y una respiración de alpinista. Al fin viejo lobo de mar, le cambié la posición le apliqué la de "Patitas al hombro, en busca del G" y que se lo encuentro como si fuera cerrajero con suerte batos y ahora si todos los kilos al asador. En un par de minutos de empujones, los orgasmos fueron incontables después de cuatro me dediqué a coger por mi cuenta, a saborear el culo de mujer, ya me lo merecía. Mi orgasmo fue de lo más discreto, dos, tres pinches gotas para dejar testimonio de un total funcionamiento. Kim me veía como si estuviera borracha, las pupilas de gavilán pollero miraban buscando donde estaba el truco, y dijo:

—Confieso que nunca en mi vida había pasado por una experiencia como esta. —¿Cuántos años tienes?

—Sesenta cumplidos.

— Wao, un hombre de sesenta años me enseñó lo que es sexo.

—Pues todavía no te inicio en nada, espera que se la deje caer al chimuelo y vas a ver.

—¿Que es chimulo?

—Chimuelo, o chiquito, prestas, quinto, tiene varios nombres mi amor.

—No es necesario preguntar si tienes experiencia con las mujeres, ¿te podría hacer una pregunta?

— ¿Cuántas mujeres has tenido en tu vida?

— Mmmmm, no las suficientes para no admirarme de encontrar algo distinto a la otra, ninguna mujer es igual, todas tienen algo bello o distintivo… Cómo tú, eres candidata para perpetuarte en papel, para describirte por centímetro o pulgada soy medida internacional.

Tenía tiempo de no encontrar un cuerpo bien formado, proporcionado, lozano voluptuoso, pero totalmente abandonado, dormido, aletargado, sin apetito de uno de los placeres del humano: Coger, coger y coger. Y ahora hagamos una prueba de la apuesta ganada.

—¿Puedes hacerlo otra vez?

—Por supuesto, traigo una caducidad de dieciocho a veinte horas de pila y mientras me guste el material a consumir, no tengo llenadera.

Reímos, jugamos, comimos, besos de larga duración, platicamos de literatura, me nombró a decenas de autores que no conocía y que me recomendaba ampliamente propuso planes de viajar y al parecer con gastos pagados.

Aquí se aplica el refrán nacional: La verga, es la verga. ¿Y el chimuelo?... La neta, este recuerdo lo reservo para Kim y miguelito. Sería obsceno.

Al atardecer nos reunimos en la cocina, la cara de Leo y Laura estaban igual que la de nosotros, gracias a que me había bañado antes de salir, me veía como un sexagenario cogido, pero bien. Laura me revisó de pies a cabeza después de ver el cambio de semblante de Kim, se notaba que le faltaron varios orgasmos para quedar satisfecha. Vi la pupila que se dilató, o más bien, siempre ando alucinando que las mujeres me mandan señales para que les planche el traje. Descongelé unas pechugas de pollo, las sazoné con pimienta, mantequilla, sal y a marinar en vino blanco, mientras hacía arroz blanco y plátanos machos. Sugerí que Kim llamara al hotel para que avisara que estaba bien y demás. Ya me había pasado hace años con unas gabachas que las sacamos un miércoles y las entregamos en lunes ya estaban reportadas como secuestradas, otra historia para recordar. Un viaje a Taxco y las ruinas de Temixco. Con unas loquísimas gringas de Atlanta. Un pinche broncón, con final feliz.

Cenamos rico las pechugas fueron al gusto como en restaurante: Kim al Curry, Laura en vino blanco, Leo y miguelito a la mostaza y salsa inglesa, lechuga jitomate rebano y puré de papa. Leo y Laura se veían que la pasaban bien, no había gran involucramiento, salvo coger. Las mujeres no tenían la menor prisa de irse, Laura revisando la tableta de control, encontró que había una película de la cual estaba enamorada y nos enteramos que era: *Nace una estrella*, de una narizona que me gusta que se llama Bárbara que canta chido y un borracho que se llama Kris, con una botella de vino a ver la peli. Ya la había visto el único que no, era Leo, Kim y yo veíamos un rato la película que destila miel, nos besábamos y tocamos como adolecentes. Al filo de las diez de la noche después de casi llorar con el final, donde el pinche borracho se mata, en un Ferrari.

L y L decidieron irse a la recamara, nosotros a nadar, aprovechar las horas juntos, a vivir. Kim estaba ardiendo su piel echaba humo al contacto con el agua, no mamen, con el tratamiento que le había procurado era para no saber de la macana en varios días, si las dejo hasta con frío, en fin, me tragaría otra pastillita y a saborear el biscocho que me mandaron de Nueva York.

14

Viernes.07: 20 Horas

Abrí los ojos, la calidez de las nalgas de Kim era notable, no me extrañó saber quién era el culpable, mi pitito, confesó que ya tenía unos minutos tirándole de cabezazos al chimuelito que ahora se llama, el divis, divis. La estructura del cuerpo era fuerte, acostumbrado al ejercicio, contó que el deporte estaba dentro de sus rutinas diarias, y si es cierto parecía que me estaba cogiendo a un cabrón chamaco de la prepa, las mujeres que pasan del metro setenta no me agradan. Bueno, bueno también le monto a percheronas pero no seguido, me gustan más las ponis, como Azucena, ¿Dónde andará? A ella le di también una cogida parecida a la de Kim o más bien parece que tenía mi repertorio bastante monótono o más bien practico, tantos años de andar moviendo la macana y no saber cómo administrarla. Fui a lavarme la boca con las protestas del degenerado, cuando me vi en espejo decidí bañarme y con agua fría para recoger los pellejos, chale me veía de la puta madre. Tardé unos diez minutos para salir, pasé revista y si, estaba más visible. Kim seguía como tronco, con la toalla enredada en la cintura fui al guarda ropa, escuché la voz de Leo en la sala, asomé la cabezota y le llamé la atención con la mano, saludó sonriente, cuando pasé por la recámara de ellos, Laura se estaba peinado, saludó un Morning, musical, los pies se frenaron solitos cuando vi que el hueso de mujer no estaba, mal, por lo contrario, estaba en muy bien, pechuga chiquita, cintura pronunciada, cara bonita, alegre, con humor. Le pregunté si quería una camiseta, miró dentro de mis pupilas y aceptó, me pregunto por Kim, le dije que estaba dormida, comentó que le gusta dormir; pronosticando que despertaría después de las diez. Vi mi reloj eran ocho y trece minutos. Leo, estaba colgado hablando con su vieja. Mmmm. Pensarán que soy un maniático sexual tardío, pero no, con respecto a las mujeres, tengo un código ético que practico religiosamente. Vieja que me tira el pedo, le doy pa tras. Salvo mujeres casadas. Laura llevaba puesta una camiseta de Leo, las piernas eran dos hilos, cero muslos, un pinche hueso, la cintura daba paso a un par de nalguitas paradas de niña, la pechuga era lo sexy talla 32 A o 30, el pitito despertó a medias y me dijo que contara con el, que estaba al tiro, Laura sintió el peso de mis pensamientos y miró sonriente.

—Tienes cara de feliz.

—Si, no lo niego que haberlas conocido, es una bendición. Kim será mi amiga por mucho tiempo, por siempre.

—¿Nada más a ella?

—Si, escoge la camiseta que quieras.

—Oye, ¿No me vas a recordar?

—Si, pero no igual que a Kim, a ella le doy besitos y duermo con ella.

—Si quieres... me puedes dar besitos.

—Podría ser tu abuelo. Viéndola como le hace el actor Poncella.

-No importa la edad, me contó Kim, la clase de amante que eres, dice que eres increíble.

—¿Me estás invitando a pecar?

—¿Qué es pecar?

Pecar, pecar, la pinche Laura era el diablo en huesos, como luchadora de judo atacó sin mensaje previo, se hincó y sobre el sexagenario que estaba como chile de burro acá campaneando, la lengua recorrió la limitada zona y comprobó que estaba en nivel fierro en menos de un minuto, arqueó la cejas como diciendo, ¡Vaya con el abuelo! Bueno, no sé si es bueno que les cuente esto, voy a sintetizar. Afortunadamente andaba con una caducidad de doce horas y el demente le agrado la idea de clavar, nos metimos al clóset y como conejos cogimos, me recargué contra la pared y me acribilló Laurita a nalgasos, lo bueno que ahí es donde tenía carnita dura, el oso, el pinche oso era un huacal de pollo sin pelos, el pitito se perdió en la amplitud de la cavidad, Laurita era minimalista por dentro, eso era indicador que varios dildos visitan a la cueva , al sentir la situación el degenerado votó por un chimuelazo, me negué y nos fuimos a un borde y le empecé a serruchar, le cálo y no le bajé las revoluciones. En estas ocasiones cuando uno queda limitado de espacio y puedo cantar canciones alusivas a la persona en cuestión, en el caso de Laurita me avente tres rolas de requinto, piano y bajo en su vigoroso clítoris para empezar: All Summer Long de Kid Rock, con esta rola ´ se puso como diabla, mientras los empujones por parte de ella, mientras hacía coro con: "And we were trying different things, and we were smoking funy things, making love out by the lake to our favorite song", cuando tararé los requintos ella hacia el coro de ahh, ahh, ahh y cuando escuchaba el estribillo de " Sipping wiskey out the bottle, no thinkig bout tomorrow". La leche salía y salía. Para variar, le había atinado a la canción, Laura era una pinche vara elástica giraba su cuerpo, cogíamos y nos besábamos, en cuanto se repuso de la rola de Kid Rock, busqué entre mi repertorio y le escogí Dont stop de Flettwood Mac ya que le gustaba el grupo, aquí toqué. Piano y requinto, me daba risa que estábamos bañados de las piernas de su líquido y para rematar terminé con el himno nacional según la versión de Jimi Hendrix. Se dio por bien servida con espasmos de epiléptica, para esto el sudor estaba cabrón, abrí la puerta, la habitación parecía congelador, pronostiqué que podría enfermarme jalé a Laurita quien ya estaba con los ojos abiertos, la vi bonita y bien sudada.

Nos dio un ataque de risa, mientras nos poníamos la ropa, decidimos irnos directos a la alberca. El agua estaba o me supo deliciosa. Ver de cerquita a Laurita y después de meterle la macana, la veía bonita, sobre todo joven le pregunté su edad y dijo que treinta y nueve años. Por media hora me dio sus generales, se notaba que era de familia de billete, universitaria y nunca casada, con un amante por años que le salió gay y le gustaba viajar para conocer gente por lo visto de viejo me encontraba con mujeres que no tenía problemas económicos, Me atacó una pinche hambre de aquellas, le pregunté que quería desayunar y me dijo que huevos o Hot cakes, Le dije que iba a la cocina a ver que hacía ella me dijo que iba a despertar a Kim, le pregunté si le iba a decir del clóset, ella se rió y me dijo que era posible.

A mí la verdad no me importaba, y como son las güeras, cuando vaya a Nueva York no tengo una casa tengo dos. Como ama de casa, abrí el refrigerador vi las reservas como andaban, poca leche, podría hacerle a Laura sus hot cakes, para los tres… huevos, quesadillas, enchiladas, enchiladas.

El desayuno estuvo listo después de media hora por arte de magia cuando estaba poniendo los platos, aparecieron los habitantes de esta vivienda.

Leo se veía preocupado, sonrió a las mujeres que venían como colegialas, por la mirada de Kim ya sabía que le planché el trajecito a Laurita, las dos caminaron como siamesas amaestradas me abrazaron y dieron un beso en cada mejilla, estallando en risas y nos dieron un show de porristas, el ambienten de fiesta nos envolvió, desayunamos unas enchiladas verdes de antología, por lo visto y las señas las mujeres estaban de acuerdo con la situación. Leo como que se dio cuenta, lo tomó con alivio ¿Y yo? A toda madre. Al atardecer las mujeres quisieron irse al hotel, por supuesto que las llevé, yo creo que estas pinches viejas eran mormonas, porque las traía como calcomanías, hablaban una jerga neoyorkina o eran israelitas, que no entendía nada y reían como locas.

El cambio era notable en su carácter, estaban extrovertidas, se vuelve aplicar el refrán popular “La verga es la verga” y como el humor gabacho es medio menso esto me puso de mal humor. Cuando llegamos se convirtió en una discusión, ellas querían que me bajara y fuéramos al bar a tomar una sola copa y planeáramos para mañana. Ellas ganaron y en contra de todas las reglas de la clandestinidad, llegué a la terraza con piano a beber una copa con mis nenas que me presumían como si fuera padre y abuelo.

Dicen que las historias las escriben los vencedores y en este caso, este relato es solamente reflejo de una vida que fue marcada por la aventura, lo inverosímil, quizás para la mayoría que lean esta redacción piensen que soy puro pinche chorizo, pero no señores y señoras. Me las he visto mejores y peores y en todas hasta el momento he salido ganador. ¿De qué manera? de dos: Libre sin ninguna condena larga en prisión y la otra, vivo, puro verbo seguía respirando en este mundo, el verbo me había salvado varias veces. Ratero que no domina el verbo, rata que vale para pura madre.

Me había comprometido a llevar a las güeras a las grutas de la Estrella, sentía cansado el cuerpo y eran las ocho y media de la noche, pasé por donde estaban vendiendo pozole, certifiqué que estuviera chido y tres órdenes de pollito para la cena. Cuando llegué estaba Leo viendo una película, por la cara estaba aguitado, le pregunté si tenía ganas de pozole recordándole que no habíamos comido, aceptó, fuimos a la cocina y le di pauta para que hablara de lo que se traía.

—Pues quieren que me entregue en México y después me dan avión a Estados Unidos, con esto podrían pasar años.

—Tengo la solución, entrégate en el gabacho.

—Lo estoy pensando, pero son tan cabrones los güeros que me regresan.

—Dales más información, sacrifica algunos negocios.

—Le estoy dando vueltas al asunto.

—¿Cuál es tu estrategia?

—Primero salvar el patrimonio de mi familia, está logrado, gracias a ti...Segundo, quedar bien arreglado con El Chapo y ya está, limamos asperezas y tercero, pagar con cárcel, máximo me dan dos años en el gabacho o nada, con lo que les voy a dar y en México, mínimo dos, tres. Mis abogados están negociando que en México sea tramite de horas, la idea de la cárcel me agüita bastante y sobre todo que quieran que afloje a huevo. El Chapo está dando por perdido un treinta por ciento de su fortuna. Gracias a los candados que establecimos, estamos salvando bastante y yo la vida, el contrato de mi cabeza lo pactamos a mi favor. Valgo para él señor.

—¿Entonces de qué te preocupas?

—De que todo sea mentira y me vaya mal, que me maten, de no ver a mi familia, la cárcel, ¿cuánto tiempo? Son varias cosas las que me mortifican.

—¿Ya sabías desde el principio a que le atorabas compa?

—Si, pero según yo nunca iba a caer la bronca.

—Bueno, hay que dormir, mañana será otro día.

—¿Te puedo hacer una pregunta?

—¿Qué?

—¿Te cogiste a Laura?

—La neta si, dentro del clóset.

—Escuché algo raro como quejidos, busqué a Laura, mientras se reiniciaba la computadora y no la encontré. Algo me dijo que estaba bien acompañada.

—Si se aventó gacho la pinche flauta,
¿buena para coger, ¿verdad?

—No me gustó la panocha estaba muy aguada.

—Si me di cuenta de volada de eso, pero como dijo el Chirris de Empalme: La maña tonchis, la maña.

—¿Qué es eso?

Es un larga historia y me estoy cagando de sueño, ¿Quieres ir mañana a las grutas de la Estrella

—¿Dónde es?

—A quince kilómetros de aquí, es en despoblado. Como distracción está bien y no hay quién te reconozca.

—Está bien, hasta mañana.

15

Sábado

07:13 Horas.

Abrí los ojos, las ganas de mear, hicieron que levantara el cuerpo a buena velocidad, Uff, el chorro era juvenil y rebelde, una sonrisa afloró cuando andaba haciendo fuera de la taza, puse orden al rebelde de la tercera edad jalando el pellejo. Abrí la regadera y como buen encajoso fui por ropa, escogí un conjunto crema delgadito a lo mejor era de vieja para no usar calzones para enseñar mi espina terca y mis huevitos que envidiaría un torero. El baño fue rápido, vestí dudé si salía con el pantalón tan entallado, decidí que sí y me tragué una pastilla amarillita. Leo estaba hablando con su mujer y atrás de la compu le hice al mimo y pregunté que, si regresaba, me dijo que si, hizo que saludara a la familia, lo hice y me despedí de volada.

En la puerta encontré al Beto que venía a ver a su culito, hablamos de volada y le dije que me esperará que iba al hotel por unas güeras—. Beto movió la cabeza divertido y dijo que cuidara el Renegado. Cuando llegué ya estaban mis amores en el recibidor del estacionamiento, los besos de buenos días fueron en la boca. Una señora morena como de un cuarentón buenona, muy buenona esperando algo, estaba con la boca abierta viendo la escena, cuando se pusieron los cinturones de seguridad, saludé a la señora con la cabeza le ganó el nervio y levantó la mano como diciendo voy también, acerqué el renegado justo enfrente de ella preguntándole a donde iba, ella indicó que iba al centro, que ya tenía más de media hora de esperar taxi, dije que la pasábamos a dejar. Mis viejas, por principio se pusieron rudas, pero una sonrisa conciliadora bastó para que les aflorará el buen carácter de nuevo. Interrogué a la nueva conocida y era de Puebla y había venido con sus hijos que en este momento estaban en el balneario, que tenía todo el día libre para ella, viéndome por medio del retrovisor…Como dijo un puto: Traigo el chendengue a todo lo que da. La poblana dijo que se llamaba Rosaura Alanís y era maestra de preparatoria, le pregunté cual prepa y me dijo que la Emiliano Zapata. El destino está hecho para cada cual, el mío era lo increíble, lo surrealista y lo no verosímil. Una sonrisa afloró, revisé a la mujer y estaba que explotaba la hormona, una morena cachonda, rasgos indígenas, la boca era como el doble de la Jolí, la vieja del Pitt, los ojos eran de vaca cachonda, con dos persianas espesas de pestañas, me estaban dando ganas de bajar a la güeras y mi pitito secundaba la idea, aprovechando el cruce peligroso de la carretera voltee y me encontré con unas piernas como patas de mesa de billar, no mamen, las luces las traía prendidas, pezón bravo, tipo mamila usada y la pechuga era 40 C.

Las miradas de mis viejas ya eran taciturnas, ante todo soy más o menos un caballero, tomé la mano a Kim, la besé y como tigre pasé la lengua. Le pregunté Por el profesor Benito Solana, abrió los grandes ojos sabiendo que era una de sus armas seductoras y preguntó por qué lo conocía, era amigo suyo, el único de la prepa.

Le dije que le había vendido unos libros, ella confirmó que era del área de literatura y me preguntó mi nombre yo le dije y pegó un grito que nos espantó a los tres.

—¿¡Usted es el escritor Guillermo Rubio, el de Pasito Tuntún!?

—Así es señora, Oscar lo dio como curso trimestral, conozco a varios alumnos de la prepa por el Face Book gracias al librito.

—¡Qué librito, ni que nada! Un novela corta apasionante de lo mejor que he leído en género negro mexicano.

—Benito platica mucho de usted y dice que le llama abuelito, Su novela me la sé de memoria. ¡Qué gusto de conocerlo!

—Gracias, ¿cuánto tiempo va estar aquí?

—Llegamos el jueves y nos vamos mañana o el lunes temprano.

No les digo que mi vida es para dudar lo verosímil de lo que cuento, pero que culpa tengo yo, si las pinches fichas no las acomodo yo. Cómo es posible que en un pinche pueblo, esté una persona en el momento exacto. Lo raro es que conozca al único amigo que tengo en todo Puebla, trabaje en la misma parte y que haya leído mi novela eso si son cosas inexplicables.

A una cuadra para llegar al centro, le avisé a Rosaura que iba a caminar para llegar al centro. Ella preguntó al chile que íbamos hacer, dije que íbamos a las grutas de la Estrella a que mis güeras retozaran y conocieran el lugar.

Al ver que no la invitaba, bajó enseñándome lo que me estaba perdiendo batos. Para empezar, andaba como en el metro cincuenta seis o siete, con unas bolas de nalgas duras morenas, muslos redondos eso sí, gordita con doble llanta, cara bonita, morena, ojos de métemela no hay bronca. A mis güeras les pregunté que, si eran mormonas, ellas se miraron divertidas y dijeron que si, les pregunté si añadíamos a Rosaura en la excursión, Kim hizo cara de me vale y Laura de que sí, sí, sí. El problema era Leo, bueno ya lo resolvería. Toqué el claxon y la llamé con la mano.

—¿Quieres ir con nosotros?

—Si, me agrada la idea, ¿volvemos por la tarde?

—Si, pero primero vamos a pasar a mi casa. A nadar un rato...

Cuando llegamos, conduje a Rosaura a la alberca invité a que nadara un rato, señalándole el refrigerador, si quería algo de beber, lo tomara, dijo que no traía traje de baño. Dije que estaban prohibidos los trajes de baño, máximo pantaleta, sentencié sonriente. Los ojos de Rosaura se hicieron como del gato Garfil, puso la bolsa en la mesita y dijo que lo pensaría.

Cuando iba llegando a la puerta, mis viejas ya venían, con cara de qué onda con el muñeco, abracé a Kim, nos dimos un sano beso en la boca y repetí con Laurita. La machaca estaba hecha batos, dúplex, con opción tríplex, para este pobre viejo feo, mal hecho, pelón, barrigón, lo que les dé la gana. Lo bueno que mis allegados saben que no soy afecto a mentir. Además, que pocos saben de mi vida realmente o más bien casi nadie sabe. Unos saben algo y otros ni madres. Pregunté que, si querían bañarse en la alberca un rato, mientras bajaba el calor. Aceptaron con gusto. Nos volvimos a besar, ya saben un pin pon en corto riéndonos, les encargué a Rosaura, movieron la cabeza de Ok. Leo y Beto estaban tomando cerveza, había tres por cabeza muertas, saludé y fui por tres chelas más. Beto tomó la palabra cuando les di su dotación de chela.

—No cambias, genio y figura, vi que traes carne de sobra.

—Ni madres, hay una para cada uno.

—A la morena la vi ayer el en hotel y está bastante buena.

—¿La quieres ver encuerada?

—¿Está en la alberca?

—Imagino que la conoces

—No, ahorita, cuando fui por la güeras, es de Puebla, es profesora, tiene unas piernonas que no tienen madre, ¿Vamos a bañarnos encuerados?

Leo llamó la atención con la mano para miguelito y le dije:

—Qué onda patrón.

—Tu encargo ya está, la primera entrega.

—Chido, chido, dale un abrazo a este sexagenario feliz.

Cómo si fuera mi cumpleaños nos dimos abrazos, si fueran árabes hasta beso nos damos, un dolor en la panza me llegó gacho y a cagar señores, con un ahorita vengo me fui pedorreando como carro viejo, amenazando con no llegar batos. Como siempre bajándome el calzón y un chorizote digno de eternizar, salió sin en el menor problema con decirles que terminé en cuclillas, no manchen, casi se sale de la taza. Sin duda era un record de por vida, en serio, el chorizo más cercano sería como unos veinticinco centímetros, este andaba fácil en los cuarenta o más, me pregunté como traía tanta piche caca, si estaba zurrando todos los días. La reflexión duró un medio minuto viendo el pinche monstruo que había parido, eso sí lisito, de buen color café con leche y no grueso. Cómo para tomarle una foto. La única explicación eran la noticia de recibir diez millones de pesos a un pinche pobre como miguelito, es lógico que se afloje todo el cuerpo de cualquier tensión. Lavé las manos volteando a ver mi obra de arte, pensé en llamar al Beto para que la viera a lo mejor se la lleva para exhibir. En la sala no había nadie, la música empezó, el Beto y Leo estaban en la terraza con el pescuezo estirado como gallos, ni parpadeaban, las risas competían con la música que era vernácula, es más era Lucha Reyes. Me uní con la trompa abierta, las tres mujeres estaban conversando asoleándose desnudas, las güeras ya estaban fiscalizadas, ni las pelé, la atención era para la Zacapoaxtla. Un culote verdadero, certificado a simple vista, el color de piel era entre cobrizo y café, los pezones eran criminales, dos mini albóndigas chale eso era motivo para reprobarla, me daba asco y más que estaban morados no negros y el color del alrededor igual de feo un negro cabrón, el oso no se dejaba ver, había celulitis no agresiva, pero si se notaba. Me gusta la carne morena mucho más que la blanca, pero el pezón es un instrumento que a mi preferencia debe ser de proporciones pequeñas, la sensación de las albóndigas en mi boca me daba asco, se me figuraban pitos huangos

—¿Cómo le vamos hacer?

—¿De qué? —Dijo el Beto.

—Pues para empezar escojan vieja, al último me voy a quedar con las tres y no soy celoso, ¿Te quedas Beto?

—Pues un rato si y me gusta la flaca.

—¿Y tú Leo?

—La morena está bien

—Bueno, si queremos cambiar al rato no hay pedo. Se tienen que meter a la alberca encuerados. ¿Quieren una pastillita?

Como colegiales hicimos aparición como soy introvertido me lancé al agua en con todo y ropa esperando protestas.

La ida a las grutas quedó en el olvido, el día lo pasamos entre la alberca y la terraza. Las mujeres estaban felices, nos habíamos acomodado bien. Rosaura al ver que estaba acaramelado con Kim, se le pegó a Leo. El cabrón del Beto se llevó a coger a Laura a la media hora de estar platicando y a media tarde se fue a ver a sus pacientes. Leo no daba muestras de atacar a Rosaura y ella me veía como plánchame el traje papito. Mientras yo recibía caricias de las güeras a discreción, hice de comer una pasta y ensalada y un vino que no tenía madre que era francés, me llamó la atención y apunté el nombre en mi cabezota para un aproxima vez y si no mal recuerdo se llamaba: Château Latour Pauillac 1998, nunca había probado algo tan delicioso y para la segunda botella estábamos como diablos, las mejillas las sentía como si hubiera tomado un buen mescal y el terco estaba eufórico con la combinación de la pastillita amarilla, demandaba cogerse a quién se dejara. Las manos de Kim y Laura se habían aprendido todo mi cuerpecito menos el chimuelo. Rosaura al atardecer viendo que no la pelaba el Leo, pidió irse al hotel alegando que iba a ver a sus hijos, eché ojos de qué onda al Leo y éste no daba ninguna señal de ataque frontal sobre el oso de la poblana.

Las güeras no daban muestras de agarrar calle. El pinche pito que me aconsejaba que fuéramos a llevar a Rosaura y en el camino, ya saben, palo juvenil en carrito. Ante la presión no tuve más remedio que ofrecerme a llevarla, vi que eran las siete y media de la noche, estaba por oscurecer. Leo como que se sintió aliviado que le quitara la presión de la mujer y mis güeras me miraban como no dejar a su abuelito solo. Me agradaba la cara, piernas y culote de Rosaura, pero los pezones de africana asoleada me daban asco, recordando las sabias palabras de mi padre que era: "El pito no se hizo para ver paisajes"

— Vamos, te voy a dejar.

Les pregunté a las güeras que si se quedaban. Se miraron entre sí, hablaron en su jerga y dijeron que me esperaban. Rosaura abrió los ojos un poco más de lo normal, le tomé de la mano, sentí que andaba por los treinta y ocho grados de temperatura, se le despertaron las albóndigas. Esto fue suficiente para ver a Kim con cara de acompáñame, ella agarró la onda y caminó con nosotros. La poblana se liberó de mi manita y puso distancia. El trayecto fue en silencio, traté de suavizar las cosas y pregunté que si nos acompañaba mañana a dar una vuelta y a comer en la casa. Dijo que tenía cita para los baños romanos a las doce del día. Ya no quise presionar y la dejamos en la entrada me dio un beso en el cachete como de suegra, más helado que nada. Estaba oscuro el aire estaba entre caliente y tibio, en vez de agarrar el periférico, tomé caminó al centro.

Mi ojo clínico detectó a unos mafiosos que estaban a fuera de tres camionetas nuevas y ostentosamente mostrando sus armas y casi podía jurar que se estaban periqueando, me arrepentí de haber pasado por ahí, ya que no pasé desapercibido para ellos, clarito vi por el espejo retrovisor como me señaló uno de los putos.

El pie se hundió al acelerador el renegado respondió y ya saben cómo buen rata: izquierdazo y pata a fondo. Afortunadamente conozco el pueblo a la perfección y en un par de minutos estaba por calles que ni los de Ixtapan usan, bueno exagero, son vías que no están pavimentadas. Kim preguntó que estaba pasado, le dije que eran bandidos que ya los habíamos perdido, volteaba constantemente para ver una señal que nos seguían, pero nada. La sangre la traía agolpada en la cabeza, la adrenalina se había subido de golpe hasta ganas de guacarear me dieron, salimos adelante muy adelante del crucero y rumbo a Tonatico. Para entrar a la calle de nuestra casa me quedé unos minutos para ver si nos seguían, pero no, era mi pinche paranoia, aproveché para plantarle unos besotes a mi güera para tranquilizarla. Ella me preguntó o más bien me revolvió a preguntar sobre mi afición a la literatura hizo prometerle que le daría un ejemplar de mi novela; Leo y Laura, estaban viendo una película de Tom Hanks, era el náufrago, Leo se levantó me indicó que lo siguiera, llegamos a la cocina y me dijo:

—Es posible que nos vayamos el lunes a México, lo que no sé si nos vamos en helicóptero o en carro... ¿Tú qué opinas?

—Pues por mí en el pájaro, es más cómodo y menos bronca.

—Tiene sus inconvenientes, me informan que los controles de los helicópteros están siendo revisados minuciosamente por las autoridades.

—Como tú quieras, yo aguanto vara.

—Me da un poco de miedo que te detengan conmigo...

— ¿Porqué?

—No sé, me late que me pueden traicionar mi gente.

— Entonces ¿Cuál es plan?

—Tengo muchas cosas que hacer, antes de entregarme.

—¿Y quieres que te acompañe?

—Pues sí, a la primera parte a donde vamos si, te tengo confianza.

—Gracias. Por lo pronto vamos con las güeras a ver que hacemos de cenar, tengo hambre

—Vamos, éstas loco. Te estoy hablando de cosas seria y sales con que tienes hambre.

Pensé en decirle de los changos que trataron de seguirme, pero no valía la pena preocuparlo, los había perdido chido. Estar cerca de terminar con esta aventura me daba una energía extra, como todo buen criminal no me importaba que iba a pasar mañana, es una doctrina pendeja, mis genes de delincuente me impedían ver el peligro y con diez millones en la bolsa hasta puedo morir tranquilo, bueno, no hay que llegar a estos extremos, siempre he salido bien de mis correrías de cabrón.

Miré a Leo como servía agua. Podríamos decir que lo conocía y calculaba que estaba inquieto, la neta no me preocupaba por él. Pensaba que llegando a México le daría una patada en las nalgas y cada quién para su santo. Mi estancia en esa ciudad sería de horas, recogería al puto del Malik y directo al mar, un año o más a cogerme francesas, italianas, danesas, rusas y una que otra nacional. Leo me sacó de mis pensamientos.

—La morena no dejaba de hablar de ti, me interrogó sobre que hacías aquí en Tonatico y que, si estabas escribiendo una nueva novela, me preguntó que si ya había leído tu novela. Me trajo acatarrado con que eras un gran escritor del género policiaco. Me tienes que dar un ejemplar y dedicado.

—Cuenta con el, ¿No tienes hambre?

—No mucha, tengo ganas de dormirme, de no hablar con nadie.

—A chingado, ¿Ni conmigo?

—La verdad es que estoy preocupado, ante la idea que me encarcelen en México.

—No sé qué decirte, mejor, vamos a ponernos pedos.

—Todo lo ves como si nada, te envidio.

16

07: 15 Horas. Domingo

Los pájaros estaban en estéreo y a todo volumen, giré, vi a Kim que estaba profundamente dormida, sin duda era una mujer bella, muy manuable, recordé que cenamos unos medallones de filete con una salsa de champiñones, con música seleccionada por Leo, tomamos dos botellas de vino, a petición de las damas comimos galletitas con un paté de ganso. Kim me arrastró al cuarto, cogimos rico y a dormir.

Me adormeció haciendo planes para que fuéramos a Nueva York. El sabor de la boca era de pescado de tres días asoleado. Como gato me deslicé para no despertarla. El espejo no mentía estaba con una pinche cara de viejo cogido, sin pensarlo dos veces al baño patos. El agua fría regresó los pellejos a su lugar, al lavar a mi pitito estaba morado el bato, era el único que no estaba arrugado. La energía entró al acordarme que era millonario, los dientes asomaron por si solos. Pensé en cuanto me costaría una restirada de papada y parpados, la macana no me preocupaba, con la amarilla el problema estaba resuelto. En calzones fui a la cocina para variar traía hambre, no me extrañó ver a Leo hablando con su mujer, ni me peló el bato. Unos huevitos con jamón estaban en mi mente, estaba empinado viendo el refrigerador cuando sentí que me tocaron voltee y estaba Laura con cara de diablo, No cabía duda que era guapa el pinche costal de huesos, pero meter mi pitito en esa gran cueva no me atraía nada. Le pregunté fríamente que, si quería desayunar, ella me miró como diciendo quiero macana cruda. Cero sonrisa, ella agarró la onda que niguas con miguelito, apuntó que iba a hacer, aceptó. Me preguntó qué onda con Leo, dijo que tuvo pesadillas en la noche y que despertaba espantado. Le dije a manera de chisme entono bajo que lo había atacado un perro y eso lo traumatizó. Los norteamericanos tienen la particularidad de ser ingenuos y de creer casi todo lo que les dicen... por un principio, lo bueno que hoy se desaparecerían de nuestra vista las güeritas. El olor a comida atrajo a Leo, se veía de buen semblante hablar con su familia lo alivianaba. Laura se comportó como gato agradecido replegándose este le ganó la risa viéndome y me dijo que se había tragado una pastilla, dijo que era una maravilla. Entorné los ojos sonreí viendo a Laura. Comimos platicando de viajes, por lo visto los dos conocían gran parte de las grandes ciudades de todo el mundo, yo, lo pinche básico: México, París, Roma y Nueva York. Lo que no sabían que próximamente iba a andar de pata de perro por dondequiera batos. Leo dijo que tenía ganas de salir que, si era posible que fuéramos a las grutas de la Estrella, moví la cabeza de yes. Vi el reloj y faltaban diez para las nueve, le dije a Laura que despertara a mi vieja, que saldríamos en media hora. Laura salió meneando su pinche huacal huesudo. Leo suspiró, levantó las cejas y me dijo:

—Te voy a extrañar.

—¿Ya te vas bato? — dije bromeando.

—Cómo si así fuera. Mañana vienen por nosotros como a esta hora, vamos a ir a una casa y ahí ya te puedes ir...A propósito ¿te gustan las camionetas?

—¡Claro, que me gustan!

—Pues mañana te vas a llevar la que quieras, me informan que hay tres para que escojas.

El día la pasamos a toda madre, la salida la disfrutó Leo, como chamaco, para mí era un tour que me daba hueva ya me sabía la pinche gruta como guía, no menos de unas veinte veces, las mujeres estaban fascinadas o aparentaban.

Ya entrados en gastos los llevé al Mogote un poblado en el estado de Guerrero que estaba a unos kilómetros donde había un mirador poca madre, se veía a lo bajo como a unos ochocientos metros, un rio que llevaba poca agua, con grandes piedras y lo majestuoso de los cerros causaban una sensación de libertad que sirvió para que Leo rompiera a llorar. Nos conmovió a los tres y las güeras empezaron a hacer pucheros y a miguelito le dio risa. Nos turnamos para abrazarlo, cuando llegó a mis brazos el llanto arreció, me sentí incomodo, algo andaba mal, cuando se soltó y caminó al borde del precipicio, subió la barda y le vi la intención de brincarle. Como leopardo me aventé, por poco lo aviento, se sacó un pedote o más bien nos lo sacamos, dijo el otro. De todos modos, lo jalé con fuerza y de nalgas cayó aullando de dolor, lo levanté como muñeco de trapo y le pregunté qué onda que quería hacer. Este me dijo que quería ver el paisaje por última vez, le pregunté que si se iba a aventar y me dijo que no estaba loco.

—Chale, pues me sacaste un pedito bato.

—Creo que ya se abrió la herida, ve.

—Mejor que te vea tu vieja, van a pensar que te ando metiendo la macana.

Y si, una mancha chiquita de sangre delató que el golpe había hecho algún estrago, las güeras estaban con cara de horror, por más que quise suavizar las cosas, el viaje fue en silencio. Cuando entramos a Tonatico pregunté qué, si íbamos a la casa o querían ir al hotel, contestaron que al hotel. Con la mirada le pregunté a Leo si iba y asintió. Para evitar cualquier contratiempo de balde tomé la ruta más despejada y llegamos chido.

Se bajaron y lo raro es que no quedamos en vernos más tarde. Me daba la impresión que se habían asustado. Al último mejor. Pero no, Kim me llamó y dijo que la acompañara al lobby, me negué y le dije que no dejaría solo a Leo, sacó de su bolso una tarjeta de presentación, la tendió, dijo que le pusiera un correo y que me mandaba para el pasaje si es que quería verla, me dio un beso y se alejó con Laura a buen paso, mientras ella le interrogaba el porqué. Leo miraba la escena interesado, entre sonriente e interesado. Subí al renegado y en la primera cuadra tiré la tarjeta, a los segundos arrepentí y regresé por ella. La casa se sentía sola sin mujeres, chale, me había acostumbrado, bien dicen que para lo bueno se habitúa uno rápido. Me daba hueva hacer de comer, le pregunté a Leo que quería, este comentó que no tenía hambre por el momento. Pues he de tener una pinche víbora en la panza porque no paro de tragar. Entré a la alacena y a bobear, los ostiones ahumados me decían tráganos, tráganos. Imaginé un pizza y manos a la obra, rectifiqué, fui a preguntar a Leo si le gustaban las pizzas este me dijo que, si y de qué la iba hacer, le agradó la idea, me acompañó a la cocina. Como si fuera trabajador de la Dominós. Harina, dos latas de salsa de tomate, especies, jarra con agua y amasar. Leo sonriente preguntó en que ayudaba, dije que abriera las latas y las drenara y sacara unas cervezas. Prendí el horno, la masa empezó agarrar forma, dejé que reposara unos momentos, mientras ponía aceite de oliva al sartén, ajo, cebolla picada, tomate y a fuego lento. Extendí la masa y salió una mega pizza, como cocinero pobre decidí hacer dos. A la tercera cerveza ya estaba acompañada por la pizza. No cabe duda que hacer de comer y coger salí bueno de a madres. Después de la hartada que nos dimos, tiré para mi camita, vi el reloj y eran diez para las cinco. Leo se fue a la computadora. Desperté a las siete de la noche, me sentía como la última coca del refrigerador, el mañana no me incomodaba nada, ir con Leo a México era lo de menos.

Estaba el día que no sabes si es de amanecer o anochecer, tono gris. Me fui a lavar la boca porque parecía que tenía los ostiones entre los dientes. Leo estaba viendo una película de Richard Geer, donde es un policía hijo de su puta madre. Invité a la alberca, aceptó, en el camino confirmó que llegaban por nosotros antes del mediodía.

—¿Tengo inquietud de que será de tu vida?

—Pues mira amigo, si la brinco ahora contigo, me voy

con mi perro de cacería de mujeres de todos calibres, al mar, a Sonora y Sinaloa. A escribir tonterías, quiero crear una editora y publicar textos rechazados, vivir y vivir los últimos días que me quedan.

—Suena interesante, por principio no te creí que eras escritor, Rosaura tanto estuvo hablando que eras escritor y bueno, me entró la duda y consulté en Internet y vi que hay bastantes notas sobre ti y tu libro, hasta pláticas con policías has tenido. ¿Voy a tener un ejemplar?

—Por supuesto es más le voy a pedir al Beto que nos de su libro y después se lo repongo, si te agradan las historias locas, te va a gustar.

—¿Es biográfico?

—Para nada, son mentiras basadas en un hecho histórico.

—En serio que me sorprendes, nunca había conocido a un escritor y menos que anduviera de cabrón.

—Pues ya ves como es el hambre bato, debería andar comiendo mis chopitas, Ja, ja, ja.

—Ojalá este sea tu último jale y no tengas más sustos como el que nos sacamos la semana pasada.

—Espero yo también sea el final, de pura chingadera no estoy diabético, con tanto pedito que me he sacado. Déjame echarme una nadada rapidito.

El agua estaba rica, le di dos vueltas y salí chido. Leo estaba con la mirada perdida, quien sabe que chingados estaba pensando. ¿Yo? en que lo dejaría mañana hasta adentro de los Pinos si es necesario. El tiempo pasó volando y nos dieron las diez de la noche, sugerí una película, pero Leo no estaba de humor y se refugió en su computadora. Escogí una película viejísima de Charles Aznavur que se llama rata de América una tragedia de un guey que se va a Chile y le va como en feria, no alcancé ver el final y me dormí en el sofá, desperté en la madrugada y fui a la cama tropezando. En cuanto toqué la almohada a dormir con una sonrisa en los labios, mañana sería el día, ahora si la jubilación estaba a horas, la cárcel o la muerte.

17

07:16 Horas. Lunes.

Al parecer los pájaros hicieron san lunes, no había ruido, me extrañó ¿estarían tristes porque me voy? Las ganas de hacer chis me levantaron, el espejo se portó benévolo, me veía más o menos, me sentía como si fuera a mi graduación o a mi primera presentación como escritor, estaba seguro que había una dosis de peligro en las próximas horas. Cuantas pinches películas había visto que el protagonista soñaba con el retiro después del último jale y se lo llevaba la verga. Por supuesto que estaba igual que ellos, pero creo en mi buena estrella y la pendejez de las autoridades, salvo que la mafia le tuviera preparada una sorpresa y con ella yo incluido. Me bañé meticulosamente para mí era una especie de rito hacer esto cada vez que tengo que rifar el cuerpo, mi idea de morir limpio siempre fue una especie de talismán. Cuando salí junté la ropa que había usado, la llevé a la lavadora. En la sala estaba ya saben quién hablando acaloradamente con su vieja. Lo saludé con la mano, no esperé que contestara y a la cocina a ver que tragaba. El reloj de la pared de dijo que eran las ocho y cinco. Raro, raro, no tenía hambre. Pues un café me lo chingaba, en eso estaba cuando entró el Beto, nos dimos un abrazo como si no nos hubiéramos visto en años, me imagino que estaba contento que ya nos fuéramos a la chingada.

—¿Cómo estás?

—Bien, contento, nos vamos para México al parecer al rato.

—Ya lo sé, también voy a descansar de esta bronca, sea como sea, esta situación me tiene tenso.

—Oye Beto le dimos bien en la madre al congelador y la despensa para que repongas lo que tomamos, no es onda dejar diezmada la cocina.

—No te preocupes te vuelvo a decir que acabo de surtir, esperaba a los franceses la semana pasada, de hecho, me voy a llevar varias cosas para la casa, no sabes cómo me alivianó Leo con dinero y proyectos a realizar, te quiero dar un billete... Es mucho lo que depositaron.

—Creo que ya habíamos hablado de esto, tu dinero es tuyo y el mío es mío, Ja, ja, ja.

—¿No quieres un carro nuevo?, te lo regalo.

—¡Uta! pareces narco mi Beto.

—La vida nos dio un giro en estos últimos días.

—Giro, giro, ando en una pinche lavadora desde hace quince días.

—Te ves muy tranquilo.

—¿Y qué hago?, ni modo que me muerda las enaguas, pa los pedos que me saqué aquí estoy a toda madre tapiñado.

—Vamos a ver dónde va a bajar el helicóptero.

—Ya me anda por salir de esta bronca, me gustaría decirle adiós desde aquí.

—¿Y por qué no lo haces? Ya cumpliste con él.

—Pues por ambicioso y pendejo... me va a dar una lana extra.

—¿Se puede saber cuánto?

—Ni idea, ya depositó diez varos, con eso me doy por bien servido, pero quedé en llevarlo al DF y lo voy a cumplir.

—Es una chifladura... tú sabes.

—¿Vas a ver a Leo?

—Si, primero vamos al exterior.

Leo con su mujer, parecía que estaba hablando del futuro y

por la cara no eran alentadoras las perspectivas, chale por el Leo, me caía bien y me preocupaba que le fuera de la chingada. También mi lado analítico decía que él se lo había ganado. El crimen en cualquiera de sus modalidades es condenable. Saludó a Beto como diciéndole que lo esperara, agarró la onda de volada. Salimos, el clima ya estaba sabroso, caminamos hacia arriba el cono de viento estaba sin movimiento, de la caseta sacó una lona la cual extendimos esta era de unos cinco metros cuadrados y era las imágenes de los Simpson, esto era más que suficiente para ubicar el lugar independientemente que estaban las coordenadas del lugar ya especificadas según el Beto, comentó que él realizó los preparativos con los pilotos cuando asegurábamos la lona a unos medios aros que estaban empotrados en el piso. De volada dejamos lista la lona, vi el panorama y el día estaba chido de a madres para mí era buen indicio que todo saldría bien. Bajamos y entramos por la puerta de la cocina puse dos tazas en el micro, mientras prendí la telera y vi que el pobre cabrón de la Barbi era la noticia del momento, me daba la impresión que era agente infiltrado, se reía con una desfachatez que llamaba la atención. El hambre se presentó y de nuevo a la alacena, mis ojitos se posaron en una bolsa de totopos, recorrí más la vista un par de frascos de salsa verde me convencieron que unos chilaquiles saldrían de volada, con unos huevos estrellados y hacer el desayuno. De nuevo los trastes empezaron hacer ruido vacié los totopos en la salsa mientras le añadí un par de chiles verdes. Rayé queso seco, saqué la crema, seis huevos y en cuestión de diez minutos ya estaban, insté a Beto que empezara a comer cuando entró el Leo y tomó asiento de volada, esperando su plato.

Devoramos el alimento y por consenso general nos tomamos un par de cervezas cada quién. Beto dijo que revisaría por una mera formalidad la herida. Le dieron la noticia que se había abierto, por la caída de ayer. Arrugo la cara como Charpei e invito a que le enseñara el culo. Lavé los trastes de volada. Fui a sacar la ropa de la lavadora, hice mi cama y la de Leo, no teníamos nada que llevar nada más las computadoras, Vi que eran diez para las once, estaba como novia de pueblo, pero a la vez me daba frío irme con este cabrón. En fin, la moneda estaba en el aire, mi experiencia decía que, salvo un pinche dedo, nos podíamos mover por toda la república sin problema. El problema era la maña batos, esos putos saben más que la tira y no sería nada raro que los enemigos de Leo estuvieran al tanto de su llegada. Me dieron ganas de irme a dar un chapuzón el agua es el mejor calmante, bueno para mí para otro puto no sé. Como una exhalación me quité la ropa y a nadar, el agua la sentí algo fría pero después de varias brazadas estaba al pedo, cuando salí vi que el Beto y Leo estaban platicando en la terraza, Leo me llamó con la mano y como si fuera su hijo casi corrí a ver que quería. Dijo que en menos de una hora llegaba el pájaro. Una sonrisa tonta salió espontanea, los dos estaban con cara de funeral, a mí me valía para pura madre que iba a pasar.

Consideré que era sano dejarlos hablar, daba la impresión que el Beto era empleado del Leo. Bien dicen: poderoso caballero es el dinero. No tenía nada que hacer, ante esto, al agua pato, después de ensayar unos clavados con panza ardida salí, decidí que me robaría unos pants Adidas de color oscuro que me gustaron y me quedaba bien, nada más que mis zapatos eran unos *Caterpillar* eran casi tenis, pero eran cafés desentonaban, me valió madre ya me cambiaría en mi casita. Sin saber que más hacer abrí mi compu y de manera directa entré a mi correo, tenía bastantes correos, de importancia, nada, pasé al Face Book y había un madral de recados de los más de cien amigos que tengo. No cabía la duda que dominaban los intelectuales quienes eran los remitentes, mi círculo era de pintores, escritores y poetas. Algunos demandaban mi presencia en varios eventos. Esto alimentó mi ego. Estaba contestando los más interesantes, cuando llegó Leo y me dijo que en unos minutos nos íbamos, cerré la compu, la abracé como si fuera mi tesoro y de hecho lo era. El pájaro sobré voló, la propiedad, nosotros caminamos donde iba a bajar, el corazón me hacía señas de que estaba funcionando a ritmo de coger y cuesta arriba. Aterrizó con seguridad, el aparato era una belleza de tono cereza con blanco era un Bell 407, bromé con Beto invitándolo al viaje, le ganó la risa y me dijo que tenía cosas que hacer, los tripulantes estaban impávidos viéndonos detrás de sus lentes oscuros, ya saben abrazos y para arriba. El lujo del pájaro era notable, para seis pasajeros, los asientos eran piel gris, se puso los audífonos y dictó orden de despejar, el aparató se elevó suave, Leo dijo que me pusiera los audífonos para platicar, dijo que en veinte minutos llegábamos a la casa, sonreí pelando todos los dientes.

La mancha urbana se dejó ver a los minutos, ubiqué la carretera Toluca—pasamos Cuajimalpa seguimos casi siguiendo la carretera, un giro a la izquierda y la nave empezó a descender pasamos por casas de ricos no sabía si era Bosques, las Lomas, Santa Fe o Interlomas. Pues el caso que bajamos en una casa que tenía un jardín no grande y la casa se veía más o menos de construcción californiana como de los setenta de un piso. El pájaro se fue en cuanto nos bajamos. Una mujer madurona con cara de secretaría ejecutiva vestida de traje sastre, como de unos treinta y tantos años se acercó con cara radiante. Saludó, le entregó una carpeta que de inmediato abrió, seguimos caminando estiró la mano y dijo que era Lourdes quién sabe qué. Entramos a la casa que estaba medianamente amueblada, parecía abandonada paredes desnudas y ese olor a encerrado lo decía todo.

Estábamos nada más los tres, caminamos hacia una recámara, mientras Leo leía, la secre abrió el closet y me invitó entrar, me dio risa, miré a Leo que estaba adentro leyendo interesado. Me pegue con la mujer y abracadabra un montacargas se encendió a bajar, para no hacerla de emoción en menos de un minuto estábamos en un bunker o sótano. El lugar estaba iluminado perfectamente, daba la impresión de ser un almacén, piso de cemento reluciente decía que había actividad y si caminamos un buen rato, unos minutos, hasta una puerta que abrió gracias a una combinación de cinco números y ahora era un elevador más amplio. Cuando se abrió la puerta. Una sala kilométrica, cuadros de artistas mexicanos, de los consagrados: sandias de Tamayo, monos feos de Cuevas, infantiles de Joy laville, surrealistas de Macotela.

Me alegré cuando vi un gran edificio multicolor de mi amigo Emilio Payán, por lo visto estaba considerado entre los grandes, el piso era mármol de color rosa con vetas negras, se veía chido el lugar, los techos eran altos, muy altos, el lujo estaba a todo lo que se podía, eran tres salas con varias sillas y sillones de cuero y terciopelo. Bueno, bueno, estaba hecho para ver lo inimaginable, me cae de madre que si encuentro al diablo cogiéndose a la virgen María ni me inmuto.

Llegamos a una área que era el centro de mando del Leo, dos secretarias estaban hechas madres escribiendo algo y en la pared cuatro pantallas con las fluctuaciones en tiempo real de las bolsas de Nueva York, Hong Kong, Alemania y mexicalpan de las tunas. Otra puerta y entramos el escritorio era de unos tres metros cuando menos varias alfombras persas o sepa la chingada cubrían el reluciente piso. La mujer me indicó donde sentarme. Leo estaba trasformado se veía como un ejecutivo. Así pasó más de media hora me estaba aburriendo, Leo me miró y preguntó que si me quería ir. Moví la cabeza diciéndole que él mandaba, pidió que tuviera paciencia alegando que eran varios asuntos de carácter de urgencia, señaló otra puerta y pues como tengo genes de felino a curiosear. Para empezar, una cama, sala, barra, cuadros, dos Velasco, varios de Nihizawa, Federico Silva, uno grande de Tamayo. Me estiré en un reposet, prendí la televisión me di cuenta que era SKY, puse una película, abrí el refrigerador saqué una cerveza y busqué algo que morder, unos cacahuates japoneses se pusieron de pechito, mi atención se centró en la película que era de Harrison Ford, donde le da hospedaje a Brad Pitt y este es un pinche activista irlandés, me aburrió y a jugar con el control. Me estaba entrando la paranoia de que entraran los buenos o los malos, para el caso era lo mismo. Con los buenos, fresco bote y con los malosos me despediría de mi cabecita. Entre chicas y grandes pasaron dos horas. Ya casi me dormía cuando entró el Leo, por la cara estaba más reposado, sonrió al verme despatarrado y con tres chelas vacías, me preguntó que quería comer que nos traían de cualquier restaurante, tardé en decidir y dije que quería unas hamburguesas del Burger con papas y una malteada de fresa, dos mejor, apunté. Me llamó la atención que no había guaruras de ninguna especie, bueno hasta el momento. La neta ya me quería ir a la chingada, Leo de nuevo desapareció hablando por dos celulares y su secre atrás de él. Después de media hora una mujer tocó tímidamente la puerta y trajo la comida y a tragar. Una hamburguesa desapareció en un par de minutos, con todo y papas, saqué una coca y, miré a la otra hamburguesa que estaba diciéndome aguas puto, le hice caso, me chingué las papas y la malteada la dejé para el último, vi el reloj y eran las tres y media. Estaba en que me dormía cuando entró Leo, me dijo que todo estaba listo para que me fuera, me echó un discurso de amistad y de lealtad y no sé cuántas madres más. Me dio un abrazo dijo que nunca me olvidaría. Chale, chale con el Leo, ¿No le gustará la macana? Con la mano indicó que lo siguiera, me daban de agárrasela, para andar más seguro, pero no. Salimos al estacionamiento, me señaló tres camionetas: Una Cadillac Escalade, blanca, BMW X5 negra y una Land Rover roja.

—¿Cuál quieres?

—Las tres.

—¿En serio?

—La roja bato, está con madre. Es una LRX Crossover, 2011 ya me eché varias puñetas mentales soñando que me compraba una, ¿en serio es mía?

—Si, la que quieras, ¿seguro que quieres esa?

—Por supuesto bato, ¿Ya me voy?

—No, falta tu bono de regalo.

Indicó que en la guantera estaban la factura, que no se me

olvidara cambiar de propietario o que hiciera lo que me antojara. Ordenó que la llevaran a la casa de al lado. De nuevo hicimos el recorrido por el pasadizo. Cuando llegamos me condujo a una puerta que olía a madres a sucio a billetes. Leo ordenó que se prendiera el ventilador que el olor era insoportable. Para mi olía a perfume. Abrió la puerta y no me lo van a creer. ¿Se acuerdan cuando agarraron al chino Zhenli Ye Gon, con más de doscientos y tantos millones de dólares? Bueno pues era una madre, aquí había millones de dólares, -no mames, alcancé a decir. Me señaló una pila de maletas, dijo que tomara lo que me pudiera llevar.

—Cambié de opinión, quiero la Escalade.

—No juegues, ¿Estás bromeando? ¿verdad?

—Ja, ja, ja, si bato, perdón don Leo,
mi querido Leo, ¿en serio?

—Si, lo mereces, por ti vivo y estoy libre hasta
este momento, gracias amigo, todo se hubiera
perdido y más que tenemos por ahí…Cuando
termines me llamas, (entregándome un teléfono).
Dame un abrazo viejo cabrón, te voy a extrañar.
Los billetes de a cien están a tu izquierda

Se dio media vuelta y me quedé solo en la bodega, me sentí un recaudador del SAT tomé una maleta de buen tamaño, me enfilé al mar de dinero y a nadar. Como si fuera fayuquero acomodé las pacas que al parecer eran de cien mil dólares, hasta que no entraba un billete más. Y así llené seis maletas, fácil me tardé una hora de meter billete hasta que quedarán como Kleenex de las cuales por derecho tres eran mías de mi propiedad batos… Lo demás donaciones puras pinches donaciones, Mi madre encabezaba la lista de agraciados y después con su ADN en la mano cobrarían mis hijos el billete destinado, primos, tíos a todos les tocaría buen billete, les iba a hacer un tremendo pachangón para darles mi agradecimiento, pensé que la codicia no es buena consejera, aparte que no iban a caber, bueno, bueno, hasta en el techo las pondría. Abrí la puerta, atranqué con una maleta y a sacar billete. Las apilé en la puerta de salida, gracias a las ruedas no había pedo, para cargarlas sí. Pesaban un chingo cada maleta pasaba de los cuarenta kilos El sudor corría por mi pelona, no importaba, la cabeza repartía billete a lo cabrón, casa para la Vivís, negocio para la Tota, casa y negocio para Lulú, un billete para la mamá de Juan Pablo en paz descanse, un viaje por todo el mundo para mi madre, en fin, era un Santa Claus mexicano y muy familiar. Para no hacer el cuento más largo cargué la camioneta, kilos y kilos de billete. Nadie a la vista, mi experiencia me mandó que localizara cámaras ocultas y si, no tardé en localicé varias. Saludé a la más discreta, tomé el celular, marqué el único número que había, sonó tres veces me contestó Leo pidió que aguardara, escuché como dictaba ordenes, al parecer su estado era febril me imaginé que estaba en contra del tiempo, mientras veía el lujo asiático de mi camioneta, el techo era puro vidrio, era esencial estudiar el manual, subí encendí el motor apareció un tablero digital, con la figura de la camioneta, definitivamente era mucho lujo para miguelito, los asientos de piel, el pinche Malik dejaría pelos pero con un soplido los quitaría. Voltee para ver el techo y la sensación de estar en una súper nave. Con un aló muy colombiano entablamos conversación. Leo me dijo que guardará el celular ya que era el único contacto que quedaría, haciéndome notar que, si lo detenían, lo aventara a la chingada, reiteró que era mi amigo, deseó la mejor de las suertes para mi nueva era de riquillo. Nadie para abrir la puerta de la salida, cuando avancé la magia de la electrónica se hizo notar, la puerta se abrió. ¡Uta!, la suspensión de la camiona era no sentir nada, la primer disyuntiva para donde jalo...Como buena rata, derechazo y pata a fondo el motor respondió gustoso, empezó a chingar un parlante que me pusiera el cinturón le hice caso, después me dijo que ingresará el número telefónico, del celular que traía eso era una mamada, después de tres avisos y no saber que hacer, apagué el celular, no sé por dónde chingados andaba, la colonia era de riquillos, ¿Cuál? quién sabe. Eso si andaba despacito no cometería ni una infracción me entró un poco de nervios, pero valor y huevos. Cuando me ubiqué andaba por Bosques de las Lomas, la opción era Reforma, la disyuntiva era jalar para Toluca o mi casa, las ganas de ver a mi perro determinaron que el rumbo era el Barrio Chino.

El trafico era pesado, para mi mejor, puse música y no mamen una discoteca, parecía que estaba en vivo. Mi mente estaba excitada primero por el dinero que traía encima, en la cajuela entraron cuatro maletas y las restantes en los asientos traseros, afortunadamente los vidrios de las puertas de atrás eran negros, negros. Empecé analizar mis últimos días. Primero la suerte con los números del Yak, después el atorón que me dieron la banda del cara de ratita, el culito de Azucena, la súper mamada de *Todos Felices*, el jale violento del aeropuerto, Leo y su bondad, el Beto y el Migue se portaron a la altura y yo... El más surrealista de México. Qué pinche vida la mía, nadie me lo creería. No hacía un año que me encontré con el Barbitas y don Nacho y otros picudos más y me habían regalado casi un millón de euros, mismos que me habían bailado por pendejo. Estaba tan chingón el asiento que me sentía aprisionado, olía a nuevo. Claro que escribiría una historia sobre esto, bueno después que desclavara la mayor parte del dinero. ¿Cuánto dinero traía? Sepa la chingada, pero era mucho. Espero que viva en una burbuja donde ya no sucedan cosas inverosímiles. Voy a dedicarme a escribir novelas y a tratar de relatar parte de mi vida, ya saben, capítulos que se puedan contar sin dañar mi imagen de ratón. Ahora iba a ser don Guillermo, bien dicen que poderoso es don dinero. Sería la versión del conde de Montecristo del Barrio Chino. ¿De quién me vengaría? Mmmm, no tengo enemigos, ya sé, una campaña en contra del FONCA, emplearía a investigadores para vigilar a los becados y los atacaría impunemente, crearía un periódico, junto con mi editora y a tirar pedos políticos y culturales. Estaba nervioso, traer tanto dinero encima. Los tripulantes de carros contiguos miraban la camioneta que estaba con madre, traté de poner el GPS y me mandó a la chingada en inglés, me dijo que no tenía el mapa de la ciudad de México, vi el teléfono que estaba integrado a la consola, traté de sacarlo y me regaño la voz, diciéndome que marcará sobre el teclado o por medio de hablado. Desistí, pasaría un buen rato para domar la camionetita, la circulación empezó a ser más fluida. Estaba a media hora de mi casa. Cuando pasé por el auditorio unas jóvenes buenonas me miraron con cara de: súbenos papito, sonreí y pensé que me estaba poniendo guapo, estaba seguro que la pinche papada la mandaría lejos de mi cuerpo y no me caería mal una liposucción, ya entrado en gastos lo papujo de los parpados también. En fin, una reparación facial. Miré el reloj y eran las cinco cuarenta, la tarde era gris, cuando entré a Juárez me entró un nerviosismo cabrón. Me tocó el alto frente al edificio donde todo empezó, casi escuchaba como cantan los números del Yak, me di cuenta que acababa de terminar un mitin en Hemiciclo a Juárez, eran del SME o MPI, andaban violentos, presionando a los granaderos, pintarrajeando las paredes de la Secretaría de Turismo. Por andar en la lela, un pinche chango chocó contra la camioneta, se dio duro el puto, ahí me di cuenta que era blindada, ni se movió la camiona, esto sirvió para que los demás compañeros de él me chiflarán azuzando a la patrulla que estaba a la expectativa, aceleré, por el retrovisor vi que se subieron a la papulla y sobre miguelito, los tres pelos se pusieron erectos, doblé en Dolores, la cola era casi media calle, el semáforo en rojo. La patrulla a dos carros de distancia, empecé a sudar como si estuviera en el vapor. El parlante de la patrulla se escuchó: "Camioneta roja, oríllese a la orilla" ¡Putisima madre! Estaba a menos de cien metros de mi casita, vi el rostro a los tecolotes y estaban más feos que los Zetas. Empecé a temblar como gelatina caliente, pensé que solo a mí me pueden pasar estas chingaderas. Mi vida, ha sido un pinche calambre, y éste estaba como para diabetes juvenil, final de película francesa, inglesa o de perdida churro gabacho, recordé como son de mirones lo policías… podría caer la verga pinta a miguelito batos. Por nada… La fila de carros avanzó llegué a la conclusión que tenía dos opciones: Una, pata a fondo hasta el estacionamiento y la otra... ¡El verbo batos!

FIN.

Escribió: Guillermo Rubio
México DF a sábado, 09 de abril de 2011